궁안에 잠들어있는 꽃

왕세자 교육현장

단글

궁 안에 잠들어 있는 꽃 2
왕세자 교육현장

초판 1쇄 인쇄 2016년 5월 23일
초판 1쇄 발행 2016년 6월 2일

지은이 차혜진
발행인 오영배
기획 박성인
책임편집 김규영
제작 조하늬

펴낸곳 (주)삼양출판사·단글
주소 서울시 강북구 도봉로 173
대표 전화 02-980-2112 **팩스** / 02-983-0660
편집부 전화 02-980-2116 **팩스** / 02-983-8201
블로그 blog.naver.com/dan_gul
출판등록 1999년 3월 11일 제9-00046호.

ISBN 979-11-313-0606-2 (04810) / 979-11-313-0604-8 (세트)

단글 은 (주)삼양출판사의 로맨스 문학 브랜드입니다.

차혜진
장편소설

궁 안에 잠들어 있는 꽃 ②

왕세자 교육현장

단글

궁안에 잠들어있는 꽃

왕세자 교육현장

목 차

十花
두 번째 왕자님

"떨리세요?"

"그럼 안 떨리겠어?"

이렇게 뒤에서 덜덜 떨고 있는 걸 보면 정말 긴장되는 모양이었다.

어제 그렇게 화를 내기는 했지만, 사실 하연은 그대로 영희궁에 머물렀던 것을 다행이라 생각했다.

기숙사에 있었으면 지금처럼 이렇게 그에게 응원 한마디 해줄 수 없었을 테니까.

시험 때문인지 아침도 제대로 못 넘기는 그에게 밥을 먹이느라 아침부터 고생이었다. 이거야 원, 스승이 아니라 완전 보모다, 보모.

하연은 모든 일이 끝난 뒤 신후왕을 찾아가 제대로 한마디 해야겠다고 다짐했다. 원래의 계획과는 다르게 되어 버렸으니, 추가 수

당이라도 받아내야 덜 억울할 거 같았으니까.

맨 처음 신후왕에게서 그를 맡기로 결심했을 때, 그게 교육관이 아닌 사춘기 아이 돌보기라는 걸 알았더라면 어땠을까. 희빈의 손에 넘어가 자유를 박탈당하는 일이 있더라도 차라리 조용한 삶이 더 낫다며 그쪽을 선택하지 않았을까.

"시험은 각자 다른 곳에서 볼 거예요. 예문관에서 감시역도 붙을 거고요."

"너는?"

"저도 예문관의 교육관이니까 다른 곳 감독관으로 가야 해요. 그럼 시험 잘 보세요. 이따 저녁에 뵐게요."

해랑은 자신의 임시 교육관인 그녀가 자기 감독관을 맡을 리가 없다는 걸 잘 알고 있으면서도 왠지 쓸쓸했다. 거의 함께 있다가 갑자기 이렇게 떨어지게 되니 뭔가 불안하기도 했다.

"아얏! 갑자기 뭐예요!"

그럼 이제 진짜 가 볼 테니 시험 잘 보라는 말을 남긴 하연이 문을 열고 나가려는데, 해랑이 벌떡 일어나 자신이 쓰고 있던 가면을 하연에게 씌워 버렸다.

이게 뭐냐며 하연이 버둥거렸지만 그러거나 말거나, 어느새 그녀의 뒤로 간 해랑은 아예 가면의 끈을 꽁꽁 묶기까지 하고 있었다.

"이거 쓰고 가."

"답답하거든요."

시험에 대한 긴장과 참을 수 없는 불안에 의한 짜증 표출인 건가 싶어 얌전히 당해 주고 있던 하연이 중얼거렸다.

"그런데 이거 간접 입맞춤 아닌가요."

"제발 부탁이니까 그런 말은 좀 부끄러워하면서 하면 안 돼?"

"왜 해랑 님께서 부끄러워하시는 건데요?"

"됐으니까 그거 써."

참자, 참아. 그래도 오늘은 시험 보는 날이니 괜한 일에 토를 달 거나 하지 말자. 그렇게 결심한 하연은 밖에서 재촉하는 이들의 목소리를 들으며 마지막으로 해랑의 손을 꼭 붙잡았다.

"시험 잘 보세요. 모르면 3번으로 찍으세요."

"객관식도 있어?"

"전부 주관식일걸요."

그 말이 끝나기 무섭게 해랑은 절망적이라며 울상 지었다.

"역시 하늘은 내 편이 아닌가 봐."

* * *

"역시 서하연이야. 운도 좋아."

"네?"

한 명 한 명에게 각자의 담당 구역과 임무들이 적힌 종이를 나누어 주고 있던 유령은 하연의 차례가 되자, 부럽다는 시선으로 종이를 바라봤다.

이유를 모르는 하연은 고개를 갸웃거리며 종이를 받았고, 어느새 그녀의 주변으로 선배들이 몰려들었다.

"우와. 서하연, 현우 님 감시 역할이야?"

"그런가 봐요."

"좋겠다. 나는 환 님이라고."

"이게 좋은 건가요?"

"당연하지."

하연이 울상 짓는 몇몇의 선배들을 바라보며 물었다.

"현우 님은 이번 시험에 참가 안 하시거든. 아예 천유국에 계시지도 않으셔."

"네?"

배정받은 장소로 가기 위해 밖으로 나가려던 하연은 이내 멈춰 섰다. 잠깐, 이건 또 무슨 소리인가. 자신이 잘못 들은 건가?

"좋겠다. 빈방에서 시험 끝나기만 기다리면 되는 거잖아."

선배들은 운이 좋다고 말하고 있었지만 하연은 그렇게 생각하지 않았다. 아니, 오히려 그 반대로 자신은 운이 없었다.

"잠깐만요. 그게 무슨 말이에요?"

"그러니까 오늘 시험은 해랑 님과 환 님, 이렇게 두 분만 본다고."

"……."

"솔직히 놀랐어. 환 님이 돌아오시고 해랑 님도 이번에는 시험을 보겠다고 하시고."

"너희! 언제까지 잡담할 건데, 빨리 각자 위치로 안 가?"

"예. 갑니다, 가요!"

빨리 일하지 않고 뭐하고 있느냐는 유령의 호통에 교육관들이 재빠르게 움직였다. 이는 하연도 마찬가지였다.

자신이 배정받은 장소로 들어선 하연은 어떤 표정을 지어야 할

지 난감했다. 그러다 문득 아까 해랑이 궁 안으로 들어설 때 울상을
지으며 했던 말이 떠올랐다.

　　'역시 하늘은 내 편이 아닌가 봐.'

아니, 그녀는 그렇게 생각하지 않았다.

"……운이 나쁜 건 해랑 님이 아니라 저였네요."

설마 시험을 둘밖에 안 볼 줄이야. 그럼 꼴찌를 해도 2등이잖아.

그날 하연이 약속했던 건 분명 2위. 즉, 해랑이 시험을 잘 보든
못 보든 상관없이 조건을 충족한다는 이야기였다.

그녀의 얼굴에 곤란함과 걱정이 가득했다.

"이거 큰일 났네."

＊　　　＊　　　＊

"서하연, 일어나."

누군가가 자신을 부르는 소리에 하연은 인상을 찌푸렸다. 잘 자
고 있는데 왜 자신을 건드리냐는 반응이었다.

일어날 생각은 없고 그 상태로 고개를 들어 보니 자신을 내려다
보고 있는 강우가 눈에 들어왔다.

"아주 푹 쉬었나 보구나."

"……시험 끝났어요?"

비몽사몽 일어난 하연이 자리에 앉아 멍하니 창밖을 바라봤다.

하늘을 물들이고 있는 붉은 노을을 보니 꽤 시간이 지난 듯했다. 요 며칠 너무 피곤해서 그냥 잠이 들어 버린 모양이었다.

"누구는 시험 끝나고도 일을 하는데 누구는 팔자 좋게 낮잠이나 자고."

"……믿기 힘드시겠지만, 이것도 일입니다."

원래는 하연도 시험 감독을 해야 했지만 그녀의 담당인 시현우라는 남자가 불참했기 때문에 운 좋게 빈방 지키기 담당이 되었다. 반나절을 푹 잤지만, 오늘 하루 정말 힘들었다는 연기를 펼쳐야지.

"아주 힘든 일이었지요……."

그래, 빈방을 지키는 일만큼 힘든 일도 없지.

"거짓말하지 마. 얼굴이 부었네, 부었어. 아주 정신없이 잔 모양이야."

궁에서 나오면서도 강우는 투덜거렸다.

그깟 몇 문제 푸는데 시험 시간을 뭐 이리 길게 잡느냐, 그냥 풀면 되는데 무슨 고민을 그렇게 하냐는 등 불만사항이 한두 가지가 아니었다.

"그나저나 왜 강우 형님께서 저를 데리러 오신 거예요?"

"그럼? 따로 기다리는 사람이라도 있었어?"

"아니요. 그게 아니라 형님은 시험 끝나고 예문관으로 가셨을 텐데 왜 다시 이곳으로 돌아왔냐는 뜻이었어요."

"너 때문에 예문관에 신고가 들어왔거든."

신고?

뜬금없는 신고라는 말에 하연의 눈이 휘둥그레졌다. 뭐지? 시험 시간 내내 낮잠 잔 걸 누가 고발이라도 한 건가? 근무 태만이라 신고라도 들어왔나?

"실종 신고."

"네?"

"영희궁에서 말이야."

근무 태도에 대한 고발은 아니었지만 이건 이것 나름대로 큰일이었다. 궐 안에서 실종신고라니, 하연은 피식 웃었다.

"잔소리가 엄청나겠군요."

재빨리 강우에게 인사한 하연은 궐 안에서 지켜야 하는 예의니 뭐니 다 잊고 무작정 달리기 시작했다.

이제 와서 서두른다고 해도 늦은 감이 있었지만 땀을 뻘뻘 흘리며 달려왔다는 성의를 보이면 어느 정도 봐줄지도 몰랐으니까.

"······어."

눈앞에 영희궁이 보였다. 이제 거의 다 왔다는 생각에 점점 더 빨라지던 그녀의 걸음은 무언가를 발견하기 무섭게 서서히 속도가 줄어들어, 결국에는 우뚝 멈춰 섰다.

한시가 급한 지금, 그녀의 시선을 빼앗은 건 매우 진귀한 광경이었으니.

"서하연! 왜 이렇게 늦은 거야. 어디서 뭐하다 이제야 돌아오는 건데?"

시작됐다. 잔소리가.

예고도 없이 시작된 해랑의 잔소리에 하연은 할 말이 없었다. 그러나 잔소리를 듣고 있으면서도 그녀는 아무런 반응이 없다.

"뭐야? 왜 그래?"

멍하니 자신을 바라보고 있는 하연이 뭔가 이상하다고 생각한 해랑은 화를 내는 것도 잊고 고개를 갸웃거리며 걱정스럽게 물었다.

"……정문 밖으로 나오신 거 처음 봤어요."

해랑 혼자서 정문을 나온 건 정말 처음이었다.

놀란 하연이 묻자, 해랑은 그게 뭐 대수냐는 듯 한숨을 내쉬었다.

"당연하지, 나도 지금 처음이니까. 그런데 네가 요즘 들어 정문으로 다니잖아."

"기왕 나오신 거 몇 발자국만 더 나와 보세요."

"……내가 애야?"

"확실하게 확인하고 싶어서 그래요."

마치 아이에게 걸음마를 시키듯, 자신이 있는 곳까지 한번 제 발로 걸어 나와 보라는 하연의 말에 해랑은 어이가 없었다. 애 취급은 그만두라고 아무리 말해도 먹히지 않았다.

그러나 그녀가 먼저 올 거 같지 않으니, 할 수 없지. 자신이 다가가는 수밖에.

꿈쩍도 않던 해랑이 귀찮게 한다느니 뭐라느니 투덜거리며 발을 뗐다.

그는 막힘없이 저벅저벅 걸어오더니 하연의 앞에서 딱 걸음을 멈추고는 그녀를 내려다봤다.

"이 정도는 문제없거든. 얘가 진짜 사람을 병자 취급하고 있어."

"음, 그러네요."

그 말대로. 이 정도의 거리는 아무런 문제가 없어 보였다. 정문에

서부터 현재의 위치까지의 거리를 눈대중으로 재던 하연은 다음번에는 영희궁에서 좀 더 먼 곳까지 스스로 나오게 만들어 보겠다 다짐했다.

투덜거리는 그에게 일단은 수고했다고 말한 하연이 멈칫했다. 이제 오전에 알게 된 어떠한 기쁜 소식을 그에게 전할 때였다.

"아, 맞다. 축하드려요."

"뭐가?"

"2위 확정이에요."

"……결과는 내일 나오거든."

해랑은 하연이 거짓말을 하고 있는 거라고 생각했다.

"이번에 기권이 있어서 꼴찌를 해도 2위래요."

"……진짜?"

"운이 좋으시네요."

오전에는 운이 나쁘다고 뭐라 했으면서. 축하한다는 말을 하며 하연은 그를 지나쳐 먼저 영희궁 안으로 들어갔다.

"잠깐잠깐, 우리 사이에 정리해야 하는 일이 있지 않았던가?"

오늘은 아무것도 한 게 없지만 왠지 모르게 몸이 피곤했다. 빨리 씻고 일찍 자야겠다는 생각에 하연은 해랑과의 중요한 약속 하나를 잊어 버렸다.

그러나, 역시나 그는 '그 약속'을 잊지 않고 있었다.

"아, 뭘 해 달라고 하지."

어쩐지 제법 즐거워 보이기까지 했다. '이게 좋을까? 아니, 그럼 이거?'라는 말을 계속 중얼거리며 그는 진지하게 고민의 세계에 빠져들었다.

생각하듯 감겨 있던 눈이 번쩍하고 떠졌다. 그러고는 반짝반짝 빛나고 있다.

입가에는 의미심장한 미소까지 지어져 있었다.

고민하고 또 고민하던 문제가 해결된 게 틀림없었다.

"아, 그래. 그게 좋겠네."

하연은 불안했다.

*　　　*　　　*

아무리 2위 확정이라고는 하지만 그렇다고 2등을 하라는 말은 아니었다. 당연히 1등 하면 좋지. 누가 1등을 싫어하겠는가?

물론 그동안 공부와 거리를 두던 사람이 고작 한 달 정도 엄청나게 공부했다고 1등을 하는 기적 따위 현실에서 일어날 리가 없었다.

"한 개나 맞추셨네요. 대단해요, 여러 가지 의미로."

"너 지금 비꼬는 거지."

"역시 대단하네요. 어떻게 알아들으셨을까."

스승 된 자로서 학생이 의욕을 잃지 않게 하는 것이 의무였지만 하연의 방법은 잘못되었다. 그녀 나름대로 한다고 하는 칭찬이 받아들이는 이에게는 그렇게 들리지 않았으니 말이다.

"어려웠어. 하나도 못 알아듣겠더라고."

결국 해랑이 폭발하고 말았다.

그러거나 말거나 하연은 그의 답안지를 뚫어져라 바라보았다.

하얀 종이 위에 달랑 하나 있는 동그라미. 말 그대로 심각한 수준이 틀림없었지만 어쩐지 그녀는 웃음이 나왔다.

하지만 하연은 얼굴에서 미소를 싹 지우고 표정 관리를 한 뒤 해랑을 바라보았다. 스승에게는 단호한 모습도 있어야 한다.

나름대로 무게를 잡은 그녀는 들고 있던 답안을 해랑의 앞으로 내밀며 말했다.

"이 점수에 대해 스스로 어떻게 생각하세요?"

나름대로의 칭찬 다음에는 스스로의 반성 시간. 아무리 열심히 했다고 해도 이런 성적을 받아 왔으니 혼을 내는 건 당연했다.

"미안. 네가 그렇게 열심히 가르쳐 줬는데……."

풀이 죽어 버린 해랑이 우물우물 대답하고 있는 게 보기 안쓰러울 정도였다.

아무리 조건이 2위라고는 했지만 그 스스로도 우길 수 있는 상황이 아니었다. 이건 완전 억지인 거 같았다. 둘이서 시험을 봐서 2등이면 꼴찌지, 뭐. 1등과의 점수 차가 얼마 나지 않았다면야 이야기가 달라지겠지만 둘의 점수는 뒤집어 놓기라도 한 듯 완벽하게 반대였다.

1위인 환은 딱 한 문제를 제외하고는 전부 맞은 반면 해랑은 한 문제를 빼고는 전부 오답. 이렇게까지 차이가 날 수 있나 싶을 정도로 극과 극이었다.

그러나 하연은 만족스러웠다. 정말 만족스러웠다. 딱 한 가지를 빼고는.

"뭐, 이미 끝난 건 끝난 거고. 다음을 대비하도록 하죠."

"그래."

"자, 그럼 이건 어떻게 할까요~?"

하연이 예전에 쓴 서약서를 들어 보이며 싱긋 웃었다. 그러자 해랑은 얄미워 죽겠다는 눈으로 그녀를 바라보다가 포기한 듯 한숨을 내쉬었다.

"이번에는 없었던 일로 하자."

좋았어!

해랑의 입에서 자신이 원하던 답변이 나오자, 하연은 두 눈을 반짝였다.

자, 그렇다면 이 말도 안 되는 성적 문제는 해결됐으니 이제 다른 한 가지 문제만 해결되면 끝이었다. 다만 그 문제가 너무나 커서 문제지만 이 역시 어떻게든 되리라.

"깜빡 잊고 말씀드리지 않은 게 하나 있는데요, 별로 중요한 이야기는 아니지만 그렇다고 말을 안 하자니 제 양심이 찔려서 말이에요. 그러니까 그냥 한 귀로 듣고 한 귀로 흘리세요."

그렇게 말하며 하연은 갑자기 자리를 정리하기 시작했다. 바로 일어나서 나가도 문제없을 정도로, 문까지의 거리 확인도 끝냈다.

"뭔데 그래. 무슨 문제라도 일으켰어?"

"저를 어떻게 보시고."

해랑의 질문에 하연이 톡 쏘듯 대답했고, 그녀의 말대로 그리 큰 문제가 아닐 거라 생각한 그는 고개를 끄덕였다.

"좋아. 말해 봐. 별일 아니라니 그냥 넘어가 줄게."

지금 그는 매우 온화한 미소를 짓고 있었다. 하지만 하연은 그 미소를 믿지 않았다. 오히려 더더욱 경계했다.

이야기를 하겠다던 그녀는 어째서인지 자리에서 일어나더니 뒷걸음 쳐서 문가에 바짝 다가갔다. 그리고 한 손은 등 뒤로, 문틈에 손을 끼워 넣었다.

"말로 하기 뭐해서, 답안지에 적어 놨어요. 그러니까 제가 나가면 읽어 주세요."

"도대체 뭐기에 그래?"

그냥 말로 하면 되지 왜 굳이 이렇게 번거로운 방법으로 전달하느냐는 뜻이었다.

해랑의 손이 책상 위의 성적표로 향하는 것을 본 하연이 재빠르게 방을 나섰다. 그리고 돌쇠의 인사도 무시한 채 영희궁의 정문을 향해 뛰었다.

그녀의 이상한 반응에 고개를 갸웃거리던 돌쇠가 해랑의 방으로 들어가기 위해 문에 손을 갖다 댄 것과 동시에, 방 안에서는 우당탕탕하는 소리가 들려왔다. 곧 문이 벌컥 하고 열리며 씩씩거리는 해랑의 목소리가 영희궁 안에 울려 퍼졌다.

"서하연! 너 이리 안 와?"

그러나 하연은 벌써 저 멀리까지 도망친 이후였다.

"해, 해랑 님?"

"이 녀석 어디로 도망갔어?"

"……방금 후문 쪽으로 달려가셨는데요."

"잡히기만 해 봐! 그래 놓고 나한테 뭐가 어째?"

도대체 무슨 일인 건지 물을 새도 없이, 왠지 모르게 화가 나 보이는 해랑은 돌쇠가 가리킨 방향을 향해 뛰기 시작했다.

요란스럽게 사라지는 둘의 모습을 보고 서 있던 돌쇠는 갑작스럽게 찾아온 적막에 고개를 갸웃거렸다. 그에게는 지금 이 상황에 대해 설명해 줄 사람이 절실히 필요했다.

일단 들고 온 옷가지들을 해랑의 방 안에 놓기 위해 안으로 들어서려던 돌쇠는 '바스락'거리는 소리와 함께 자신이 무언가를 밟았다는 걸 깨닫고 그것을 내려다보았다.

살짝 구겨진 종이 한 장. 자세히 보니 해랑의 답안지였다.

"난리 났네. 점수가 이게 뭐야. 나름대로 공부 열심히 하는 거 같더니 역시 딴마음이 있었구만."

이렇게나 형편없는 점수는 자신도 처음이라며 혼자 열심히 해랑을 욕하고 있던 그가 무심코 종이의 뒷면을 넘겨보았다. 그러고는 그 뒤에 적혀 있던 작은 글씨를 발견하고는 피식 웃어 버렸다.

"이번에는 하연 아가씨가 잘못했네."

달랑 그 종이 한 장이 왜들 저러나 싶던 돌쇠의 의문을 완벽하게 풀어 주었다.

옷들을 정리하고 밖으로 나오려던 그는 청소를 위해 주머니에 쑤셔넣어 뒀던 종이를 떠올리고는 그것을 가지런히 펼쳐 책상 위에 올려놓았다.

해랑의 말도 안 되는 점수가 적혀 있는 쪽이 아니라 하연의 작은 양심선언이 적혀 있는 부분을 일부러 위로 향하게 하여, 나중에 다시 방으로 돌아왔을 해랑이 한 번 더 보고 열 받으라고.

종이 위에는 짧은 문장 하나가 적혀 있었다.

사실 제가 시험 범위를 착각했습니다.

*　　*　　*

"축하드립니다, 환 님."

"당연하지. 내가 누군데."

청화궁. 여유로운 표정으로 자리에 앉아 있는 환은 기분이 좋은 건지 큭큭 웃으며 가득 채운 술잔을 단숨에 들이켰다.

운이 들고 온 성적표는 확인할 필요도 없었다. 그만큼이나 자신 있었으니까.

사실 1등이라는 것에 그렇게 큰 의미는 없었다. 형님인 현우가 자리를 비운 상태에서 고작 해랑과 겨루어 1등 했다고 기뻐할 게 아니었으니까.

그래도 점수 차이가 꽤 크다는 점은 만족스러웠다.

"해랑 님께서는 한 개밖에 못 맞추셨다고 합니다."

"그 녀석이 뭐 제대로 할 수 있는 게 있겠어? 그 작은 궁에 처박혀서 나오려고 하지도 않는 겁쟁이 녀석인데."

사실 환이 생각하고 있던 상대는 자신보다 두 살이 많은 형님, 현우였다. 물론 자신의 어머니께서 무슨 수를 쓰신 거 같았지만 그래도 시험은 볼 줄 알았는데 말이다. 아예 천유국으로 돌아오지도 않았다는 소식을 들었을 때 얼마나 실망했던가.

"형님도 한심하네."

오로지 실력으로 후계자를 선택하는 천유국에서는 중간중간 치러지는 시험 성적순으로 순위가 매겨졌기 때문에 계승 서열 역시 고정적이지 않고 변동이 있었다.

현재 왕후의 자식인 시현우가 '첫 번째 왕자'라는 것은 즉, 과거의 시험에서 그가 1위를 차지했다는 의미와도 같았다.

그에게 졌던 일을 생각하면 환은 아직도 분이 풀리지 않았다.

자신이 누군가에게 지다니! 이는 있을 수 없는 일이었다.

그러나 뛰어난 실력을 갖고 있음에도 불구하고 현우는 이곳이 마음에 들지 않는다며 모든 것을 뒤로하고 밖을 돌아다니고 있는 중. 멍청하지.

"……그런데 해랑 님께서 유일하게 맞추신 문제가, 환 님께서 유일하게 틀리신 문제네요."

"뭐?"

지고는 못 사는 환으로서는 그냥 넘길 수 없는 말이었다.

자리에서 벌떡 일어나 운의 손에 들린 종이를 빼앗아가듯 낚아챈 그가 인상을 찌푸리며 유일하게 틀렸다던 그 문제를 읽어 내렸다.

"아, 이거."

어떻게 잊겠는가. 시험 시간의 반 이상을 할애하고도 결국에는 못 푼 문제였다. 안 그래도 이 문제가 신경 쓰여서 운에게 출제자를 알아오라고 지시했는데.

"알아봤나?"

"네. 예문관 제3관에 있는 '이강우' 교육관님이라고 합니다."

잠시 고민에 빠진 환이 곧 고개를 절레절레 저었다. 아무리 생각해도 머릿속에 없는 이름이었다.

"이강우? 처음 들어보는 이름인데."

"올해 뽑힌 신입 관리라고 합니다."

"신입 관리가 문제 출제에 어떻게 참가한 거지?"

"국시 차석이라 특별히."

국시 차석이라……. 그렇다면 실력이 좋다는 건데…… 게다가 이렇게 어려운 문제를 낼 정도면. 아니, 잠깐.

"그런데 해랑은 이걸 어떻게 푼 거야?"

"……글쎄요. 아무래도 차석보다는 수석이 더 실력이 위이기 때문이 아닐까요."

"그게 무슨 소리야?"

"교육관 말입니다."

자신이 풀지 못한 문제를 해랑이 어떻게 풀었느냐는 질문을 했는데, 들려오는 운의 대답은 뜬금없이 수석이 차석보다 나은 게 당연하지 않겠냐는 말. 그러자 환은 고개를 갸웃거렸다.

그런 그의 반응을 지켜보고 있던 운은 오히려 모르고 있었느냐는 표정으로 물었다.

"해랑 님의 임시 교육관이 이번 국시 수석 합격생이지 않습니까."

"그 녀석의 교육관은 여성 최초의 국시 합격생이니 뭐니로 떠들썩한 여자 아니었나?"

환은 마치 머리에 커다란 쇳덩이가 부딪치기라도 한 것처럼 충격에 빠졌다.

"네, 그분이 맞습니다. 동시에 이번 수석 합격생이시도 합니다. 예문관에서 직접 모셔 간 인재라더군요. 들리는 소문으로는 예문관 대신들조차 함부로 할 수 없어 예문관의 실세라는 말도 있습니다."

여성 최초의 국시 합격생. 뿐만 아니라 예문관까지 들어간 것만으로도 대단한데. 설마 국시 수석 자리까지 차지했을 줄이야!

환은 그동안 그녀에게 대해 너무 가볍게 생각하고 있던 게 아닐까 하는 생각마저 들었다. 하긴, 그 어머니를 벌벌 떨게 만든 인물인데 이 정도는 해 줘야 맞설 맛이 나지.

"……지금 당장 영희궁에 다녀와라."

"네?"

"가서 데리고 와."

운의 표정이 '지금 당장?'이라고 말하고 있었다. 그가 모시는 분께서는 간만에 재미있어 보이는 일을 찾은 게 분명했다.

"그 유명한 서하연이라는 여자를 직접 만나 봐야겠어."

결국 운은 그에게 못 이기고 할 수 없이 꾸벅 인사를 하고는 영희궁을 향해 걸음을 옮겼다. 그리고 그런 그의 뒷모습을 바라보고 있던 환은 마냥 즐거워 보였다.

"소문이라는 게 과장되기 마련이지만, 어느 정도는 기대해 봐도 괜찮겠지."

아마 기대 이상일 것이다.

그는 그 소문이 과장된 것이 아니라 오히려 팔불출인 신후왕과 해랑에 의해 축소된 거라는 사실을 모르고 있었으니까.

                    *   *   *

"안녕하세요."

기숙사로 돌아온 강우는 익숙한 걸음으로 자신의 자리로 향하더
니 머리에서 느껴지는 지끈거리는 두통과 몰려오는 짜증을 애써 참
으며 한숨을 내쉬었다.

"거기서 뭐하는 거야?"

분명 짐 싸들고 영희궁으로 들어갔을 하연이 너무나도 자연스럽
게 자신의 자리를 점령하고 있는 모습에 그는 어이가 없었다.

뿐만 아니라 다른 누군가까지 합세해 즐거워 보였으니, 강우는
기운만 있다면 둘을 번쩍 들어 밖으로 내던지고 싶었다.

"그래서, 너는 왜 여기에 있는 건데?"

"도망쳤습니다."

영희궁에서 도망쳤다는 말에 강우가 고개를 들어 어쩐지 걱정스
럽다는 표정으로 하연을 바라보았다. 그러자 이번에는 뒤에서.

"……드디어 두 남녀 사이에 새로운 사건이라도 생긴 거야? 하
긴, 사람 없는 궁에 단둘이 있으니 무슨 일이 안 생기려야 안 생길
수가 없겠지. 난 진작부터 예상했어."

들려오는 또 다른 목소리에 강우의 표정은 더더욱 굳어져 갔다.
저 인간은 또 왜 이곳에 있는 거야.

"부장. 부장은 왜 여기에 계시는 겁니까?"

"나도 도망쳤어."

"누구한테서요?"

"내 책상 위에 쌓여 있는 서류들로부터."

한마디로 일하기 싫어서 도망쳤다는 말이잖아!

하연은 그렇다 치고 명색이 예문관 제3관을 총괄하는 부장님께서 일을 안 하고 계시다니, 강우는 더는 그냥 두고 볼 수 없었다.

"서하연! 너는 지금 당장 영회궁으로 가고, 부장은 3관으로 돌아갑니다! 빨리!"

"너무하네. 이제 막 왔는데 벌써 내쫓으려 하다니. 형님, 아우는 섭섭해지려고 합니다."

"나는 너 같은 아우를 둔 적이 없다."

강우의 외침을 듣는 둥 마는 둥 둘은 여전히 수다 떨기 바빴다. 이쯤 되니 강우도 슬슬 지치는 게 거의 포기 상태였다.

하연은 하연 나름대로 머릿속이 복잡했다. 사실 이대로 눌러앉을 계획이었는데 이리 길길이 날뛰니 쉽지 않을 거 같았다.

"하루만 재워 주세요."

"……."

"역시 오늘은 노숙을 해야 하나…… 다들 날 이리도 반기지 않으니……."

최대한 불쌍한 척을 하며 자리에서 일어난 하연이 눈물 연기까지 보이며 기숙사를 나서려고 하자, 그것을 보고 있던 강우가 짜증난다는 듯 여전히 약과 먹기 바쁜 부장의 옆구리를 쿡쿡 찔렀다.

"……잠깐 기다려, 서하연. 외출증 끊어 줄 테니까 집으로 가."

'왜?'란 눈빛으로 강우를 노려보던 부장이 곧 알겠다는 듯 고개를 끄덕이며 말하기 무섭게, 하연은 두 눈을 반짝이며 돌아섰다.

"그럼 저야 감사하죠~"

"그런데 도대체 뭐 때문에 싸운 거야?"

외출증을 끊어주면서도 불안하다는 눈치로 부장이 묻자 하연은 살짝 곤란하다는 얼굴로 우물쭈물 거렸다.

어떻게 말하면 좋을까? 자신이 너무 많은 일 때문에 정신이 없어 시험 범위를 착각했다고 말할까? 아니, 하지만 명색이 예문관 관리 씩이나 되는 사람이…….

"사소한 '오해' 때문이랄까요."

스승의 시험 범위 오해로 인한 제자의 절망적인 성적?

"아, 그거구나. 애인 사이에 꼭 한 번쯤은 발생한다는 오해."

"……뭐, 대충 맞을 거예요."

사실은 아주 많이 다르지만.

"정말 안 들어가 봐도 괜찮겠어? 그 왕자가 가만히 안 있을 텐데? 너 없다고 난리 나는 거 아니야?"

"하하. 애도 아니고."

궐에 들어오고서부터 끊임없이 이어지는 시험들과 일 때문에 하연은 제대로 쉴 틈이 없었다. 그런 의미에서 간만의 퇴궐은 꿀맛 같은 휴식이나 다름없었다.

"그럼 전 이만 퇴궐하겠습니다."

그렇게 나가라고 할 때는 꼼짝도 안 하려던 하연이 언제 그랬냐는 듯 짐을 싸들고 벌떡 일어나 밖을 향해 달려 나갔다.

"나는 이제 자유다!"

그러나 그 자유는 그리 오래가지 못했다.

"……이봐요! 잠깐!"

두 손을 번쩍 들고 큰 소리로 자유를 외치던 하연은 기숙사를 나서기 무섭게, 그 옆에서 대기 중이던 누군가의 어깨에 짐짝마냥 실려 버렸다.

"자유는 무슨."

이런, 목소리를 듣기 무섭게 버둥거리던 하연은 입을 다물어 버렸다. 더 이상 그녀의 입에서는 '내려 달라'라는 말이 나오지 않고 있었다. 다시금 그녀의 머릿속이 복잡해졌다.

뭐지? 도대체 어떻게…….

"여기 있을 줄 알았지, 내가."

"아……하하. 안녕하십니까, 아가씨. 모시러 왔습니다."

하연은 믿을 수 없다는 듯 두 눈을 끔뻑거렸다. 그러길 얼마, 눈앞에 있는 익숙한 도깨비 가면을 응시하던 그녀가 그 옆에서 어색하게 웃고 있는 돌쇠를 발견하고는 절망했다.

아, 지금 이건 현실이구나. 붙잡혀 있는 이것도 현실이고 자신을 붙잡고 있는 이 도깨비도 내가 알고 있는 그 도깨비가 맞구나.

"내려 주세요."

"네가 뭘 잘못했는지 알기는 해? 얌전히 있어. 돌아가서 벌 받을 줄 알아."

벌이라니. 벌이라니.

하연은 슬펐다. 조금 전까지만 해도 잠시나마 자유를 얻고 기뻐했는데.

"이건 또 뭐야. 외출중? 아주 신이 나셨어! 반성은커녕 놀 생각만 하고!"

"안 돼요! 나의 기쁨! 내 희망! 내 작은 행복!"

도깨비에게 종이를 빼앗긴 하연은 절망에 빠졌다. 그리고 그녀는 생명줄과 같던 엄청난 위력을 지닌 종이가 힘없이 구겨지는 안타까운 장면을 눈앞에서 목격해야 했다.

"돌아간다."

"네."

해랑의 말에 돌쇠가 고개를 끄덕이며 한숨을 내쉬었다.

그도 그럴 것이 갑작스럽게 등장한 도깨비 가면을 쓴 의문의 남자가 예문관의 꽃이라고도 불리는 아름다운 여인을 보쌈하고 있는데, 눈에 안 띌 수가 없었다.

깜짝 놀라 버선발로 뛰쳐나온 강우를 시작으로 몇몇 신입생들이 나와 그들을 둘러싸고 있었다.

결국 갑작스럽게 벌어진 이 소동을 뒤처리해야 하는 건 돌쇠, 그였다.

강우의 옆에서 이 광경을 지켜보던 령은 재미있어 죽겠다는 듯 킬킬 웃으며 실려 가는 하연을 바라보았다.

"청춘이로구나."

"네?"

"젊은 것들은 참 좋겠어."

"부장, 그래 봤자 저랑 한두 살밖에 차이 안 나지 않습니까."

"말이 그렇다는 거지."

*　　　*　　　*

"……."

터덜터덜.

이미 모든 희망을 잃어버린 하연은 온몸에서 힘이 쫙 빠지는 거 같았다. 해랑이 걸을 때마다 인형처럼 힘없이 흔들리는 팔이 더더욱 그렇게 보이게 하고 있었다.

"살았니. 죽었니."

"죽었습니다. 그러니까 말 시키지 마세요."

그렇게 고래고래 소리를 지르며 버둥거릴 때는 언제고, 죽은 것처럼 너무도 얌전한 하연이 걱정된 해랑이 물었다. 그러자 곧바로 들려오는 기운 없는 목소리에 그가 다시 웃었다.

"혹시 화났어?"

"죽은 자는 말이 없지요."

그는 신입생에게는 하늘의 별 따기라는 외출증을 잠시나마 손에 넣었던 그녀의 표정을 떠올렸다. 그걸 못 쓰게 만든 건 좀 그랬나?

"아니, 잠깐. 이봐요. 바로 얼마 전에 처음으로 몇 걸음 나오셨으면서 발전이 너무 크신 거 아닌가요?"

잠자코 있던 하연이 '아니 잠깐.'이라 중얼거리다 버럭 외쳤다. 그녀의 말에 도깨비는 잠시 말이 없다.

"해 보니까 별거 아니더라고."

"사기다. 이건 사기야. 이봐요, 사기꾼 도깨비. 당장 날 내려줘요."

"도깨비라니…… 그나저나 여러 사람 홀리는 구미호랑 도깨비라, 아주 천생연분이겠어."

"그 둘은 종이 다르거든요!"

"아, 그러네…… 그럼 너도 도깨비 해."

"못생겼잖아요!"

지금 그럴 상황이 아니라고는 해도 그녀는 미(美)와 관련된 말은 절대 그냥 지나칠 수가 없었다. 중간에도 꼬박꼬박 대꾸를 하는 그녀 때문에 해랑은 웃겨서 죽는 줄 알았다.

그 웃음에 도저히 못 참겠다는 듯 다시 하연이 난리를 치기 시작했다. 그러나 그녀를 짊어지고 있는 해랑은 꿈쩍도 하지 않았다.

어느새 영희궁의 정문이 보이기 시작했다.

가까워지면 가까워질수록 하연은 불안해졌다. 저 문을 넘으면 완벽하게 이 도깨비의 영역.

도망치는 건 꿈도 못 꿀 테니 자신은 이대로 붙잡혀서 도깨비 마음이 풀릴 때까지 벌을 서게 될 것이다.

"어? 야, 야! 가만히 있어. 위험하잖아!"

더더욱 몸부림치기 시작한 하연 때문에 해랑은 고생이 이만저만이 아니었다. 그렇다고 이 예쁜 걸(?) 때릴 수도 없고!

얼마 남지 않은 영희궁 문으로 향하는 해랑의 걸음이 더더욱 빨라졌다. 그리고 하연은 더더욱 난리가 났다.

지금 그들의 모습은 상당히 이상했다.

도깨비 가면을 쓴 남자만으로도 수상한데, 그 남자에게 실려 있는 아름다운 여자. 뿐만 아니라 그 여자는 벗어나기 위해 난리를 치고 있다.

멀리서 봐도 이상한데 가까이에서 보고 있던 운은 오죽할까.

"……."

"……."

영희궁의 정문 앞에서 누군가를 기다리고 있던 운과 쉬지 않고 투닥거리며 이제 막 문에 도착한 그들은 잠시 동안 서로 말이 없었다.

누가 먼저 무슨 말을 하면 좋을지 모르겠다는 분위기. 그것은 평소에 잘 놀라지 않기로 유명한 운도 마찬가지였다.

"……안녕하세요. 서하연 아가씨 맞으시죠?"

오랜 시간 어색한 침묵 끝에 운은 조심스럽게 말했다.

"아닌데."

그 말에 잠시 가만히 있던 해랑은 아직도 침묵 속에 있는 하연을 대신해서 답했다. 그러고는 그의 앞을 유유히 지나가 정문을 열었다.

"맞는 거 같은데요."

"거참 아니라는데 왜 이러실까."

아니라는 해랑의 말에도 운은 꿋꿋이 그의 앞을 가로막고 섰다. 때문에 영희궁 안으로 들어갈 수가 없게 된 해랑은 인상을 찌푸렸다.

"맞아요. 제가 서하연이에요. 읍."

이러다가 싸움이 날까 걱정된 하연은 어깨에 짊어져진 상태로 당당히 자신의 이름을 밝혔다. 마찬가지로 인상이 찌푸려졌던 운의 표정이 그제야 조금 밝아졌다.

하연이 입을 열기 무섭게 해랑이 조용히 있으라는 듯 손을 뻗어 그녀의 입을 막았다.

"우리 아가씨께서는 말을 할 수 있는 상황이 아니신 거 같은데, 무슨 볼일이지?"

아니라고 할 때는 언제고, 이제는 뻔뻔하게 무슨 일이냐는 해랑의 태도에 잠시 당황한 운이 최대한 빨리 본론으로 들어가고자 했다.

"청화궁에서 나왔습니다."

청화궁이라는 말에 하연을 안고 있던 해랑의 팔에 힘이 들어갔다. 그런 그가 자신을 노려보거나 말거나, 무표정으로 돌아온 운은 재빠르게 제 할 말을 끝냈다.

"환 님께서 아가씨를 만나 뵙고 싶어 하십니다."

"어…… 저를요?"

"예."

여전히 해랑에게 짊어져진 상태인 하연이 재차 물었다. 그럴 때마다 운은 고개를 끄덕였고, 둘 사이에 끼어버린 해랑은 그저 눈치만 보고 있었다. 그는 아무 말도 하지 않았지만 불안한 건지 하연을 꼭 끌어안았다.

그런데.

"……왜요?"

"예?"

잠시 해랑에게서 벗어나기 위해 바둥거리던 하연이 운을 향해 고개를 쭉 빼고는 물었다.

정말이지 이유를 모르겠다는 표정으로.

예상치 못한 하연의 반응에 당황스러운 건 운도 마찬가지였다. 여기서 뭐라고 대답을 해야 하는 거지?

아니, 일국의 왕자가 나라의 신하를 좀 만나겠다는데 '예, 알겠습니다.' 하고 따라나설 것이지 '왜요?'라니.

"큭……."

말 한 마디로 운을 당황시킨 하연 덕분에 해랑은 즐거웠다. 힘겹게 참고 있던 웃음소리가 간간히 새어 나가기는 했지만, 다행히 가면을 쓰고 있는 덕분에 그 바보 같은 얼굴이 공개되지는 않았다.

"그…… '왜요?'라는 말씀을 어떻게 받아들이면 좋을지……."

만나기 싫다는 거절인가 아니면 정말 순수하게 목적이 궁금하다는 건가. 운은 하연의 의중을 파악할 수가 없었다.

"공과 사 중 어느 쪽이냐는 질문이었습니다."

"……공은 이해를 하겠는데 사는……."

"이를테면 남녀 사이의 문제?"

하연의 말에 해랑은 물론이요, 운 역시 인상을 찌푸렸다. 물론 눈앞에 매달려 있는 여인은 눈이 부시게 아름다웠다.

하지만 여자 취향이 특이한 건지 모두가 예쁘다는 저 여인을 두고 환은 박색이라 했으니 운은 그녀가 괜한 걱정을 하고 있다고 생각했다.

"그런 일은 없을 겁니다."

"그럼 다행이고요."

"그럼 이제 저를 따라 오시겠습니까?"

"아니요. 그러면 더더욱 아니 되겠습니다."

"네?"

운은 슬슬 짜증이 나려고 했다. 도대체 뭐가 문제인데?

"공적인 문제라면 저는 현재 예문관 소속이므로 제3관을 통해 제대로 된 절차를 밟아 주셨으면 좋겠습니다."

무슨 일국의 왕자가 교육관 하나 만나기가 이리 어려운 건지. 운은 그러한 하연이 답답하다 못해 환을 모시는 사람으로서 화가 나기 시작했다.

"지금 왕자께서 일개 교육관을 만나는 데에 허가가 필요하다는 말씀이신가요?"

"지금 보고 계시는 게 바로 일국의 또 다른 왕자께서 일개 교육관을 데려가겠다며 예문관까지 납시어 친히 운반하고 계시는 모습입니다."

그냥 '오시랍니다.' 이러면 '네, 알겠습니다.' 이러면서 얌전히 따라와 줄 줄 알았던 하연이 이리 나오니, 운은 그제야 왜 예문관 대신들이 그녀에게 쉽게 다가가지 못하는지 알 거 같았다.

어느 한 곳 뚫고 들어갈 곳이 없다. 결국 환은 이쯤에서 물러서기로 했다.

"……다음에 다시 오겠습니다."

그렇게 말하고는 쌩하니 사라지는 운을 보고 있으니, 기특하게도 흥분해서 발끈하지 않고 얌전히 있던 해랑이 자세를 바꾸어 하연을 등에 업었다.

놀라 바둥거리던 하연이 벗어나기를 포기하고 기왕 업힐 거면 안정적인 자세가 좋다 중얼거리며 해랑의 목에 팔을 둘렀다. 그러자 해랑이 움찔거리며 살짝 놀라더니 피식 웃는다.

"저 잘했지요."

"그래. 잘했어."

"정말 그렇게 생각하면 혼내지 마세요."

그녀의 말에 해랑이 웃었다.

"그건 안 되겠는데."

*　　*　　*

하연은 울상을 짓고 있었고, 돌쇠는 그런 그녀를 안쓰럽다는 표정으로 간간히 쳐다보았으며, 오직 해랑만이 생글생글 웃고 있었다.

"환 님께서 아가씨를 만나고 싶어 하신다고요?"

"그래."

잠시 동안 기분 좋았는데 왜 그런 불쾌한 이야기를 꺼내는 거냐는 듯, 열심히 책 한 권을 베껴 쓰고 있던 해랑이 붓을 탁 소리 나게 내려놓았다. 그러고는 문가에 무릎 꿇고 앉아 두 팔을 들고 있는 하연을 바라본다.

"그놈이 왜 갑자기 그러는 건지는 모르겠지만."

"이유야 하나밖에 더 있겠습니까?"

얌전히 차를 따르던 돌쇠가 비아냥거리듯 말했다. 그러자 해랑의 눈이 사납게 일그러졌다.

"하연 님께서 아직 임시 교육관이시잖아요. 조만간 신입 교육관들의 배정이 이루어지겠네요."

크게 말하면 그녀는 예문관 소속. 그리고 좀 더 세세하게 말하면 제3관 소속. 하지만 여기서 더 나아가 신입 교육관들은 선택해야 하는 것이 있었다. 바로 담당 왕자.

어느 왕자를 선택하느냐에 따라 파가 나뉘게 되는 것이기 때문에 하하호호 웃고 떠들던 동기생도 순식간에 적으로 돌변할 수 있는 중요한 선택이었다.

"넌 내 교육관이잖아."

해랑이 그게 무슨 말이냐며, 하연을 바라보며 말했다.

"그건 어디까지나 '임시'직이었지요. 3개월 단위로 계약을 연장하고 있어요. 곧 있으면 끝납니다."

"……."

"그럼 언제까지고 제가 해랑 님의 교육관직을 맡을 줄 아셨나요?"

"너 내 곁을 떠날 거야?"

"대사가 애틋한 감이 없잖아 있네요. 그런데, 마음 같아선 당장에라도 떠나고 싶습니다."

하연은 여전히 퉁명스러웠다. 아마도 서서히 실감하고 있는 어떠한 고통 때문이 분명했다.

까짓것 별거 아니겠지 싶었는데, 어느새 어깨가 바르르 떨리고 있었다.

"아직 결정 난 건 아니니까 그 문제는 좀 더 두고 보자 구요. 우선은……."

그녀가 다른 곳의 교육관이 될지도 모른다는 말에 충격에 빠진 해랑을 흘끗 바라본 하연은 최대한 불쌍한 눈으로 그를 바라보며 애원했다.

"이 팔을 좀 내려도 될까요? 서서히 팔이 저려오는 게, 이러다가

마비가 올 거 같은데."

그 말에 해랑의 시선이 새하얀 빛을 띠는 하연의 손과 팔목으로 옮겨 갔다.

방에 들어서기 무섭게 그는 하연을 문가에 앉혀 놓고 두 손을 들고 있으라고 명령했다.

물론 몇 번인가 거부하며 반항을 해 보았지만, 소용없었다.

결국 하연은 태어나서 거의 처음으로 그렇게 벌을 받았고, 처음이라 그런지 그 고통은 엄청났다.

"내려."

"감사합니다."

아니, 애도 아니고. 많고 많은 벌 중에 하필이면 두 손 들기 벌이라니.

물론 고작 몇 분 정도 시킨 거 가지고는 그녀가 시험 범위를 착각해 발생한 자존심의 상처를 회복할 수 없었지만, 지금 해랑은 무조건 하연에게 잘 보여야 했다. 그래야 나중에 가서도 다른 사람이 아닌 자신을 선택할 테니까.

그래, 그렇게 생각하니 해랑은 복잡했던 마음이 좀 나아지는 거 같았다.

나중이건 지금이건 그녀가 자신을 선택하기만 하면 아무런 문제가 없었기 때문이다.

"화 다 풀리셨습니까?"

멍하니 자신을 바라보는 그가 화가 덜 풀렸다고 생각한 건지 하연은 정말 반성하고 있다는 눈빛으로 조심스럽게 물었다.

"……지금 와서 다시 생각해 보면 너무 어이가 없어서 어떻게 해야 할지 모르겠다. 진짜……."

어이가 없어도 너무 없어서, 그는 이제 화도 나지 않는 거 같았다.

이미 지나가 버린 일인데 이런다고 시험이 돌아오지도 않으니까, 차라리 이 시간에 공부를 해서 다음 시험을 잘 보는 게 더 낫겠지.

"지금은 그래도 나중엔 분명 좋은 추억 같은 이야깃거리가 될 거예요."

"지금 그걸 변명이라고 하는 거야? 아직 화 덜 풀렸어! 아무리 생각해도 열 받아!"

하연은 그가 또다시 손을 들고 있으라고 할까 봐 깜짝 놀라 뒤로 주춤 물러섰다.

하지만 지금 그에게는 지나가 버린 망친 시험이나 다가올 시험 대비보다도 더 신경 쓰이는 일 하나가 남아 있다.

"환이랑은 절대 만나지 마. 알았어?"

해랑의 질투 섞인 투정에 하연은 웃으며 고개를 끄덕였다.

"아, 하지만 공식적인 절차를 밟으면 저도 어쩔 수가 없다는 건 알아 주셨으면 좋겠습니다. 제가 잘못하면 예문관 전체에게 피해가 가거든요."

"그거라면 걱정 마. 그 녀석은 자존심이 엄청 강해서 먼저 굽히고 들어올 리가 없으니까."

그리 말하는 해랑의 표정은 당당했다. 설마 그가 '제발 저와 만나 주셨으면 좋겠습니다.'라는 식의 절차를 밟을 리가 없지 않겠는가.

이는 영희궁에 앉아 있는 해랑뿐만 아니라, 청화궁으로 빈손으로 돌아간 운의 생각도 그러했다.

"뭐? 뭘 받아? 허가? 그냥 교육관 하나 만나는데, 내가 허가를?"

가벼운 마음으로 갔다가 서하연에게 깨져서 돌아온 운은 고개를 푹 숙이고, 눈앞에서 화가 나 길길이 날뛰고 있는 환의 잔소리를 묵묵히 들을 수밖에 없었다.

"예……."

"그걸 가만히 듣고만 있었어?!"

"……."

운은 할 말이 없었다. 물론 하고 싶은 말이야 엄청나게 많았지만, 거기서 더 해 봤자 그녀를 데리고 올 수 있었을 거라는 확신이 없었기 때문이다.

"하아……."

그럼 이제 어떻게 하나?

그 역시도 해랑과 마찬가지로 자존심 있는 환은 서하연의 말대로 절차 따위 밟지 않을 거라 예상했고, 해서 그 경우를 제외한 다른 경우에 대해 생각을 하고 있었다. 그런데 그때였다.

"넣어라."

"예?"

지금 이게 무슨 소리인가.

깜짝 놀란 운은 놀란 토끼눈으로 고개를 들어 한숨을 내쉬고 있는 환을 응시했다.

"예문관에 공식적인 요청 넣으라고."

"그, 그렇게까지 해서 만나셔야……."

"하라면 해."

잠깐, 뭔가 아주 크게 그들의 예상으로부터 벗어나는 소리가 들리는 거 같았다.

하지만 고개를 돌린 환의 표정은 진지했다. 절대로 농담 따위를 하는 표정이 아니었다.

"어디 그 기고만장한 면상 한번 구경이나 해 보자."

*　　*　　*

"역시 서하연. 대단해. 엄청 나."

"네?"

재미있어 죽겠다는 표정의 부장, 령이 생글생글 웃는 얼굴로 말하자 괜히 기분이 나빠진 하연은 인상을 찌푸렸다.

평소와 마찬가지로 예문관 3관에 출근했는데, 입장부터 분위기가 이상했다. 그리고 이어지는 건 지금 눈앞에서 펼쳐지고 있는 령의 알 수 없는 미소였다.

누구든 좋으니 제발 지금 이 상황을 설명해 달라는 눈빛으로 하연은 주변을 둘러보았고, 운 나쁘게 마침 한가하던 강우가 희생양으로 선택되었다.

"아침 일찍 환 님에게서 정식 요청서가 도착했어."

"네?!"

설마. 설마…….

"서하연이라는 교육관을 만나고 싶다고."

강우의 말이 끝나기 무섭게 하연은 바닥으로 추락하는 기분을 느낄 수 있었다. 일단 급한 대로 당시 상황을 모면하기 위해 내뱉은 말이었는데, 설마 진짜로 절차에 맞춰 요청을 해 올 줄이야. 이렇게 되면 더 이상 거절할 수가 없었다. 그랬다가는 신입 교육관을 제대로 가르치지 못했다는 이유로 그녀뿐만이 아니라 그녀가 속해 있는 제3관까지 문책 받을지도 몰랐다.

당시에는 좋은 구실이라고 생각했는데 이제는 그게 오히려 자신의 발목을 잡게 될 줄이야.

"그러니까 내일 오전에는 영희궁 수업 빼고, 청화궁으로 가."

"하지만……."

"하지만?"

령의 눈썹이 살짝 일그러졌다. 그러나 그녀에게 스스로 무언가를 깨달을 시간을 주려는 건지, 잠시 아무런 말이 없다.

'하지만' 뭐? 그녀는 교육관이다. 해랑의 교육관이 아닌 예문관 제3관에 속해 있는 교육관.

현재 해랑의 '임시' 교육관이기는 하지만 이는 나중에 바뀔지도 모르는 일. 교육관으로서 모든 이들을 똑같이 대하는 것이 중요하며, 해랑이 아닌 다른 이를 만난다는 사실에 이런 반응을 보이는 건 편애였다.

훌륭한 교육관은 제자를 편애해서는 안 된다는 신입 관리 교육 시간의 배움은 다 어디로 갔단 말인가!

결과적으로 그녀는 지금, 해랑과 교육관으로서의 올바른 마음가짐 사이에서 한 가지를 선택해야 했다.

"……알겠습니다. 내일 찾아뵙도록 하겠습니다."

*　　　*　　　*

"……그래서, 오늘 오전 수업은 못 할 거 같습니다."

"……어……."

한 눈에 봐도 알 수 있었다.

지금 해랑은 표정, 행동, 말, 모든 것을 포함해 불만인 게 틀림없다.

외출 준비는 이미 오래전에 끝났지만 배웅이랍시고 따라 나와 있는 해랑 때문에 정문을 나설 수가 없는 분위기였고, 그들은 지금 이렇게 멍하니 서 있다.

어제 미리 말하지 않고 오늘 아침 출발 직전에 말한 건, 하연 스스로가 생각해도 정말 잘한 선택이었다. 어젯밤부터 이랬다가는 엄청나게 귀찮았을 테니까.

하지만 이대로 기분이 나쁜 상태로 해랑을 내버려 두고 외출하는 건 왠지 모르게 불안했고, 혼자서 그를 감당해야 하는 돌쇠가 불쌍해서라도 조금이나마 기분을 풀어 줘야겠다고 생각한 하연은 열심히 말을 걸려 노력했다.

"빨리 돌아올 테니까 그동안 정해 드린 부분까지 자습하고 계세요."

"……어."

"제가 돌아올 때까지 다 끝내 놓으시는 겁니다. 아셨지요?"

"……어."

"제대로 듣고 계시는 거 맞으시죠?"

"……어."

말하는 이만 입 아픈 비효율적인 대화에 하연은 슬슬 지쳤다. 그냥 돌쇠한테 모든 것을 맡기고 횅하니 가 버릴까.

자신은 충분히 노력했다고 생각한 하연이 막 정문을 여는데, 해랑이 갑자기 손을 뻗더니 그녀의 얼굴을 붙잡고 아주 가까운 거리에서 뚫어져라 바라보기 시작했다. 그러고는 붙잡혀 있는 사람 불쾌하게 인상을 찌푸렸다.

"조금만, 아주 조금만 못생겼으면 좋았을 텐데 말이지……."

"칭찬 같은데 별로 기쁘지 않은 칭찬이네요."

"여기저기서 눈독을 들이잖아."

"어디까지나 교육관으로서 가는 겁니다."

혹시라도 오해하지 말라는 의미에서 한 말이었지만, 해랑은 여전히 믿지 못하겠다는 반응이었다.

왠지 꼭 아내가 바람을 필까 봐 걱정하는 남편 아니, 그것보다도 더 어울리는 게 있을 거 같은데…… 아, 그래. 엄마랑 떨어지기 싫어하는 아들.

하연이 한참 자신의 볼을 만지작거리는 해랑의 손을 어떻게 뿌리치면 좋을까 고민하고 있는 사이, 웬일로 그가 먼저 떨어졌다.

"안 갔으면 좋겠지만 가야겠지? 이건 개인적인 문제가 아니니까……."

"어머, 웬일로 기특한 발언을?"

"기특하지? 그럼 빨리 돌아와."

어쩐지 오늘따라 기가 팍 죽은 게, 불쌍해 보였다.

오전 동안 혼자 내버려 둬도 될까 심각하게 걱정이 될 정도로.

"혹시라도 내 곁을 떠나 그 녀석에게로 가거나 그러지는 않을 거지?"

"그건 장담 못 하겠는데요."

이럴 때조차 너무나도 솔직한 하연의 대답에 해랑은 인상을 찌푸렸다. 덕분에 정말 이대로 보내도 될까, 하는 걱정이 배로 늘어났다.

금방 놓아 줄 줄 알았던 손에 힘이 들어갔다.

그에 하연은 이대로 또 몇십 분 정도 시간을 지체하겠군, 하고 마음의 준비를 했다. 그런데 갑자기 시야에 무언가가 들어오더니 곧 그녀의 얼굴에 덮어졌다.

"……뭐예요?"

"혹시 모르니까. 이거 쓰고 가."

해랑이 항상 쓰고 다니던 그 도깨비 가면.

"절대 벗으면 안 돼. 알았지?"

아니, 하지만 이걸 쓰고 청화궁까지 가는 것도 우스울 거 같은데.

가면을 벗어 보려고 하연이 바둥거렸지만, 어느새 뒤로 가 그녀가 줄을 풀지 못하도록 단단히 묶고 있는 해랑 때문에 그것을 벗는 것은 불가능했다. 이건 필시 누군가의 도움 없이는 벗어날 수 없는 족쇄이리라.

"가서 내숭 떨어. 너 잘하잖아. 알았지?"

왜 이렇게 요구 사항이 많은 건지. 도깨비 가면을 쓰는 것으로도 모자라 이제는 이런 해괴망측한 가면을 쓴 상태에서 내숭을 떨라고 하질 않나.

"도깨비 가면을 쓰고요? 아니, 그 전에 내숭? 오히려 역효과가 아닐까요."

"넌 성질내는 게 오히려 더 매력적이야. 그러니까 완벽하게 연기를 해. 너라면 할 수 있지?"

그 말에 하연은 입을 다물어 버렸다. 한마디로 성질 죽이고 얌전히 있다 오라는 말인데, 그걸 굳이 저런 식으로 말했어야 할까. 괜히 아침부터 사람 설레게.

"그럼 얌전히 기다릴 테니까, 빨리 다녀와야 해."

그 말을 마지막으로 시장에라도 나가는 엄마를 배웅하는 아들처럼 그는 열심히 손을 흔들며 하연을 배웅했다.

*　　　*　　　*

좋았어. 얌전히. 얌전히. 성격 죽이고. 얌전히. 얌전히.

해랑의 말을 계속해서 되새기며 걷다 보니 어느새 청화궁에 도착했다.

우선은 영희궁과는 비교도 안 될 정도로 엄청나게 큰 정문에 한번 놀랐다. 물론 전에도 시험 때문에 온 적 있었지만 그때는 그녀도 해랑의 시험 때문에 정신이 없었으니 제대로 감상하는 건 이번이 처음이었다.

"역시 궁이 세 개나 모여 있어 그런지 크기는 크네……."

거대한 정문을 지나니, 영희궁과 다르게 그 안에는 수많은 궁인들이 바쁘게 돌아다니고 있었다. 분명히 당연한 일인데도 어느새 영희궁에 익숙해진 하연은 그것이 괜히 어색했다.

"……서……하연 님?"

'설마'하는 목소리가 등 뒤에서 들려왔다.

고개를 돌린 하연의 눈에 왠지 모르게 얼굴을 찌푸린 운이 보였다.

사람을 바라보는 눈이 뭐 그러냐고 따지고 싶었지만 그럴 수밖에 없겠지. 그도 그럴 것이 지금 그녀는 엄청나게 이상한 도깨비 가면을 쓰고 있었으니까. 오히려 뒷모습만 보고도 자신을 알아봐 준 그에게 감사해야 했다.

"네, 안녕하세요. 지난밤에 뵙고 처음 뵙는 거네요."

"아, 네. 그런데…… 그 가면은……."

"개인적인 취향입니다."

더는 묻지 말아 달라는 듯 단호하게 그녀가 대답했다. 좀 더 그럴싸한 이유가 있었겠지만 당장 생각나는 변명이라고는 저것밖에 없는걸?

그렇다고 솔직하게 '해랑 님께서 말씀하시길 당신이 모시는 왕자가 제 미모에 반할 거 같으니 예방 차원에서 쓰고 가라고 하셨습니다.'라고 말할 수는 없지 않은가.

그럴 바에야 이상한 취향을 갖고 있는 사람으로 오해를 받는 게 훨씬 낫겠지.

교육관이라는 사람이 도깨비 가면을 쓰고 나타난 이 상황. 스스로가 생각해도 어이가 없는데 저 고지식해 보이는 인간이라고 아니 그럴까.

"……이쪽으로 오시지요."

다행히 그냥 넘어가기로 한 건지, 아니면 지적하는 것조차 귀찮았던 건지 운은 그녀를 방으로 안내했다.

"환 님. 모셔 왔습니다."

"그래."

문이 열리고 가장 먼저 그녀를 반긴 건 역시나, 아까 운에게서도 보았던 반응이었다.

환은 지금 눈앞에 있는 상대에게 어떤 반응을 보여야 할까 고민하고 있었다. 아무리 박색이라 생각하고 있었다고는 하지만 설마 도깨비 가면을 쓴 여인이 등장할 줄은 상상도 못 했다.

일단 초반의 분위기를 잡은 게 누구냐고 한다면, 당연히 그런 꼴로 등장한 하연이었다.

"어…… 음……."

환은 당황스러웠다.

사실 그녀가 오면 가장 먼저 자연스럽게 '생각보다 미인이시네요.'로 이야기를 시작하려고 했는데, 이래서는 불가능했다.

"……반갑습니다."

결국 그가 건넨 건 가장 형식적이고, 가장 특색 없는 기본적인 인사였다.

"네. 반갑습니다."

겨우 가면 하나로 기가 팍 죽어 버린 환과는 달리, 오히려 얼굴을 드러내지 않는다는 이점 때문인지 하연의 목소리는 더 당당했다. 그러다 문득, 영회궁에서 나오며 해랑과 한 약속을 떠올린 그녀는 어색하게 헛기침을 했다.

"저기……."

사근사근한 목소리. 좋았어.

열이면 여덟이 넘어간다는 남자들의 마음을 설레게 하는 목소리. 솔직히 워낙 오랜만에 하는 짓이라 불안했지만, 역시나 그동안의 경험치가 어디 가지는 않았다.

그리고 그사이, 어느새 다시 정신을 차린 환은 고개를 절레절레 저었다. 초반에 빼앗긴 주도권을 되찾아 오겠다고 다짐하며 얼굴에 맴돌고 있는 당황스러움을 떨쳐 내고 싱긋 웃었다.

"아, 앉으세요, 앉으세요. 제가 유명한 분을 만나 뵙게 되어 긴장을 한 모양입니다. 하하."

그제야 자리에 앉은 하연은 일단 예를 갖추어 그에게 인사를 올렸다.

자, 그렇다면 앞으로가 문제인데…….

"저를 부르신 이유를 여쭤 봐도 될까요?"

할 말 있으면 빨리 말하고 헤어지자는 하연의 재촉에, 아직 머릿속으로 이야기를 정리하지 못한 환은 뭐라 답하면 좋을지 고민하다가 또다시 의미 없는 웃음을 지었다.

"제가 이곳에 돌아온 지 얼마 안 되어서 말입니다, 제 부재중에 천유국을 사로잡았다는 엄청난 교육관이 있다 하여 만나 뵙고 싶었습니다."

"아, 그렇습니까."

"이거 영광입니다."

"저야말로 만나 뵙게 되어 영광입니다."

서로 의미 없는 웃음과 겉치레 같은 인사가 몇 번이고 오갔다. 마음에도 없는 소리를 하니, 지치는 건 당연.

어쩌면 지금 이건 인내심 싸움이 아닐까 하는 생각까지 들었다. 때문에 하연은 더더욱 성격을 죽이고 참으며 형식적인 말들만을 열심히 내뱉었다.

하지만 환은 그녀보다 참을성이 부족했다. 결국 주고받기식의 지루한 대화에 질린 건지 그가 먼저 시작을 끊었다.

"최초의 여성 교육관이라고 들었습니다. 심지어 국시도 수석으로 통과하셨다지요. 참으로 대단하십니다. 뿐만 아니라 미모까지 갖추셨으니, 교육관님보다 완벽한 여인이 이 나라에 또 있을까 싶을 정도군요."

칭찬 같아 보였지만 그것은 나름대로 비꼬는 말을 교묘하게 섞은 환의 공격이었다.

하연의 얼굴을 본 적 없는 환이 그녀의 미모를 논할 수가 없는데도 예쁘다고 하니, 이건 이상했다. 대놓고 형식적인 말을 함으로써 그녀를 당황하게 만들려던게 그의 계획이었지만 돌아오는 하연의 대답은 너무 당당했다.

"다들 그렇게 말씀하시더라고요."

평소에도 엄청나게 많이 듣는 말이라 익숙한 하연은 환의 의도를 눈치채지 못하고 당연하다는 듯 대답했다.

"수석이라는 말에 깜짝 놀랐습니다."

"네. 이 역시 다들 놀라시더군요."

"바보를 가르치고 계시다기에 전 또 문 닫고 합격하신 줄 알았지 뭡니까. 하하. 이거 제 예상이 보기 좋게 빗나갔군요."

이번 공격은 꽤나 컸다. 실제로 하연의 기분을 상하게 하는 데 성공하기도 했다.

하연은 자신을 얕보는 말보다도, 해랑을 무시하는 대목에서 분노를 느낄 수 있었다. 그리고 그 분노는 아주 잠시 동안이라지만 해랑의 신신당부를 잊게 만드는 데에 충분했다.

잠시 말이 없는 하연을 응시하던 환은 웃고 싶어서 미치겠다는 듯 입꼬리를 씰룩거렸다.

"저 역시 환 님의 소문은 얼핏 들었습니다. 설마 이렇게 젊으신 분일 줄은 몰랐습니다."

천유국에 살면서 그가 해랑과 동갑이라는 사실을 모르는 이는 없었다. 물론 그런 것에 관심 없는 하연은 예외였지만.

"하하. 보통은 잘생겼다고들 말하던데, 교육관님 입에서 그 말은 나오질 않네요."

나름대로 자신 있게 한 말이었는데.

"하하. 전 빈말은 안 하는 성격인지라."

"……."

"하지만 본인이 그렇게까지 말씀하시니…… 네, 잘생기셨습니다."

그래서 잘생겼다는 거야, 아니라는 거야?

사람 헷갈리게 만드는 대답이었다. 본인은 그렇게 생각하지 않지만, 남들이 다 잘생겼다고 하니 그렇게 말하겠다는 거야, 뭐야?

"교육관님께서는 그리 생각하지 않으시는 모양입니다만."

"제가 원래 윗사람 기분 맞춰 주는 입에 발린 소리를 잘합니다."

그리고 그녀가 그것보다도 더 잘하는 게 윗사람 상대로 막말하기였다.

"……농담도 잘하시네요."

환이 잘못했다.

첫 번째 잘못은 오늘 오전 동안이나마 얌전히 있겠다고 다짐한 하연을 먼저 건드린 것이고, 두 번째 잘못은 지금 눈앞에 앉아 있는 이 여인을 너무 얕봤다는 것이다.

그녀는 이 나라의 주인 신후왕조차 혀를 내두를 정도로 상대가 말을 쉽게 잇지 못하게 만드는 엄청난 언변의 소유자였기 때문이다. 그러니 사전 조사가 부족한 그의 잘못이다.

"이것 참."

진심인데 '농담'이라는 말로 보기 좋게 포장하려는 환의 말에 하연은 싱긋 웃으며 말했다.

"막상 말해 놓고 실수한 거 같아 조금 후회하고 있었는데, 제 좋을 대로 받아들이시는 분이라 정말 다행입니다. 하하."

지금까지의 대화로, 그들은 서로 깨달은 게 하나 있었다.

'아, 이 녀석, 나랑 같은 부류의 인간이구나.'

타인의 시선을 중시하며 평소 잘 포장된 '표정'이라는 가면을 뒤집어쓰고, 좋은 인상을 남기기 위해 외모, 행동, 말을 조심한다. 그리고 아닌 척하면서도 상대를 공격하는 방법까지…….

지금까지 그녀가 상대한 신후왕이나 해랑, 또는 예문관의 대신들이나 강우, 령. 그들과는 달랐다. 이렇게 자신과 비슷한 성격을 갖고 있는 사람과는 대립해 본 적 없는 하연으로서는 전력을 다해야 하는 상황이었다.

'죄송합니다, 해랑 님. 얌전히 있으라는 약속은 못 지킬 거 같네요.'

간만에 몰려온 승부욕에 그녀는 얌전히 있기는커녕, 최선을 다할 생각이었다.

'이놈 봐라…….'

환은 속에서 끓어오르는 화를 다스리려고 노력했다.

저보다 어린, 그것도 계집에게 이렇게 당하고만 있을 수는 없었다.

최대한 예의를 지켜 가며 야금야금 공격하려 했지만 이렇게 된 이상 예의고 뭐고 다 필요 없었다.

"교육관이라면 머리가 좋겠지요?"

저건 또 무슨 뜬금없는 질문인가.

"네. 예문관의 교육관들은 모두 그렇습니다."

교육관이라는 게 남들 다 떨어지는 시험 통과해서 들어왔으니, 당연히 어느 정도 지식을 갖고 있는 사람들인 건 당연하지. 뿐만 아니라 천유국의 모든 시험을 주최하는 기관이니 더더욱.

숨을 돌리기 위한 질문인가? 아니면 정말 궁금해서 하는 질문인가?

하연은 그 질문의 의도를 파악할 수가 없었다.

"그럼 교육관님께서도 그러시겠군요?"

"저는 그들 중에서도 더더욱 특별합니다."

그녀가 자신 넘치는 목소리로 말했다.

일단 홍일점이라는 사실 하나만으로도 '특별함'의 반은 먹고 들어가는 것이었다.

남자들 사이에서도 꺾이지 않는 그녀의 자신감에 환은 점점 더 그녀라는 존재를 얕봐서는 안 되겠다는 생각이 들었다.

모든 일에는 이유가 있는 법. 괜히 어머니께서 그렇게나 예의 주시하는 아이가 아니었다.

어머니가 이기지 못한 상대를 자신이 이기고 싶다는 생각이 들었다.

그래서 그는 결국 본성을 드러내기로 결심했다.

"그런데 그렇게 머리가 좋으신 분께서, 왜 해랑 따위의 임시 교육관을 맡고 계시는 겁니까?"

노골적인 비하에 가면에 가려진 하연의 표정이 일그러졌다.

그래, 네가 정녕 싸움을 걸어오는구나.

"저도 늘 그게 궁금합니다."

좋았어. 목소리는 여전히 침착했다. 나름대로 위기를 잘 극복한 거 같았다.

반면에 얼굴로는 그녀의 상태를 파악할 수가 없는 환은 별반 다를 거 없는 목소리에 실망했다. 그리고 그 실망은 곧 더 큰 화를 불러오는 발언을 하는 데 일조했다.

"제 어머니께서 당신을 꽤나 마음에 들어 하시더군요."

"제가 원래 여기저기서 인기가 많습니다."

"차라리 궁녀를 하시는 게 어떠십니까?"

"예?"

인기 많다고 칭찬할 때는 언제고, 갑자기 궁녀를 해 보는 게 어떻겠냐는 제안에 하연은 당황스러웠다. 지금 그의 말은 앞뒤 연결이 안 되고 막 내뱉는 거 같았다. 이는 그가 동요했음을 나타내는 증거이기도 했다.

그렇게 생각하면 기분이 좋기는 한데, 한편으로는 앞을 예상할 수가 없어 상대하기 더 힘들었다.

놀란 건지 훌쩍 올라가 버린 하연의 목소리에 환이 싱긋 하고 만들어 낸 웃음을 보이며 말했다.

"혹시 압니까. 예쁜 얼굴로 후궁의 자리에 올랐을지. 그럼 이렇게 힘든 일 따위 안 하셔도 되셨을 텐데."

그 말에 하연은 제대로 기분이 나빠졌다.

그녀 역시 초반에는 신후왕의 '여성 인재 등용'에 대해 부정적이었지만, 지금은 달랐다.

예문관에서 지내는 사이 그녀 나름대로 현재 예문관의 대신이라는 데에 자긍심을 갖게 되었다. 그런데 지금 뭐?

"죄송합니다. 이미 한 번 버린 자리라 그다지 구미가 당기지 않는군요."

당장에라도 돌아가고 싶어진 하연은 작게 한숨을 내쉬었다.

영희궁에 두고 온 또 다른 왕자와 달리 앞에 앉아 계신 왕자는 꽤나 유치한 구석이 있었다.

"들으셨을지도 모르겠지만 전 이미 환 님의 형님 되시는 분의 삼간택에 들었다가 제 발로 나온 일이 있었지요."

웅?

아니, 환은 이 이야기까지는 듣지 못했다. 어렴풋이 자신의 어머니가 형님인 현우를 옭아 매는 동시에 반대파 귀족 세력을 꼼짝도 못 하게 하기 위한 술수를 썼다는 이야기는 들었어도 설마 그녀가 그들 중 한 명이었을 줄이야.

그런데 그 삼간택에서 빠져나왔다고? 그런 게 가능한가?

"즉 제가 현우 님을 거절한 적이 있다, 이 말입니다."

"……이 나라 왕자와의 혼사를 거절하셨다는 말씀이십니까, 지금?"

어느새 대화가 너무 쓸데없는 이야기로 흘러갔다.

자신의 제안에 어느 정도 고민할 줄 알았던 하연이 딱 잘라 거절을 놓았기 때문도 있고, 결정적으로는 놀라운 이야기를 들었기 때문이었다.

"기왕 하는 결혼이라면 최고의 자리에 있는 상대가 좋겠지요."

얼마 전까지만 해도 그녀가 가장 중요시 여기는 건 '운명'이었지만, 그것이 힘든 일이라는 걸 알게 된 지금은 생각이 바뀔 수밖에 없었다.

"……그건 왕이 아닙니까?"

"왕도 포함이 되겠지요."

욕심이 많은 여자라고 인상을 찌푸리려나?

하지만 하연은 생각했다. 어차피 운명적인 사랑을 할 수 없다면 한 번 하는 결혼, 제대로 해야지 않겠느냐고.

"혹시 소문 못 들으셨습니까? 이 궐에서 다음 왕위에 오를 가장 유력한 왕자가 저라는 얘기 말입니다."

"소문은 소문에 불과하지요."

"그래도 괜히 소문이겠습니까? 다 이유가 있으니 그러는 거겠죠."

이 사람은 이미 자신이 왕위에 오를 거라고 확신하고 있었다. 하연은 고민에 빠졌다. 어떻게 하면 이 사람의 망상에 충격을 줄 수 있을까.

"그러면 일단 왕이 되신 다음에, 그때 다시 저에게 제안을 해 주세요."

"하하. 그때는 제 청혼을 받아주실 생각이십니까?"

"아니요."

'아니요'라는 말이 끝나기 무섭게 환이 움찔하며 표정이 굳어졌다.

나긋나긋하던 목소리 역시 슬슬 불안해지기 시작한다. 나름대로 예의 있어 보이게 존댓말을 갖춰 쓰고 있었는데 무심코 반말이 튀어나왔다.

"어째서?"

"아마 그런 날은 오지 않을 테니 말입니다."

"……."

하연은 그의 분위기가 달라졌다는 걸 알아차렸다. 아까부터 티가 나는 거짓 웃음을 보이던 환의 표정이 굳었다.

"아까 저에게 물으셨지요? 머리도 좋은데 왜 해랑 님 따위의 교육을 맡고 있는 거냐고 말입니다."

"……."

"바보만큼 가르치는 보람이 있는 학생은 또 없답니다."

방 안이 조용해졌다.

초반에 기세등등하던 왕자는 이제 사라진 지 오래였다. 방 안에는 도깨비 가면을 쓴 여인과 그 여인에게 기가 눌려 버린 왕자가 있다.

"더는 나눌 대화가 없는 거 같지만, 혹시 마지막으로 더 물으실 거라도 있으십니까?"

슬슬 이 대화를 끝내기 위해 하연은 자연스럽게 '마지막'이라는 단어를 넣어 말함으로써, 이제 그만 가 보겠다는 눈치를 주었다.

그러나 못 알아차린 건지 아니면 일부러 그러는 건지.

"……뭐 하나만 물어도 되겠습니까?"

아직은 그녀를 놓아 줄 생각이 없는 환이었다. 사실 그는 아까부터 신경 쓰였던 문제가 하나 있었다. 오히려 이렇게 질문할 기회가 생겨서 다행이었다.

"실은 아까부터 궁금했던 건데, 도대체 그 가면은 왜 쓴 겁니까?"

환은 생각했다. 그래, 다 저 가면 때문이다. 저 가면 때문에 초반에 눌린 기가 지금까지도 이어지는 것이다. 그래, 자신이 모자란 게 아니라 저 이상한 가면 때문이다.

그는 지금 모든 탓을 그녀가 쓰고 있는 가면에 돌리고 있었다.

"해랑 님께서 이 가면을 직접 씌워 주시며 말씀하시길."

하연은 말했다. 아주 당당하고, 자랑스럽게.

"제가 너무 예쁘기 때문이랍니다."

참 할 말 없게 만드는 뻔뻔한 답변이었다.

한 가지만 질문하겠다고 했으니, 하연은 이제 정말 돌아가 보겠다며 일어났다.

그런데 문을 열고 나가려던 그녀가 문득 말을 던졌다.

"아, 그래도 형제인데 좀 친하게 지내보는 게 어떠십니까?"

"예?"

"우리 해랑 님 착한 분이십니다. 겁먹지 마세요."

그렇게 말한 하연은 도망가듯 꾸벅 인사를 올린 뒤 재빠르게 방에서 나왔다. 드디어 벗어났다는 기쁨과 해랑과의 약속을 지켰다는 뿌듯함에 그녀는 기분이 날아갈 거 같았다.

하지만 해랑과 하연의 그러한 노력은 방금 전 그녀의 말 때문에 물거품이 되어 버렸다.

이튿날 아침.

오전이고 오후고 할 거 없이 늘 조용한 영희궁이 어째서인지 아침 일찍부터 소란스럽다.

"환 님, 정말 가실 겁니까?"

걱정스럽다는 목소리로 운이 물었다. 그러자 못마땅한 표정의 환이 투덜거리듯 말했다.

"인사 정도만 하려는 거야, 인사. 내가 무시해 봐라. 주위에서 좋게 보겠어?"

"그건 그렇지요."

천유국에 돌아온 지도 며칠이 지났는데 인사 한 번 안 간다는 건 예의가 아니었으니까.

짧은 대화를 끝낸 환은 눈앞에 있는 문을 두드리기 시작했다.

그 소리에 영희궁의 뒷마당을 청소하고 있던 돌쇠는 인상을 찌푸리며 다급히 밖으로 나갔다.

누구지? 이 시간에 아니, 이 시간이 아니더라도 영희궁을 찾을 사람은 없는데.

"네. 누구십…… 화, 환 님?!!!"

그리고 문 열기 무섭게 등장한 환의 얼굴에 그는 깜짝 놀라 들고 있던 빗자루까지 떨어뜨렸다.

"화…… 환 님께서 영희궁에는 어쩐 일로……."

"형제를 만나러 왔는데, 안 되나? 아, 운아. 너는 밖에서 기다려라."

언제부터 형제라고 친하게 지냈다고 그러는 건지.

온 지 한참 되었으면서 이제야 인사랍시고 찾아온 주제에…… 이건 분명 뭔가 심경의 변화가 있었다는 뜻이었다. 그리고 바로 어제 하연과 만난 뒤에 이렇게 찾아왔다는 건 그 심경의 변화를 준 게 누군지 답이 딱 나왔다.

"아니, 안 될 건 없지요…… 다만 기별이라도 주셨다면……."

"귀찮게 무슨. 비키거라. 간단하게 인사만 하고 바로 돌아갈 거니…… 왜, 뭐 숨기는 거라도 있나?"

큰일이었다. 그는 하연이 영희궁에서 해랑과 함께 지내고 있다는 걸 몰랐다.

이 사실을 알고 있는 건 오직 하늘 같은 전하뿐. 다른 사람들에게 들켰다가는 괜한 소문이 돌지도 몰랐다.

"해, 해랑 님!"

"왜. 나 곧 수업이야. 나가."

언제부터 공부하는 걸 좋아했다고 이러실까. 다른 이유도 아니고 수업이 있다는 이유로 돌쇠를 내쫓는 그 꼴은 상당히 웃겼다.

비웃어 주고 싶었지만 지금 그는 그럴 틈이 없었다.

하연이 오기 전에 미리 수업 준비를 하고 있던 해랑은 빨리 문을 닫으라는 듯 인상을 찌푸리며 고개를 들었다.

"아침부터 왜 이런 소란…… 아."

그리고 싱긋 웃고 있는 환과 눈이 마주쳤다.

"오랜만에 봤는데, 표정이 그게 뭐야?"

"뭐야, 왜 온 거지? 돌아가."

돌아가라는 말 따위 가볍게 무시한 환은 자신을 막고 있는 돌쇠를 옆으로 밀치며 안으로 들어왔다. 그리고 앉으라는 말도 하지 않았는데, 해랑의 맞은편에 털썩 앉았다.

아무래도 금방 돌아갈 거 같지는 않았다. 이제 곧 수업 시간이라 해랑은 초초했다. 조금 있으면 아무것도 모르는 하연이 평소처럼 나타날 것이다. 그렇다고 잠시 기다리라는 말을 남기고 나가는 건 뭔가 더 의심스러워 보이는 행동이었다.

할 수 없이 그는 마찬가지로 당황해하는 돌쇠에게 다급히 손짓을 했다. 그러고는 환이 듣지 못할 정도로 작은 목소리로 말했다.

"하연에게 전해. 오늘 오전 수업은 취소하는 거로. 그리고 절대 밖에 나오지 말라고 해."

"……일단 한번 말씀은 드려 보겠습니다."

"……그래, 수고해라."

그들은 이미 예상하고 있었다. 하연이 그 말을 듣지 않을 거라는 것쯤은. 그래도 시도 정도는 해 봐야 했다.

"정말 작은 궁이네."

돌쇠가 나가기 무섭게 전체적으로 방을 쭈욱 둘러보던 환이 짧은 감상평을 남겼다. 사실 일부러 해랑의 속을 긁어 놓기 위한 말이었다.

"어, 그래."

신경 끄라며 짜증을 낼 줄 알았는데, 의외로 해랑은 아무렇지도 않다는 듯 대답했다.

그러자 환은 당황스러웠다.

이 녀석이 원래 이런 놈이었던가? 아니, 조금만 건드려도 바로 반응을 보이던 놈이었는데…… 역시, 다른 사람도 아니고 국시 수석에게 교육을 받다 보니 조금은 마음가짐이 어른스러워졌다는 건가?

그가 혼자 이런저런 오해를 하고 있을 때.

사실 해랑은 다른 생각을 할 수 없을 정도로 극도의 불안 상태에 빠져 있었다. 그의 시선은 눈앞의 환이 아닌, 뒤에 있는 문을 향해 있었다.

지금이라도 당장 저 문이 열리고 하연이 들이닥칠 것만 같아 불안했다.

"안 답답해? 소문대로 궁녀 한 명 없네."

"별로."

무슨 말을 해도 기분 나쁜 반응은커녕 해랑은 아무렇지 않게 받아들이고 있었다. 이러니 환은 또 괜한 오기가 생겼다. 어떻게 해서

든 해랑이 화를 내는 모습이 보고 싶었다.

"그러고 보니 너 저번에 본 시험, 한 문제 빼고 다 틀렸다며? 쯧쯧. 그래 가지고 되겠어?"

"어…… 더 노력해야지."

이번에야말로 인상을 찌푸릴 줄 알았는데, 전혀. 이쯤 되니 오히려 자신이 나쁜 놈이 된 거 같았다.

도대체 이놈에게 무슨 일이 있었던 거지. 그 서하연이라는 교육관은 뭘 어떻게 했기에 사납던 녀석을 개과천선시킨 거야.

그때, 밖에서 불안한 우당탕탕하는 소리가 들려왔고 그 소리에 해랑은 심장이 덜컹 내려앉았다.

그는 방금 전의 그 소리가 무엇을 의미하는지 잘 알고 있었다.

일전에 그가 늦잠을 자는 바람에 오전 수업이 진행되지 않았을 때 역시 들어 봤던 소리였다.

우당탕탕에 이어, 화가 난 이의 쿵쿵거리는 발걸음 소리가 점점 그들이 있는 방에 가까워지기 시작했다.

간간히 돌쇠의 다급한 목소리도 들려왔지만, 그 걸음 소리의 속도는 전혀 줄어들지 않았다.

그리고 문이 '드르륵'도 아니고 '쾅!' 하는 엄청난 소리와 함께 활짝 열렸고, 뒤를 이어 화가 난 듯 보이는 하연이 요란하게 등장했다.

"정신이 나가셨습니까! 배짱이 좋아지셨군요. 멋대로 오전 수……."

하지만 그녀는 뒷말을 마저 잇지 못했다.

분명 해랑의 방인데, 어째서인지 환이 놀란 표정으로 자신을 올려다보고 있었고, 그 앞자리에 앉아 있던 해랑은 한숨을 내쉬고 있었다. 그것만으로도 충분히 상황을 이해할 수 있었다.

아, 내가 지금 실수했구나.

"실례했습니다."

뒤늦게 상황을 알아차린 하연이 재빠르게 방에서 나가 문을 닫으려고 했지만, 이미 환은 깜짝 등장을 해 버린 그녀에게 시선을 빼앗겨 버렸다.

무슨 생각을 하는 건지는 모르겠지만, 그는 아주 노골적으로 하연의 얼굴을 빤히 쳐다보고 있었다.

"잠깐."

그 짧은 말에 나갈 기회를 놓친 하연은 이러지도 저러지도 못하고 서 있을 수밖에 없었다.

"누구야?"

다시 해랑을 향해 고개를 돌린 환은 소개시켜 달라는 표정으로 물었다.

"어, 저는 서……."

반사적으로 자신을 소개하려던 하연은 완강하게 고개를 젓고 있는 해랑을 발견하고는 입을 다물어 버렸다.

"그러니까 저 녀석은……."

잠시 동안 그들은 말을 잇지 못했다. 솔직하게 서하연이라고 말했다가는 큰일이 날지도 모른다.

그녀는 교육관이다. 교육관과 왕자가 한 궁에서 함께 지내고 있다는 말을 들으면 주위에서 안 좋은 소문이 들릴 수도 있었다.

물론 정체를 알 수 없는 여자와 지내고 있다는 소문도 좋을 건 없었지만 예문관의 대신들에게 '궐 안에서의 연애 금지'를 맹세한 하연에게는 특히나 독이었다. 곧바로 궐에서 쫓겨날지도 몰랐다.

　그렇게 우물쭈물거리고 있는데 순간 하연과 해랑의 시선이 마주쳤다. 그리고 정말 신기하게도, 둘의 머릿속에는 같은 이름이 반짝하고 떠올랐다.

　둘은 동시에 외쳤다.

　"서이완." / "서이완이라고 합니다."

　이미 한 번 비슷한 경험이 있었던 덕분이었다. 이름을 댈 수 없는 곤란한 상황이면 늘 등장하는 그녀의 오라버니의 이름이다.

　이제 됐겠지 하고 다시 탈출을 시도해 보는 하연이었지만, 다음으로 오는 질문은 더더욱 곤란한 질문이었다.

　"서이완? 혹시, 서하연이라는 여인과 관련이 있나?"

　이래서 사람들이 거짓말은 또 다른 거짓말을 낳는다고 하나 보다.

　"어…… 그게……."

　어떻게 '서'라는 성씨 하나로 거기까지 생각할 수 있는 거지?

　하연이 속으로 작게 감탄하고 있을 때, 나름대로 추리에 빠져 있던 환이 곧 알겠다는 듯 눈을 반짝이며 말했다.

　"맞나 보네. 아, 혹시……."

　하연은 일단 무조건 고개를 끄덕였다. 그리고 거짓말이라고는 믿을 수 없을 정도로 당당하게 대답했다.

　"네, 서하연은 제 언니입니다."

　그녀는 생각했다.

난 잘못한 거 없다. 난 착한 사람이야. 애초에 저 앞에 앉아 있는 사람이 나한테 거짓말시킨 거고, 이 앞에 앉아 있는 분이 거짓말할 거리를 제공해 준 거니까.

그렇게 하연과 해랑은 위기를 넘겼다. 아니, 넘겼다고 생각했다.

하지만 정말 이상하게도, 일 년에 몇 번 만날까 말까 하던 환의 영희궁 방문은 그 뒤로 눈에 띄게 늘어났다.

"해랑 님……."

이제는 돌쇠의 저런 목소리만 들어도 대충 눈치를 챌 정도였다.

오늘은 좀 그냥 넘어가나 싶었는데 역시나, 오늘도.

돌쇠의 '해랑 님…….'이라는 말을 듣기 무섭게, 열심히 공부하고 있던 해랑과 하연은 묻지도 않고 벌떡 일어났다. 그러고는 다급히 책이며 붓이며 할 거 없이 방 안을 정리하기 바빴다.

하연이 제 방으로 돌아가자마자 닫혔던 해랑의 방문이 다시 열리더니 벌써 몇 번을 보는 건지 모를 환이 밝게 인사를 하며 나타났다.

기분 좋아 보이는 그와 달리, 하연과 단둘이 있는 유일한 시간인 공부 시간을 빼앗겨 버린 해랑은 요 며칠 기분이 아주아주 안 좋았다.

"제발 부탁이니까 그만 와."

원래부터 해랑은 환이 마음에 들지 않았지만 요즘 들어 더더욱 그가 짜증 나서 미칠 거 같았다.

十一花
서하연입니다

"오늘은 조용하네요."

"'아직' 조용한 거겠지요."

빨래거리를 영희궁 밖의 궁녀들에게 전해 주고 오는 길이던 돌쇠에게 하연이 말했다. 그러자 그가 한숨을 내쉬며 대답했다.

언제 또 영희궁 문이 시끄럽게 울어 댈지 아무도 몰랐다. 이건 일종의 언제 터질지 모르는 폭탄과도 같았다.

차라리 시간을 정해 두고 찾아오든가.

"그나저나 환 님께서는 요즘 왜 이렇게 영희궁에 자주 오시는 걸까요?"

"……정말 그 이유를 모르시겠습니까?"

돌쇠가 골똘히 생각에 잠겨 있는 하연에게 물었다. 그러자 하연은 정말 모른다는 듯, 거짓 따위 느껴지지 않는 눈으로 그를 바라보며 고개를 끄덕였다.

척 봐도 답이 나오지 않는가?

아, 그러고 보니 그렇지. 그녀뿐만 아니라 이야기책 속에 등장하는 여주인공들은 단체로 같은 병이라도 걸렸는지 지금과 비슷한 상황에서는 다 그랬다.

다른 일에는 눈치가 빠른데, 정작 자신의 일에는 눈치가 없다.

"아, 그거 때문인가?"

그리고 간만에 돌아왔다 생각한 눈치도.

"드디어 형제간에 우애를 쌓아 갈 마음이 생겼다든가."

이렇게 엉뚱한 방향으로 발휘되곤 한다.

돌쇠가 이상한 표정을 짓거나 말거나, 하연은 새롭게 깨달은 진실에 잔뜩 들떠서는 자리에서 벌떡 일어났다.

"제가 환 님을 만났을 때 말이에요, 해랑 님과 사이좋게 지내 보는 게 어떻겠냐는 말씀을 드렸거든. 그게 계기 아니었을까요."

계기? 지금 계기라고? 계기는 무슨, 문제의 원인이지!

알고 보니 시작은 바로 하연이었다는 새로운 사실에 돌쇠는 펄쩍 뛰고 싶었다. 그리고 할 수만 있다면 하연을 붙잡고 쓸데없는 오지랖이었다며 훈계를 늘어놓고 싶었다.

하지만 그랬다가는 이유를 막론하고 해랑의 손에 죽어 나겠지.

"형제간의 우애는 좋지만요."

사실 하연도 환의 방문에 그녀 나름대로 고민거리가 있었다.

그에 한숨을 푸욱 내쉬며, 지금 그녀에게 난 화를 속으로 조용히 삭히고 있는 돌쇠의 옆에 털썩 앉았다.

"덕분에 수업 진도가 전혀 나가지 못하고 있어요."

공부만 하려고 하면 귀신같이 알고 들이닥치는 그 때문에 요 근래에는 원래 계획했던 진도의 절반에도 미치지 못했다.

이러니 교육자의 입장에서는 환의 방문이 예쁘게 보일 리가 없었다. 그는 방해꾼이었다. 해랑의 공부를 방해하는 방해꾼.

"혹시 해랑 님의 수업을 방해하기 위해……."

"예?"

'저건 또 무슨 헛소리래?'라는 투로 반응한 돌쇠는 하연의 찌푸린 얼굴을 보고 재빠르게 표정을 고쳤다.

"그게 무슨 말씀이세요?"

"생각해 봐요. 환 님은 따로 교육관을 붙이지 않아도 될 정도로 학식이 깊으시다면서요. 한마디로 천재형. 반면 해랑 님은 공부를 하지 않으면 안 되는 노력형."

"……아무리 그래도 그렇게까지 말씀을……."

"아, 딱히 험담하는 건 아니니까요. 그리고 전 노력형을 더 선호해요. 저 역시 그렇고."

"아, 그러십니까?"

"네, 뭐랄까……."

하연은 믿지 못하는 거 같은 돌쇠에게 자신이 노력형을 얼마나 선호하는지 좀 더 구체적으로 알려 줄 필요를 느꼈다.

"사랑스럽다고 할까요?"

그 말을 듣기 무섭게 돌쇠는 인상부터 찌푸렸다. 분명 그 표현은 잘못된 표현이었다. 그녀만의 세계에서 '사랑스럽다'는 다른 의미로 사용되는 단어인 게 분명했다.

"부탁이니 해랑 님께는 절대 그 말 하지 말아 주세요."

"왜요? 칭찬인데."

"하루 종일 짜증 내시는 것도 싫지만, 하루 종일 실실 웃고 계시는 꼴 보는 것도 싫습니다. 아, 그리고."

돌쇠는 스스로를 노력형 인간이라 말하는 하연의 의견에 동의하지 못했다.

"제가 볼 때는 아가씨도 천재형입니다."

머리 좋고 예쁘고, 어쩌면 운까지도 좋았던 걸지도.

하지만 이번에는 반대로 하연이 돌쇠의 의견에 동의하지 못하는 건지 고개를 절레절레 저었다.

"하하. 그렇게 보이나요? 하지만 제 어릴 적의 추억을 들어 보면 그렇게 생각 안 하실걸요?"

"아, 알아요. 저번에 아가씨 찾으러 집으로 갔을 때 봤던 쌓여 있는 엄청난 책들. 그러고 보니 맞네요, 노력형."

생각해 보니 맞는 말 같기도 했다.

그와 해랑은 하연의 방을 가득 채우고 있던 어마어마한 책 더미를 보지 않았던가.

"어쨌거나, 오늘은 그냥 넘어갈 수 없어요."

이건 심각한 상황이었다. 이대로 있다간 해랑이 바보가 될 판이었다.

스승 된 자로서, 어느 정도 공부 좀 하는 애로 만들어 놓은 제자가 다시 바보로 되돌아가는 일은 무슨 수를 써서라도 막아야만 했다.

*   *   *

"또 왔구만."

"또 왔지."

이제는 아예 손수 문을 열고 등장하시는 환 때문에 해랑은 미칠 지경이었다.

원래부터 그를 별로 안 좋아했지만, 요즘은 평생 싫어할 걸 몰아서 싫어하는 중인지 미치도록 싫었다.

그 덕분에 하연과 함께 있는 시간은 절반 이하로 줄었고 늘어난 건 짜증이었다.

"그런데 이상하네."

"뭐가."

"내가 이곳에 몇 번이나 왔는데, 그 서하연이라는 교육관과는 한 번을 안 마주쳤어. 이상하지 않아?"

"그건…….''

해랑에게 새로운 위기가 찾아왔다. 그는 변명을 해야 했다. 환을 납득시킬 만한 변명을.

"어…… 내가 공부하기 싫어서 지금 꾀병을 부리고 있는 중이라 그래."

"그럼 그렇지."

잘 넘어가서 다행이기는 한데 받아들이는 속도가 빠르니 이건 이것 나름대로 기분이 좋지 않았다. 아니 그나저나, 서하연은 왜 찾는 건데. 설마 이 녀석······.

"설마 그동안 쓸데없는 걸음을 한 이유가 서하연 때문은 아니겠지?"

"아니야."

"그건 다행이네."

망설임도 없이 재빠르게 들려온 아니라는 대답에 해랑은 마음 놓고 다시 읽고 있던 책에 집중할 수 있었다. 물론 아주 잠시 동안만.

"그런데, 그 동생 되는 서이완이라는 아가씨는 오늘도 안 오나?"

"그건 큰일인데."

환은 모르고 있었지만, 사실은 그게 그거였다.

해랑의 손에 들려 있던 책이 책상의 구석까지 밀려진 건 순식간이었다. 더 일이 커지기 전에 환의 마음을 돌려놓아야 했다.

"혹시나 해서 말하는 건데 지금 마음을 접는 게 좋을 거야. 그 녀석 보기에는 예뻐 보여도 말이야, 사실은······."

환의 마음을 돌려놓기 위해 뭔가 하연의 단점을 늘어놓아야 할 텐데······.

아무리 생각해도 단점이 없었다. 이런, 콩깍지가 쓰여도 단단히 쓰인 그의 눈에는 하나부터 열까지 예쁜 구석만 있지 흠 잡을 데가 없었다.

아, 하나 떠올랐다.

"······저녁밥을 안 먹어."

"그래서, 뭐."

고작 생각나는 단점이라고는 저녁식사를 하지 않는다는 것뿐이니. 아니, 솔직히 이건 단점이라고 하기도 뭐했다. 해랑은 참 난감했다. 어떻게든, 하나만이라도……

사실 그가 하연의 단점을 찾는 것은 거의 불가능했다.

이 자리에 돌쇠가 있었으면 또 모를까, 하연에 대해 객관적인 평가가 가능한 돌쇠와는 달리 콩깍지가 단단히 썬 해랑으로서는 주관적인 평가밖에 할 수 없었기 때문이다.

"하긴, 그날 문을 그렇게 '벌컥!' 열고 등장하는 게 예사롭지 않았지. 하지만 난 그렇게 당당한 여자가 좋아."

바로 그때.

때마침 그때와 똑같이 문이 또다시 벌컥 하고 열렸다.

동시에 그들은 얼어붙었고, 열린 문틈으로 보이는 건 지금쯤 해랑의 방에 고이 잠들어 있어야 하는 도깨비 가면 중의 하나였다. 정확하게는 그것을 쓴 여인.

"서하연?"

도깨비 가면을 쓴 여인은 당당하게 방 안으로 들어왔다.

"오늘은 그냥 못 넘어갑니다."

해랑이 입을 뻥긋거리며 돌아가라고 말하고 있었지만, 요란하게 등장한 하연은 그것을 무시했다. 돌아가기는커녕, 오히려 안으로 들어와서는 털썩 하고 자리 잡고 앉기까지 했다.

"수업을 시작하겠습니다."

그런 그녀를 뚫어져라 쳐다보고 있던 환이 한심하다는 시선으로 해랑을 쏘아보기 시작했다.

"도대체 며칠이나 꾀병을 부린 거냐? 교육관님이 이렇게까지 화가 나실 정도면 엄청나네."

하연의 말은 오늘만큼은 환에게 수업을 방해받을 수 없다는 의미였지만, 해랑의 변명을 믿고 있는 환이 듣기에는 제자를 혼내는 스승의 말일 뿐. 절대 자신에게 하는 말이라고는 상상도 하지 못하리라.

"못 들으셨습니까? 수업 시작한다고 말하고 있습니다."

"아, 알았어. 갑자기 들어와서 그렇게 말하면 어떻게 해? 아직 준비가……."

"아니요, 저는 지금 환 님께 말씀드리고 있는 겁니다."

"뭐?"

책을 꺼내려던 해랑과 허둥대는 그를 구경하던 환은 하연을 바라보았다. 그리고 도깨비 가면을 쓴 하연의 얼굴이 환을 향해 돌려졌다.

"수업에 방해가 돼서 그러는데, 나가 주시겠습니까?"

"……알았습니다."

공부한다는데 방해할 부모 없고, 형제 없다. 특히나 우애를 다지기 위해 온 거라면 더더욱 형제를 생각할 것이다.

이것이 그녀의 계획이었다. 정당한 방법으로 내쫓기. 게다가 상대는 이미 한 번 자신에게 진 적이 있었으니 더더욱 꼬리를 내릴 수밖에.

하지만 하연이 예상하지 못한 것이 한 가지 있었다.

"잘됐네."

"네?"

그녀의 예상대로라면 지금쯤 꼬리를 내리고 나갔어야 하는 환인데, 어째서인지 지금 그는 웃고 있다.

"언제 만나나 했거든요."

"저를 말입니까?"

한 번밖에 만난 적 없었고, 그날 역시 그리 좋게 헤어진 것도 아닌데 왜 자신을 만나려고 한 건지 이해가 되지 않았다.

당황한 하연 앞에서 뭔가를 주섬주섬 꺼내던 환은 곧 작은 하얀 종이를 그녀에게 내밀었다. 그는 조금 긴장을 한 기색이었다.

"그…… 동생분께 꼭 전해 주셨으면 좋겠습니다."

그렇게 말한 환은 자리에서 벌떡 일어나, 다시 한 번 하연에게 인사를 하고는 쌩하니 방에서 나가 버렸다.

그녀에게나 해랑에게나 방해꾼인 환이 나갔는데 방 안은 여전히 썰렁하다.

하연은 자신에 손에 들린 하얀 서신을 뚫어져라 바라보았다. 그것이 무엇인지 모를 리가 없었다.

서하연 인생, 얼마나 많은 남자들이 따라붙었나. 그만큼 고백받은 횟수는 엄청났고, 연서를 받은 횟수 역시 아직 읽지 못한 것들이 집 안에 쌓여 있을 정도로 어마어마했다.

잠시 해랑의 눈치를 보던 하연은 '이거 어떻게 할까요?'라는 표정으로 그의 앞에서 종이를 팔랑거렸다.

기분이 안 좋은 해랑은 삐치기라도 한 건지 서신은 물론 하연도 바라보지 않으며 책을 펼쳤다. 하지만 무시하려고 해도 무시할 수가 없었는지 잠시 고개를 들더니 굵고 짧게 위협적으로 말했다.

"태워 버려."

그러고는 다시 책으로 시선을 내린다.

마치 자신은 아무것도 못 봤고, 아무것도 못 들었다는 듯.

*　　*　　*

"그래. 유학 생활은 어땠느냐, 재미있었느냐?"

"네. 재미있었습니다."

"그것 참 다행이구나."

중앙궁을 찾은 환은 아까부터 신후왕의 질문 공세에 시달리고 있었다. 뭐 그리 궁금한 게 많은지……. 분명 귀찮을 법도 한데, 환은 그 질문 하나하나에 성심껏 대답하고 있었다.

"맞다. 그러고 보니 요즘 영희궁에 자주 간다던데……."

아무리 일이 바빠 중앙궁 밖에 나가는 일이 적다고는 해도, 궐 안에는 눈과 귀가 한둘이 아니었다. 때문에 요즘 궐 안이 어떻게 돌아가고 있는지는 가만히 앉아서도 알 수 있었다. 그리고 현재 가장 화제가 되고 있는 이야기가 바로, 환의 영희궁 출입.

사이가 그렇게 나쁜 건 아니었지만 그렇다고 좋다 할 수 없었던 그들이 최근에 잘 어울려 다닌다는 이야기는 수많은 궁인들의 입에 자주 오르내리고 있었다.

"해랑이 녀석, 좋아 보이더냐."

"아주 날아가던데요."

그는 오늘도 습관처럼 영희궁을 찾아갔다가 문전박대를 당하고 오는 길이었다.

"쯧. 그러면서 얼굴 한 번 안 비치고."

아픈 곳 하나 없으면서 잠깐 얼굴 좀 보자고 하면 매번 몸이 좋지 않다는 핑계로 피하곤 하는 해랑은 불효자 소리를 들을 만했다.

그렇게 해랑에게 쌓인 불만들을 열심히 투덜거리는 신후왕을 웃는 얼굴로 바라보고 있던 환은 슬슬 오늘 이곳을 찾은 목적을 위해 본론으로 들어가기로 했다.

"사실 드릴 말씀이 있어서 찾아왔습니다."

"그래. 말해 보거라."

"……저도 임시 교육관을 둘까 해서 말입니다."

그렇게 말하는 환은 왠지 모르게 조심스러워 보였다.

방금 그의 말은 신후왕을 깜짝 놀라게 하기에 충분했다. 평소 교육관을 무시하던 녀석이 갑자기 무슨 바람이 불어서?

놀라움과 동시에 드는 감정은 불안함. 들리는 소문에 의하면 환이 예문관에 정식 요청까지 넣어 가며 하연을 만났다던데, 설마 그 일을 계기로 교육관에 대한 생각이 바뀌기라도 한 건가?

배움에 있어 자신을 낮추는 태도는 좋지만, 마냥 좋아할 수도 없었다.

하연은 해랑의 배필로 이미 점찍어 놓고 있던 상황인데.

"최근에 어느 교육관을 만났습니다. 뭐랄까 아주…… 건방지더 군요."

건방진 녀석을 떠올리고 있다는 말이 믿기지 않을 정도로 환은 웃고 있었다. 그것도 아주 재미있다는 얼굴로.

"그…… 그 녀석이 좀 그렇기는 하지."

"솔직히 여자라고 무시했는데 된통 당해서 말입니다."

쯧. 신후왕은 미리 말 못 해 준 게 괜히 미안해졌다.

아니, 사실은 서하연에 대해 말해 줬다고 해도 환이라면 덤볐겠지.

하지만 하연은 만만한 상대가 아니었다. 이는 이미 자신을 포함한 예문관 대신들의 희생을 통해 나온 사실이었다.

"기분은 그리 좋지 않았지만, 어쨌거나 이번 일이 예문관에 대해 다시 생각해 보는 계기가 된 거 같습니다. 그래서 저도 해랑처럼 임시 교육관을 둬 볼까 하는데요."

"그래. 예문관에는 인재가 많단다. 특히 이번에 들어온 신입 두 명은 최고의 실력을 뽐내고 있지. 그중의 한 명이 이미 해랑의 교육관이기는 하지만, 다른 녀석 역시 훌륭하단다."

"예. 그럼 조만간 예문관에 들러 제가 직접 선택하도록 하겠습니다."

"그래."

이만 돌아가 보겠다고 말한 환이 자리에서 일어났다. 그런 그를 말없이 응시하던 신후왕이 불안하다는 눈빛으로 입을 열었다.

"혹시나 해서 묻는 건데 말이다, 환아."

"예?"

"……서하연을 마음에 둔 건 아니겠지?"

아주 걱정 가득한 목소리.

신후왕은 잔뜩 긴장했다. 진짜 마음이 있다고 하면 어떻게 하지?

괜히 복잡해지는데.

하지만 걱정과는 다르게, 신후왕의 질문에 환은 어이가 없다는 듯 웃으며 대답했다.

"하하. 얼굴도 제대로 보지 못했습니다. 게다가 해랑의 교육관이 기도 하고."

"그럼 다행이지만."

"아, 저도 한 가지 묻고 싶은 게 있습니다."

"응?"

그냥 넘어가려고 했는데 하도 주위에서들 이러니 그냥 넘어갈 수가 없었다.

"그 서하연이라는 교육관 말입니다…… 그렇게 예쁩니까? 소문에 의하면 엄청난 미인이라던데, 전 얼굴을 본 적이 한 번도 없어서요."

사실 환은 그녀를 본 적도 없는데 주위에서 하도 그러다 보니 이 제는 그것이 사실인 것처럼 받아들여지고 있었다.

도대체 얼마나 예쁘기에 다들 저러는 거지? 그러고 보니 본인 입 으로도 아주 당당히 이야기했다. '나는 예쁘다.'라는 식으로.

"하연이? 눈이 부시지."

그리고 지금, 하늘 같으신 왕께서도 그녀의 미모를 인정하셨다.

이렇듯 하늘이 인정하는 마당에 그가 의심을 해서 뭐하겠는가.

그리고 또 하나. 환, 그가 서하연 미인설을 믿게 된 결정적인 이 유는 따로 있었다.

"하긴……."

잠시 문 앞에 멈춰 선 그가 멍하니 중얼거리기 시작했다.

무슨 생각을 하는 건지, 생각하는 것만으로도 그의 입가에는 미소가 번져 있었다.

"그분의 동생이라는 아가씨는 확실히 미인이시더군요."

동생?

서하연의 동생? 하연의 동생이라면…….

"동생이라면……."

신후왕의 인상이 찌푸려지기 시작했다. 오라버니라면 모를까 하연에게는 동생이 없을 텐데? 그러자 환은 모르고 있었냐는 표정으로 친절하게 이름까지 알려 주었다.

"서이완이라는 아가씨 말입니다."

"……뭐?"

잠시 동안 굳어 있던 신후왕은 방금 환의 입에서 나온 이름에 황당했다.

그 이름은 자신도 잘 알고 있는 이름이었고 물론 하연과는 형제가 맞기는 하지만, 환이 설명한 것과는 다른 종류의 형제였기 때문이다.

일단 그는 동생이 아니라 하연의 손위였으며, 결정적으로 여자가 아닌 남자였다. 아니면 자신이 알고 있는 '서이완'과 똑같은 이름의 여인이 또 있는 건가도 생각해 봤지만, 분명 환이 말하지 않았던가. '서하연'의 형제라고.

그렇다면 분명 자신이 알고 있는 그 서이완이 맞았다. 지금쯤 이 중앙궁을 열심히 지키고 있을 듯직한 그.

"아, 한 가지만 더요."

"응?"

"혹시 말입니다. 혹시…… 아주 만약에 말입니다…….."

도대체 무슨 말을 하려는 건지 환은 계속해서 망설였다.

그러자 신후왕이 말해 보라는 듯 고갯짓을 했고, 한참을 망설이던 환은 결국 입을 열었다.

"제가 마음에 든 여인이 있다고 하면, 저를 도와주실 생각이 있으십니까?"

예상했던 범위에서 너무나도 어긋나는 말에 신후왕이 놀라지 않았다면 그건 거짓말이었다.

그는 잠시 생각에 잠겼다.

어차피 환은 서하연에게는 관심이 없다고 말했다. 그가 서하연의 동생이라고 생각하는 사람이 누군지는 몰라도 설마 서하연 본인은 아니겠지.

그렇게 생각을 마친 신후왕은 뿌듯한 아빠 미소를 보이며 고개를 끄덕였다.

"그럼. 나는 언제나 너희들 편이니."

그 대답을 들은 환은 곧 미소로 대답하며 꾸벅 인사를 하고는 방에서 나갔다.

*　　*　　*

"혹시 읽었어?"

오늘따라 조용하다 생각했는데, 집중하려는 게 아니라 역시나 해랑은 토라져 있었다.

하연에게 불만이 있는 그는 시위 중이었다.

"해랑 님이야말로 지금 앞에 있는 그 책, 언제까지 같은 쪽만 보고 계시는 겁니까? 읽기는 하시는 겁니까?"

"태웠지?"

"……."

"한 글자도 못 알아보게 확실히 태운 거지?"

"이 좁은 곳에서 함부로 불을 피웠다가는 이 궁이 홀라당 다 타 버릴지도 모릅니다."

결국 참다못한 하연이 말했다. 더는 '태웠어?' 따위의 질문은 하지 말라고.

아침부터 추욱 늘어져서 기운 없어 보이던 건 다 연기였던 건지, 지금 해랑은 '발끈!'으로도 모자라 아주 난리가 났다.

"뭐야, 안 태웠어? 버리긴 한 거야?"

"연서를 읽지도 않고 버리는 건 준 사람에 대한 예의가 아닙니다."

물론 하연이라고 받은 연서들을 다 읽는 건 또 아니었다. 그것도 예의가 아니기는 하지만 그렇다고 버린 적은 없었다. 방 한쪽에 모아 둘 뿐.

"……환이 쓴 거라서 그러는 게 아니라? 내가 썼다면 버렸을 걸 환이 쓴 거라서……."

버릴 수 없다는 그녀의 말에 해랑의 목소리는 아침보다도 더 낮아졌다. 그리고 더욱 침울하게 들려왔다.

그러자 하연이 눈을 동그랗게 뜨고 그를 바라보더니.

"해랑 님께서는 저한테 연서 같은 거 써 주신 적 없으시지 않습니까."

"……."

해랑은 잠시 말이 없다.

하연은 오늘이 날이라며 그동안 나가지 못했던 진도를 빼기로 다짐했다.

"그런데 지금 어디 있지?"

지금 해랑이 무엇을 말하고 있는 건지, 하연이 모를 리가 없다.

"제 방에 있지요."

하연은 제발 부탁이니 책에 집중 좀 해 달라는 듯 책을 톡톡 치며 대답해 주었다. 그러자 해랑은 알겠다며 고개를 끄덕이고는 웬일로 순순히 책에 집중했다. 입가에는 사람을 불안하게 만드는 의미심장한 미소가 지어진 채로.

오전 수업이 끝난 뒤, 영희궁에서나 임시 교육관이지 예문관에서는 아직 신입 관리인 하연이 신입 관리 교육을 받기 위해 자리를 비웠을 때 해랑은 일을 진행시켰다.

"가져왔어?"

꼭 이런 일은 자신에게 시킨다는 불만 가득한 표정의 돌쇠가 한숨을 내쉬며 주위 눈치를 보기 시작했다.

빨리 내놓으라는 해랑의 손 위에 일전에도 보았던 하얀 종이를 넘긴 그는 중얼거렸다.

"……이래도 되나 모르겠습니다. 몰래 가져갔다고 아가씨께 들키기라도 하면 어쩌시려고요."

"나는 말하지 않을 생각인데…… 너는 말할 생각이냐?"

"……아닙니다. 제가 입을 다물어야지요."

"그럼 들킬 일이 없겠지."

읽지 않았다는 하연의 말이 사실이었는지 서신을 열어 본 흔적도 없었다.

"하지만 이걸 태우자고 불을 피우면 금방 눈치……."

"누가 태우래?"

그렇게 말하는 해랑의 표정은 악마 같았다. 그 정도로 사악한 미소였다. 반면에 돌쇠는 불안해지기 시작했다.

"조금 전까지만 해도 태우라니 뭐라니…… 잠깐, 그럼 어떻게 하시게요?"

그냥 태우자고 할걸. 왠지 그것보다 더한 걸 자신에게 시킬 것만 같았다.

"어쩌긴, 제 주인 찾아줘야지. 네가 좀 전해 주고 와라."

"네? 환 님께 도로 돌려 드리라고요? 하지만 그랬다가는……."

"아니, 그놈 말고."

"그럼 누구요? ……잠깐…… 설마……."

돌쇠는 불안한 예감이 들었다. 제발 자신이 생각하는 게 맞지 않기를 바라며 해랑을 바라봤지만, 그는 싱긋 웃고만 있을 뿐이었다.

"그 서신은 원래 '서이완'이라는 사람을 위한 서신이니까, 당연히 그자가 받아야지. 그러니 갖다 주고 와."

어이가 없었다. 차라리 태우는 게 낫지! 태우면 그냥 재가 되어 없어지기라도 하지.

다른 때라면 투덜거리면서도 그가 시키는 일은 거의 다 하는 돌쇠였지만, 이건 정말 아니었다. 욕을 먹는 일이 있더라도 이번 일만큼은 막아야 했다.

"심술도 정도껏 부리세요. 아가씨 오라버니 되시는 분은 무슨 죄입니까?"

"몰라. 내 알 바가 아니지. 아, 그리고 돌쇠야. 돌아오면 붓이랑 종이도 좀 준비해 줘."

"아, 오랜만에 글 쓰시려고요? 맞아요. 요즘 너무 안 쓰셨어요. 안 그래도 저번에 저녁 사러 시장에 나갔을 때요, 책방 주인이 저를 붙잡더니 부탁하더라고요. 빨리 다음 작품 써서 넘겨 달라고. 기왕이면 이번 달 안에 해 줬으면 좋겠대요."

좋은 생각이라며 돌쇠가 고개를 끄덕였지만 해랑은 들을 생각도 안 했다.

그는 다른 고민이라도 있는 건지 인상을 찌푸린 채 멍하니 정문만을 바라보고 있었다.

"돌쇠야."

"네."

"물론 너도 아닐 거라는 거 알아. 하지만 이건 딱히 너를 무시하거나 그래서 물어보는 말은 아니니까."

"예. 이미 마음의 준비 다 했습니다. 그러니 물어보시지요."

또 뭘 물어보려고 이러시나?

"아무리 너 같은 사람이라고 해도 말이야……."

새로운 작품 구상 때문에 이러나 싶은 돌쇠가 그의 곁을 기웃거렸다. 그렇게 얼마간 아무런 말도 없던 해랑이 갑자기 그를 돌아보더니 하는 말.

"혹시 연서 같은 거 써 본 적 있나?"

"예?"

불안한 듯 흔들리던 돌쇠의 눈은 곧, 어이가 없고 황당하다는 표정으로 바뀌었다.

고작 그런 거 물어보려고 무게란 무게는 다 잡았다는 말인가?

하지만 표정을 보니 진지하다. 어린애도 아니고 고작 이런 거 물으며 저렇게 긴장하는데, 혹시 나중에라도 고백 같은 거 하겠다고 설치면 어쩌나. 분명 또 자신이 고생할 텐데.

아니, 그렇다고 둘이 안 이어져서 결국에는 하연이 다른 남자에게 시집가 버리고 저 혼자 난리 치는 거 받아주는 것보다야 낫겠지.

돌쇠는 한숨을 내쉬었다. 그리고 여전히 진지하게 자신을 마주하고 있는 해랑을 똑바로 바라보며 당당하게 대답했다.

"있습니다."

그는 생각했다.

'내 그대들 사랑의 징검다리가 되어 주겠소.'

*　　*　　*

"1관, 2관 다 돌고 왔습니다."

"다 죽어 가는 표정이네."

아침마다 영희궁에서 예문관까지 출근하는 것이 슬슬 힘들었다.

조만간 해랑을 어떻게든 달래서 기숙사로 돌아오든가 해야지, 원.

하반기 국시 때문에 한창 바쁠 때인 예문관. 덕분에 하연은 오늘도 오전 내내 이리저리 뛰어다니느라 정신이 없었다.

이제야 좀 쉴 수 있겠구나, 하며 터덜터덜 예문관에 돌아온 하연은 자신의 자리에 털썩 앉았다. 그러자 그녀의 뒤로 느긋해 보이는 령이 다가오더니 말했다.

"그나저나 서하연, 참 대단해."

"네?"

하연은 종이를 팔랑이며 웃고 있는 령에게로 시선을 옮겼다. 신기하다는 듯 웃고 있는 그와 달리, 하연은 인상을 찌푸렸다. 비꼬는 것인가. 저 인간이 순순히 칭찬 같은 걸 할 리가 없는데.

"이번에 시행되는 하반기 국시에서 여성 응시자들 수가 다섯 배나 증가했어."

"어, 정말이요?"

놀란 하연이 령에게로 바짝 다가가 그의 손에 들려 있는 종이를 바라보기 시작했다.

령의 말대로, 이번에 열리는 국시 응시생의 명단으로 추정되는 그 종이에는 [女]라는 글자가 꽤 많이 눈에 띄었다.

"넌 여인들의 우상이야."

그 말에 기분이 좋아진 하연이 흐뭇하게 웃었다.

"많이 합격했으면 좋겠어요. 그래야 저도 동지가 생기지요. 남자들 틈에 달랑 혼자 끼어 있다 보니 기가 죽어서 살 수가 있어야지요."

그럴 리가.

예문관 3관에 있는 다른 동기며 선배들은 그녀의 말에 동의하는 눈치가 아니었다. 저마다 말없이 고개를 절레절레 젓기 바빴다.

고생하는 게 누구인데 기가 죽어 있다니, 웃기지도 않는구나. 이 나라의 왕자 중 한 명까지 꽉 쥐고 있는 그녀가 기가 죽어 있다니 말도 안 되는 이야기였다. 동시에 살짝 걱정이 되기도 했다. 이게 기가 죽은 거라고 한다면 도대체 기가 살아났을 때는 얼마나 더한 거야?

"이따가 국시 문제 출제 때문에 회의가 있으니까 늦지 말고 참석해."

"신입 교육관도 참석이 가능합니까?"

들뜬 하연과 달리, 귀찮은 건지 저 멀리서 강우의 투덜거리는 소리가 들려왔다. 그러자 부장이 고개를 끄덕였다.

"너랑 하연은 국시의 차석과 수석이니까 참관 가능해. 이런 황금 같은 기회를 놓칠 생각이야?"

"형님, 일 좀 하세요. 맨날 놀 생각만 하지 마시고."

장난 가득한 목소리로 하연이 씨익 웃으며 말하자 강우가 인상을 찌푸리더니 입을 뻥긋거리며 '너나 잘해.'라 말하고는 쌩하니 고개를 돌려 버렸다.

* * *

"부대장님, 또 왔네요."

쉬는 시간을 이용해 하연을 만나러 예문관에 갔던 이완이 바쁜 그녀의 얼굴을 조금 보고는 돌아오는 길이었다. 그에게 달려온 부하 한 명이 웃는 얼굴로 말했다. 반면 부하의 '또'라는 말에 이완은 난감한 표정을 지었다.

사실 요즘 이완에게는 이상한 일이 한 가지 있었다.

계속해서 익명의 서신이 들어오고 있는데, 그 내용이란 게 하나같이 이상했다.

부하가 내민 하얀 서신을 받아 든 그는 살짝 불쾌한 표정으로 그것을 열어 보았다.

척 봐도 남자의 필체 같은데 너무너무 이상했다.

'잘못 보낸 건가?' 싶기도 했지만, 머리말이 하나같이 '서이완 님'이라고 되어 있는 것을 보면 자신의 것이 분명했다.

서신의 내용은 아리송.

연애에 관심 없는 그가 봐도 금방 알 수 있을 정도로 그것은 틀림없는 연서였다.

"역시나 인기 많으시네요. 부대장."

주위에서는 다들 부러워했지만 그는 기분이 좋지 않았다.

그렇게 며칠 동안을 알 수 없는 연서에 시달리던 그는, 그 시도 때도 없이 찾아오는 서신을 엮어 책 한 권이 나올 정도가 돼서야 이 작은 소동의 진상을 알게 되었다.

"처음 보는 무관인데?"

문안 인사를 위해 중앙궁을 찾았던 환이 그 밖에 서 있던 부대장, 이완을 발견하고는 말을 걸었다.

"아, 작년 말에 막 진급했습니다. 그때는 왕자님께서 아직 안 돌아오셨을 때니 모르시는 게 당연하십니다."

"그래?"

"예."

그때 중앙궁 문을 지나 다급히 달려온 이완의 부하 한 명이 환을 발견하고는 꾸벅 인사를 했다. 그러고는 이완에게 전달 사항이 있다며 돌아섰다.

"부대장님, 모의 훈련 준비 다 되었다고 합니다."

"그래? 알겠다. 곧 가지."

고개를 끄덕이며 이완이 부하에게 먼저 가 있으라고 하자, 알겠다는 듯 꾸벅 인사를 한 그가 쌩하니 사라졌다.

"부대장? 젊어 보이는데? 나이가 어떻게 되지?"

"올해로 스물하나입니다."

"부대장이면 여기 중앙궁의 부대장인가?"

뭐 이렇게 관심이 많은 건지.

빨리 가서 훈련을 지도해야 한다는 생각이 마음이 다급해진 이완은 슬슬 짜증이 나기 시작했다.

"네, 중앙궁의 부대장 서이완이라고 합니다."

제대로 자기소개를 하고 꾸벅 인사를 한 그는 자리를 뜨려고 했다.

환이 이상한 어투로 자신의 이름을 되부르지만 않았더라면.

"……서이완?"

환에게는 그 이름이 너무나도 익숙했다.

아니, 잊을 수가 없는 이름.

"서이완이라면 '서하연'의……."

"예. 서하연은 제 동생입니다."

귀찮다는 듯 그가 대답했다. 이제 이런 반응은 그에게 익숙했다.

하연이 막 궐에 들어왔을 때는 더 심했다. 지나가는 무관들마다 그를 붙잡고는 꼭 한 번씩 '혹시 서하연의…….' 이런 식으로 찌르지를 않나, 심지어는 본격적으로 작업을 걸려고 하는 녀석들 때문에 그도 그 나름대로 고생이 이만저만이 아니었다.

하지만 이런 상황은 또 처음이다.

"언니가 아니라?"

그 질문에서 이완의 참을성은 뚝하고 끊어져 버렸다.

눈앞의 건장한 사내를 보고도 '언니가 아니냐'라니 뭐 이런 경우가 다 있나.

반면 멍하니 굳어 버린 환은 정신 줄을 놓아 버린 것처럼 얼이 빠졌다.

그런 환의 반응을 뚫어져라 관찰하던 이완은 곧 무언가를 깨달은 듯 저 혼자 '아~'라 중얼거리며 인상을 찌푸렸다.

지금 이 말도 안 되는 상황이 어떻게 된 건지 척 봐도 알 수 있었다.

"서하연 이게……."

아무리 그렇게 말을 했어도 이건 아니다. 아무리 자신을 마음껏 이용해 먹으라고 했어도 이건 너무했다.

멀쩡히 있는 건장한 오라버니를 여자로 만들어 버리다니. 심지어는 그 오라버니 앞으로 연서를 보내게까지 하고. 물론 이는 해랑 때문이지만 이완은 그것까진 알 수가 없었다.

그냥 이상한 서신이라고 생각했는데 사실 그것이 어떤 남자가 자신의 여동생에게 보내는 연서였다고 생각하니 왠지 조금 기분이 나빴다.

이완은 다시, 여전히 제정신 못 차리고 꽤나 큰 충격에 빠져 있는 환을 바라보며 활짝 웃었다. 그리고 이제 좀 정신 차리라는 의미에서 다시 한 번 우렁차게 자기소개를 해 주었다.

"다시 한 번 인사드립니다. 저는 서하연의 오. 라. 버. 니 되는 서이완이라고 합니다."

이완은 그렇게 인사하고는 훈련 때문에 가 보겠다며 쌩하니 중앙궁을 나섰고, 환은 호위 무사인 운과 함께 뒤에 달랑 남겨졌다.

정신 못 차리는 환이 걱정된 건지 운이 그에게 말을 걸었다.

"환 님? 왜 그러십니까?"

"아니…… 서이완? ……서하연의…….."

운은 오히려 도대체 뭐 때문에 저렇게 놀라는 건지 모르겠다는 표정이다.

"아, 두 분 남매이신 거 모르셨습니까?"

"자매가 아니라?"

이쯤 되니 운은 환의 상태가 슬슬 걱정되기 시작했다. 아까부터 도대체 무슨 소리를 하는 건지 모르겠다는 표정이다.

"어디 편찮으십니까?"

"그래. 머리가 뱅글뱅글 돌고 있어."

그러니까 서이완은 서하연의 여동생이 아니라 오라버니라는 거지…….

　"그럼 그때 자기가 서이완이라고 한 여인은 누구지? 분명히 서하연의 언니라고 했는데……."

　중앙궁 안으로 들어서면서도 환은 생각을 하느라 정신이 없었다.

　자신이 만난 여인은 스스로를 서이완이라고 소개했다. 뿐만 아니라 해랑도 그렇게 말했다. 그런데 지금 보니 서이완이라는 자는 서하연의 언니가 아닌 오라버니라고 한다.

　"아."

　그리고 그는 뒤늦게 어떠한 사실을 깨달았다.

　"내가 낚인 거구나."

　아주 간단하고도 뻔한 사실을, 이제야.

　환은 멍하니 방문을 바라보고 서 있다. 그러다가 갑자기 움직였다.

　"환 님? 전하를 뵈러 오신 거 아니십니까? 어디 가십니까?"

　벌써 중앙궁의 문도 넘었고, 중앙궁을 지키는 무관들이며 궁녀들에게도 인사까지 다 하고 문 앞에 섰는데 갑자기 돌아서는 환 때문에 운이 당황하며 그를 불렀다.

　"어디긴."

　환은 웃고 있었다.

　다른 사람이라면 모를까, 오랜 시간을 그의 곁에 있던 운은 알 수 있었다. 저 미소는 거짓이다.

　지금 그는 짜증이 나 있다. 왠지 모를 짜증을 꾹 참고 심술이 잔뜩 오른 미소를 짓고 있다.

"영희궁이지."

*　　　*　　　*

하연은 다 죽어 가는 목소리로 인사하며 중앙 서재 안으로 들어섰다.

"……안녕하세요."

"……피곤해 보이시네요. 이거 하나 드실래요?"

최근 그녀가 자주 듣는 말 중 하나였다. '피곤해 보이시네요.'

얼마나 피곤해 보였으면 몇 번 만난 적 없는 중앙 서재의 관리자들까지도 걱정스럽다는 표정으로 그녀를 바라보고 있을까. 뿐만 아니라 힘내라고 손에 달달한 엿까지 쥐어 주고.

"저희가 도울 수 있는 일이 있으면 언제든지 말씀해 주시고요."

"그럼 일단은 이 목록에 적힌 책들을 빌릴 수 있을까요?"

바쁜 선배들을 대신해 중앙 서재로 심부름을 온 하연은 들고 있던 목록 표를 내밀었다. 그러자 곳곳에 흩어져 있던 관리자들이 쌩하니 몰려오더니 곧 고개를 끄덕이며 다시 흩어졌다.

"후우……."

정말 피곤해서 죽을 거 같았다.

방금 전 얻은 엿을 입 안에 넣고 오물거리던 하연은 책장에 등을 기대고 잠시 멍하니 있었다.

이렇게 아무것도 하지 않고 의미 없이 지나가는 시간을 갈망하게 될 줄은 상상도 못 했다. 밥 먹을 시간도 없이 바쁜 예문관이며 영희궁에 있는 문제아 교육까지, 요즘은 하루가 너무 짧았다.

가만히 책장에 등을 기대고 있던 하연은 잠시 멈칫했다.

피곤해서 잊고 있었는데, 그러고 보니 이곳이 어딘가. 중앙 서재가 아닌가. 이런 심부름이 아니면 신입 교육관이 함부로 들어올 수 없는 장소 중 하나. 그리고 지금 이 서재를 지키는 사람들은 그녀가 부탁한 책을 찾느라 정신이 없다.

"잠시 실례하겠습니다……."

그들의 눈치를 보던 하연은 점점 더 서재의 안쪽, 안쪽으로 들어 갔다.

역시나 궐에서 가장 큰 서재여서 그런지 흥미로운 책들이 한가득이었다.

그녀는 쌓여 있던 피곤이 순식간에 훨훨 날아가 버릴 것 같았다.

"아…… 한 권 빌려 가고 싶은데 개인적인 대출은 불가능하려나? 아무래도 중앙 서재고 하니까…… 고위 대신 이상 계급이라면 모를까 신입 관리에게는 무리……."

잠시 자신의 손에 들려 있는 책 한 권을 바라보던 하연은 고개를 들어 책장에 꽂혀 있는 수많은 책들을 바라보았다.

한 권쯤 가져가도 모를 거 같은데…….

그녀의 마음속에서 양심과 못된 마음이 다투기 시작했다. 때문에 하연은 자신에게도 어두운 그림자 하나가 다가오고 있다는 걸 눈치채지 못했다.

"아니, 이게 누구십니까?"

갑작스러운 목소리에 그제야 기척을 느낀 그녀가 뒤를 돌아보기도 전에, 팔 하나가 그녀의 얼굴 옆을 지나 탕! 소리를 내며 책장을 때렸다.

깜짝 놀란 하연은 재빨리 고개를 돌렸고, 바로 코앞에 다가와 있는 환의 얼굴에 다시 한 번 놀랐다.

이 인간이 왜 이곳에 있는 거지?

뒷걸음질을 쳐 보려고 했지만 안타깝게도 등 뒤에는 책장. 탈출구를 찾기 위해 옆을 돌아봤지만 옆에는 그의 긴 팔이 길을 막고 있었다. 즉, 사면초가였다.

언뜻 보면 여인들을 설레게 할 만한 자세였지만 그녀에게는 그렇게 느껴지지 않았다.

박력보다는 위협. 다른 의미로 심장이 두근거리고 있었고, 일단 여기서 벗어나야 한다는 위기감부터 느껴졌다.

"이완 아가씨가 아니십니까?"

싱긋 웃으며 말하는 환의 말투는 마치 책을 읽듯 상당히 어색했다. 평소의 눈치 빠른 하연이라면 그 어색함을 알아차렸겠지만 지금 그녀는 공포로 인해 제대로 된 사고가 불가능했다.

이미 모든 사실을 다 알고 있는 환으로서는 너무 놀라 달달 떨고 있는 하연의 모습에 웃음이 나왔다.

하지만 그는 웃지 않기로 결심했다. 일단 지금은.

이 작고 맹랑한 아가씨께서 그렇게나 굴욕적인 추억거리를 선사해 주셨는데 조금 더 괴롭힌 다음에 웃어도 늦지 않을 테니까.

사실 그는 이곳으로 오기까지 두 장소나 더 들러야 했다.

영희궁에 있겠거니 싶어서 영희궁으로 갔지만, 예문관에 있을 거라는 돌쇠의 말에 예문관을 향했다. 그랬더니 이번에는 심부름 때문에 중앙 서재에 있을 거라는 다른 관리의 말에 서재로. 그리고 지금 이렇게 만났다.

드디어 그녀를 만났다는 사실에 기쁜 환과 달리, 하연은 난감했다.

우선은 오라버니 이름 옆에 달라붙는 '아가씨'라는 말에 속이 울렁거렸다.

하지만 그것보다도 이 인간이 왜 지금 이곳에? 이 시간이라면 영희궁에서 놀고 있어야 하는 거 아니었나?

"어…… 하하. 안녕하세요……."

그의 등장에 놀란 하연이 어색하게 웃으며 그에게서 벗어나기 위해 슬그머니 움직였지만, 도주 시도를 알아차린 환은 호락호락 그녀를 놓아주지 않았다.

"중앙 서재에 볼일이라도 있으신 건가요?"

부담스러울 정도로 바짝 다가와서 묻는 그 때문에 하연은 미칠 거 같았다.

양심이 콕콕 찔리는 게 눈도 제대로 마주칠 수가 없었다. 이게 다 해랑 때문이었다. 그러게 왜 처음부터 거짓말을 해 가지고.

"언니의 심부름으로……."

자신을 뚫어져라 바라보고 있는 환의 시선을 견디다 못한 하연은 들고 있던 책으로 얼굴을 가리고 재빠르게 그 자리를 벗어나려고 했다.

그러나 그는 그녀를 순순히 보내줄 생각이 없었다.

"저기…… 저한테 무슨 볼일이라도……."

또다시 도주 경로가 막혀 버린 하연이 조심스럽게 물었다. 어떻게든 대화로 풀면 이 위기를 벗어날 수 있을 것이다.

그런데 그때.

"서하연? 여기 있지?"

이런.

순간 서재 안에 울려 퍼지는 익숙한 목소리에 하연은 긴장했다. 제3자의 등장에 환 역시 놀랐는지 그제야 하연에게서 떨어졌다.

"뭐하는 거야? 자료는 다 찾은 거야?"

하필이면 이 상황에서 등장 하다니.

그녀와 마찬가지의 이유로 다른 관에서 자료를 끌어모으는 중이었던 강우가 예문관으로 돌아가는 길에 하연을 찾기 위해 중앙 서재에 들른 것이었다.

절체절명의 위기 상황. 하연은 자신을 바라보고 있는 환의 의미심장한 미소에 등골이 오싹했다. 들켰나? 들킨 건가?

"아…… 가, 강우 형님!"

무슨 변명을 하든지 일단 강우를 이곳에서 내보내는 게 우선이었다. 그를 부르는 하연의 목소리가 미세하게 떨리고 있었다.

"자료를 찾았으면 빨리 돌아가야지…… 아, 환 님. 안녕하십니까."

얼어붙은 하연의 곁으로 다가온 강우가 환을 알아보고 인사했다. 그러고는 다시 고개를 들어 하연을 바라본다.

그녀의 표정이 뭔가 이상하기는 한 건지 고개를 갸웃거리던 강우가 입을 열었다.

"서하……."

"……연 언니는! 벌써 예문관으로 돌아갔고요! 자…… 자료! 네, 언니가 부탁한 자료는 다 찾았습니다! 우리도 얼른 돌아가야지요, 형님! 언니가 기다리겠어요. 어서!"

강우가 막 자신의 이름을 부르려고 하자, 이를 눈치챈 하연은 버럭! 외치며 그 말을 잘랐다.

"……."

순간 그는 왠지 분위기가 이상하다는 걸 감지할 수 있었다. 평소와 달리 허둥지둥거리는 하연과 그녀의 말에 몇 번이나 등장하는 '언니'라는 알 수 없는 가상의 존재.

눈치 빠른 그의 시선은 당황해서 땀을 삐질삐질 흘리고 있는 하연과 이상한 미소를 짓고 있는 환 사이를 열심히 오고 갔다.

"아, 잠시만요. 난 아직 우리 서. 이. 완 아가씨에게 할 말이 남아 있어서……."

일부러가 확실했다.

그는 지금 일부러 강우의 앞에서 하연을 이완이라는 이름으로 불러, 그의 반응을 보려는 게 틀림없었다.

"아……."

하연은 마음속으로 빌고 또 빌었다.

형님, 제발. 아무 말도 하지 말고 그냥 가세요. 제발, 제발.

하지만 그녀의 바람은 그를 과소평가하는 바람이었다.

"……알겠습니다. 그럼 먼저 들어가 보겠습니다."

아, 그렇구나.

그 짧은 시간에 상황 파악이 끝난 강우는 여유로운 미소를 지으며 고개를 끄덕였다. 그러고는 서재를 나서다가 다시 한 번 하연을 바라보며 말하길.

"그럼 서이완, 먼저 가 있을 테니까 너도 빨리 돌아오는 게 좋을 거야. 네 언니 성격 잘 알잖아. 기다릴 줄 모르는 거."

라는 게 아닌가.

역시 강우 형님! 눈치가 빨라!

아무 말도 하지 않았는데 상황만 보고 위기를 알아차려 준 그에게 하연은 표정으로 감사의 인사를 대신했다. 이따가 예문관에 돌아가면 제대로 감사의 인사를 해야겠다고 마음먹으며.

활짝 핀 하연과 달리 환의 표정은 어두워졌다.

이 남자도 서이완이라고 부르네? 설마 동명이인인가? 정말 이 여인의 이름은 서이완이라는 건가? 내 추측은 틀렸단 말인가?

여러 가지 생각 때문에 머릿속이 뒤죽박죽인 환은 그것이 표정으로 드러나고 있다는 걸 미처 눈치채지 못했다. 그리고 그런 그의 표정을 보며 하연은 안도의 한숨을 내쉬었다.

그래, 이제 여기서 벗어나기만 하면 끝이다. 모든 게 좋게 좋게 해결되는 거야!

그런데 그때.

"서하연! 이강우!"

저 멀리서 아주 확실하고 또렷하게, 그녀를 부르는 또 다른 목소리가 서재 안에 울려 퍼지기 시작했다.

동시에 승리의 미소를 감추기 바빴던 하연은 다시 한 번 바짝 얼어붙었고, 기껏 이야기를 맞췄는데 누가 찬물을 뿌리냐는 듯 강우는 인상을 찌푸렸다.

그리고 지금 이 상황에 혼란스러워하던 환의 눈은 다시 반짝이기 시작했고, 이 모든 상황을 알 리 없는 부장은 회의에 늦는 두 신입 때문에 화가 나 서재의 문가에서 고래고래 소리를 지르고 있었다.

"아직도 여기에 있는 거야? 내가 회의 늦지 말라고 했지! 빨리 안 와?"

눈치 없는 부장님이 소리치는 모습을 하연과 강우는 멍하니 바라보고 있었다.

그러다 하연은 흘끗, 환을 바라본다. 아직 끝난 것이 아니다. 기회는 남아 있다. 부장이 언니랑 자신을 오해했다는 등의 이야기로 잘 풀어 나가면 빠져나갈 구멍은 아직 있을 것이다.

"신입이 회의에 참석하는 것만으로도 얼마나 대단한 일인데 지각이야? 수석이랑 차석이니 망정이지, 참석하고 싶어도 못 하는 녀석들이 얼마나 많은데! 그리고 서하연! 내가 말한 자료들은 다 찾은 거야?"

다른 외침들과 이번 외침은 많이 달랐다.

일단은 양적으로 좀 더 차이가 나는 잔소리였고, 가장 큰 차이점은 이번에는 대답이 필요한 외침이라는 것이다.

하연은 바로 옆에 있는 환의 눈치를 보기 시작했다. 안타깝게도 그들의 앞에 있는 또 다른 책장 때문에, 부장의 시야에 환까지는 들어오지 않는 모양이었다.

"어쭈, 대답 안 하지? 요즘 일 많이 시켰다고 시위하는 거야?"

"……."

아니요. 그럴 리가요. 여기에는 다른 이유가 있습니다.

대답을 하면 자신이 서하연이라는 걸 인정하게 되는 꼴이 되고, 그렇다고 대답을 안 하자니 서서히 찌푸려지는 령의 표정이 신경 쓰였다.

"서하연!"

이런, 결국 부장이 화가 났다.

그녀는 아주 잠시 동안 고민했다. 여기서 정체를 들키고 령의 분노를 잠재우는 게 나을까, 아니면 정체를 숨기는 데 성공하고 령을 화나게 하는 게 나을까.

답이야 뻔하지.

"네, 부장. 지금 가겠습니다."

그녀는 직장 생활의 안정을 선택했다.

"……난 최선을 다했다."

한바탕 일을 벌여 놓고는 먼저 가겠다며 쌩하니 퇴장하는 령의 뒷모습을 바라보던 강우가 그녀에게 말했다. 그러고는 도망치듯 저 역시 령의 뒤를 따랐다.

이제 이 자리에 남은 건 이상한 분위기에 휩싸여 있는 하연과 환. 조금 전과 변한 게 있다면 그녀의 이름이 서이완이 아니라 서하연이라는 게 밝혀졌다는 것 정도.

"그래서."

잠시 동안 아무 말도 없더니, 어딘가 즐거워 보이는 환은 '그래서'

로 침묵을 깨고 다시 이야기를 시작했다.

이로서 그의 추측은 확실해진 것이다. 눈앞에 있는 이 여인은 서이완이 아니라 서하연이다.

최초의 여성 국시 합격생이자, 수석 합격생. 그리고 영희궁의 해랑을 가르치는 임시 교육관. 일전에 마주 앉아 이야기를 나누었던 도깨비 가면 속의 여인.

"서하연입니까, 서이완입니까?"

하연은 자신의 제대로 된 이름을 묻는 그를 똑바로 바라볼 수가 없었다.

"……어느 때는 서하연이었다가, 또 어느 때는 서이완이 되기도 합니다."

애매하게 대답을 얼버무려 피해 보려는 심산이었지만, 이미 중앙궁에서 진짜 서이완을 만나고 그 충격에 심장을 쿵 하고 떨어뜨린 환은 물러설 생각이 없었다.

"그럼, 지금은 서하연입니까, 서이완입니까?"

예리하다. 저렇게 물어볼 줄이야.

맨 처음 자신을 서이완이라고 했을 때 단 한 번의 의심도 없이 받아들였던 인간이라고는 생각할 수 없는 날카로운 질문이었다.

"그러니까…… 지금은……."

어떻게, 한 번 더 아니라고 잡아뗴 봐?

그런데 그때, 그들을 향해 우르르 달려오는 한 무리의 사람들이 있었다.

"서하연 교육관님! 말씀하신 책들 전부 찾았습니다!"

칭찬이라도 해 달라는 듯 활짝 웃으며 말하는 그들에게 무슨 말을 하리오.

잠시나마 그들의 존재를 잊어버린 자신의 죄가 크지. 아니 제 할일을 다른 사람에게 부탁한 죄가 더 크지.

하연은 고개를 푹 숙이고 한숨을 내쉬었다. 그리고 중얼거리듯 대답했다.

"아무래도 서하연인가 봅니다."

이게 다 부장 때문이다. 부장 때문에 모든 게 다 망했다. 정말이지 밑도 끝도 없는 눈치 때문에 다 망했다.

하연은 연신 한숨을 내쉬었다. 그리고 지금 이 상황이 재미있는 환은 혼자 웃음을 참고 있었다.

여기서 끝이 아니었다.

상황을 모르는 서재 관리자들은 그들을 바라보며 고개를 갸웃거렸다. 그리고 눈치 없이 확인 사살까지 했다.

"서하연 님?"

결국 참다못한 하연은 버럭 외쳤다.

"아, 네. 네, 제가 서하연입니다! 세상 사람들! 제가 바로 서하연입니다! 그러니까 다들 그만 좀 찾아요!"

자랑스러운 서하연의 이름이 서재 안에 몇 번이고 울려 퍼진 날이었다.

十二花
이길 수 없을 것이다

"안녕하십니까, 서하연 교육관님."

환은 기분이 좋았다. 그 기고만장한 서하연이라는 여인이 지금 자신의 눈앞에, 고개를 푹 숙이고 의기소침해 있다니.

기왕이면 고개를 들고 창피해하는 얼굴이 보고 싶었지만 이것만으로도 어디인가.

중앙궁에서의 놀란 가슴이 지금 이것으로 보상되는 기분이었다.

"좀 더 감추고 싶으셨던 거 같은데, 어쩝니까? 이리 다 들통이 나버려서."

하지만 그것은 그의 착각이었다.

"아니."

고개를 들어 올린 하연의 얼굴은 창피해하는 것도 아니었고, 화를 내고 있는 것도 아니었다. 환이 예상했던 민망함에 붉게 달아오른 얼굴도 아니었다.

"차라리 잘되었습니다."

"응?"

어째서인지 그녀는 지금 웃고 있었다. 표정이 맑다. 오히려 이보다 더 좋을 수는 없었다.

무언가가 잘못되었다는 걸 깨달았을 때는 이미 너무 늦은 뒤였다.

불안해진 그가 물러서려고 했지만 이미 그는 하연에게 붙잡혀 있었고, 어느새 그들의 위치는 반대가 되어 환이 수세에 몰리고 있었다.

이제 당황스러운 건 환이었고 웃고 있는 건 하연이다.

하연은 환이 했던 것처럼 바짝 다가가 그를 뚫어져라 바라보기 시작했고, 환은 얼굴을 붉히며 시선을 피하고 있다.

"기왕 이렇게 된 거."

순식간에 처지가 역전.

이곳까지 오는 동안 여러 가지 상황들을 상상해 봤지만, 환의 예상에 이런 상황은 없었다.

"저 좀 도와주세요."

붙잡으려다가 반대로 붙잡히는 꼴이 되어 버린 환은 생각했다.

'도무지 예측할 수 없는 여자야.'

＊　　＊　　＊

"도와 달라는 게 이것이었습니까?"

"네."

어이가 없다는 표정으로 환은 어느 명단에 자신의 이름을 적고 있었고, 하연은 그 옆에서 책 한 권을 품에 안고 활짝 웃고 있었다.

"너무 뻔뻔하신 거 아닌가요."

이 말만은 꼭 해야겠다며 그가 말했다. 그러나 하연은 그렇게 생각하지 않았다. 애초에 자신이 얼굴을 숨긴 이유는 해랑 때문이었고, 이름을 숨긴 이유 역시 해랑 때문이었다.

이것 참, 생각하면 생각할수록 해랑 님이 잘못했네.

자신은 아무런 잘못 없다. 즉, 당당해도 된다.

"기왕 들켰는데요, 뭐."

환은 한숨을 내쉬었다.

어쩌다 이리되었지. 자신에게 이름을 속인 것을 약점으로 잡을 생각이었는데 이렇게까지 뻔뻔하게 나올 줄이야.

뿐만 아니라 뜬금없이 도와 달라는 말에 저도 모르게 살짝 긴장을 했던 자신이 한심하게 느껴졌다.

'왕자의 신분이시니 많은 권한이 있으시겠죠?'

그녀가 그렇게 말했을 때 솔직히 환은 기분이 나빠지려고 했다. 해랑을 욕했을 때 보였던 당당한 모습은 전부 거짓이었단 말인가. 그녀 역시도 권력을 위해 임시 교육관을 하고 있는 거란 말인가.

자신이 사람을 잘못 봤구나, 하고 그녀의 손을 뿌리치려던 환은 바로 뒤를 잇는 하연의 말에 다른 의미로 인상을 찌푸릴 수밖에 없었다.

　　'저 이 책 빌려 가고 싶은데, 대신 좀 빌려주세요.'

　많고 많은 부탁 중에 겨우 이거라니. 자신의 지위를 이용하려는 거구나 싶을 때는 기분이 나빴는데, 이건 이것 나름대로 별로였다. 자신은 더 많고 대단한 일을 할 수가 있는데 겨우 책 한 권 빌리는 걸 도와 달라니, 왕자를 뭐로 보는 거야, 이 여자.

　"해랑은 책 안 빌려 줍니까?"

　결국에는 해 줄 거면서 속으로 잔뜩 투덜거리던 환이 말했다.

　"제 책 빌려 주겠다고 여기까지 나오실 리가 없으니까요."

　고작해야 자신이 읽고 싶은 책 빌려 주겠다고 병약한 연기 중인 해랑이 그동안 해 왔던 연기를 때려치우고 선뜻 나서지는 않을 거라 하연은 생각했다. 물론 그것은 그녀의 착각이었지만.

　"자, 그럼……."

　대출자 명단에 자신의 이름을 적은 환이 싱긋 웃으며 하연을 향해 돌아섰다.

　방금 전까지만 해도 책 한 권에 방긋 웃고 있던 하연이 어째서인지 심각한 표정을 짓고 있었다.

　환은 생각했다.

　아, 이제야 때가 되었구나. 반성의 시간이.

　"혹시 저에게 하고 싶은 말 없으십니까?"

아주 많을 텐데?

이미 늦은 감이 없잖아 있지만, 그에게는 아직도 지금부터 다시 몰아세우면 그녀가 미안해서 어쩔 줄 몰라 할지도 모른다는 희망이 남아 있었다.

자, 어서 나에게 사과해. 머리 숙이고 정중하게 사과해. 그럼 한 번은 봐줄 수도 있어.

"아, 괜찮겠습니까?"

"얼마든지요. 들어 드리겠습니다. 저 시간 많습니다."

그는 정말 사과든 변명이든, 무슨 말이라도 들어 줄 생각이 있었다. 환의 말에 하연은 그제야 안도의 한숨을 내쉬며 다시 활짝 웃었다. 그리고 정말 감사의 뜻이 담긴 미소를 그에게 보이며 말했다.

"고맙습니다. 안 그래도 생각보다 책 양이 너무 많아서 어쩌나 고민하고 있었는데 이리 선뜻 들어 주신다니."

"……."

그 말에 환은 뒤늦게 하연이 곤란하다는 표정으로 바라보고 있던 것들을 향해 고개를 돌렸다. 그녀의 시선 끝에는 꽤 수북하게 쌓인 책 더미가 있었다.

사과를 들으려다가 책 더미를 들게 생겼다.

하연은 애초에 반성은커녕, 이 책들을 어떻게 운반하면 좋을지를 고민 중이었다.

부장에게서 책 목록을 받았을 때는 막연하게 좀 양이 되는구나…… 했는데, 설마 이렇게나 많을 줄은 몰랐다. 심지어 한 권, 한 권 모두 두껍다. 이걸 어떻게 다 들고 가!

그제야 그녀는 아까 왜 강우가 그냥 가지 않고 이곳을 들렀는지 그 이유를 알 수 있었다. 결국에는 그냥 가 버리긴 했지만.

결국 환은 찍소리도 못 하고 하연을 대신해 책을 운반해야만 했다. 물론 서로간의 대화에 오해가 있었다고는 하지만, 그렇다고 이제 와서 싫다고 할 수도 없는 노릇. 꼴사나우니 말이다.

서재 밖에서 기다리고 있던 운은 당황했다. 아니, 황당했다.

사과 받겠다고 서하연을 찾아다니던 환이 서재에 들어갈 때는 기세등등한 모습이었는데, 어째서인지 나올 때는 하연을 대신해 짐을 들고 그 뒤를 따르는 짐꾼의 모습이니 말이다. 도대체 안에서 무슨 일이 있었던 거야!

결국 그 역시도 환이 들고 있던 책을 반 정도 들고 하연을 따라야 했다.

"제 얼굴에 뭐라도 묻었나요?"

조용히 예문관을 향해 걷고 있는데, 하연이 물었다. 아까부터 자신을 뚫어져라 쳐다보고 있는 환의 시선이 너무나도 신경 쓰였기 때문이다.

"처음 뵈었을 때는 몰랐는데 소문대로 미인이십니다."

"……."

하연은 뜬금없이 당연한 소리를 하는 환을 뚫어져라 바라보기 시작했다. 그러다 문득, 뭔가를 떠올리고는 길고 긴 침묵 끝에 부자연스럽게 입을 열었다.

"……환 님께서는 잘생기셨습니다."

이런 게 바로 학습의 효과이다.

"마음에도 없는 소리 하시느라 고생이 많으십니다."

"그렇게 티가 났나요."

가면을 써야겠구나. 그제야 하연은 해랑이 늘 쓰고 다니는 도깨비 가면이 조금은 탐이 나기 시작했다.

그렇게 예문관에 도착한 그들은 저마다 들고 있던 책을 한 곳에 내려놓아 정리했다.

"수고하셨습니다."

"말로만?"

장난스럽게 무언가를 요구하는 그의 말에 하연은 저도 모르게 인상을 찌푸렸다. 말이면 충분하지 뭘 더 바라는 거야.

그러나 그것을 티 내지 않기 위해 그녀는 곧 금방 다시 미소를 지었다. 그러고는 예문관에 있는 책상 위에 없어서는 안 되는 물건 두 개를 집어 들더니 곧 그것들을 사용해 무언가를 만들어서 그에게 내밀었다.

"제가 드릴 수 있는 게 이것밖에 없습니다. 그럼 다시 한 번 감사드립니다."

하연이 건넨 것을 받아 든 환은 잠시 당황하더니 재미있다는 듯 피식 웃었다. 그러고는 주머니 속에 그것을 넣었다.

사실 아직 나누고 싶은 대화가 많이 남아 있었지만, 회의에 참석해야 하는 하연의 입장 때문에 환은 오늘은 이만 물러나야겠다고 생각하고 먼저 인사했다.

"다음에 또 뵙시다. 다음에는 좀 더 사적인 일로."

그러나 돌아오는 건 딱딱한 대답이었다.

"죄송하지만 아마 그럴 일은 없을 거 같습니다."

그랬다가는 해랑에게 한소리 들을 게 분명했으니 말이다.

오늘도 이렇게 만난 걸 알면 노발대발할 게 분명하다. 아니, 만난 건 둘째 치고 정체를 들켰다는 걸 알게 되면…….

하연은 그 뒤의 일은 생각하고 싶지 않았다.

또 보자는 그의 인사를 매몰차게 거절했는데 환은 전혀 불쾌하다는 표정이 아니었다. 오히려 더더욱 부담스러울 정도로 싱긋 웃으며 회의실에 들어서려는 하연을 붙잡았다.

"죄송하지만 그래도 저는 꼭 당신을 만나야겠습니다."

"……혹시 저에게 마음이 있으시다면…….."

"그 책 반납 기한이 모레까지랍니다. 제 이름으로 빌리지 않았습니까."

단단히 오해를 한 하연이 살짝 불쌍하다는 시선으로 그를 바라보며 말하는데, 환은 싱긋 웃으며 하연의 손에 들린 책 한 권을 가리키며 말했다. 일그러진 하연의 얼굴을 본 그는 그제야 만족한 건지 웃으며 예문관을 나섰다.

당했다.

예문관 제3관에 달랑 남겨진 하연은 인상을 찌푸리며 그의 뒷모습을 노려보았다. 막상 당해 보니 기분이 별로였다.

정말 자신과 성격이 비슷한 거 같았다.

어느 점이 비슷하냐 하면, 그냥 못됐다는 점.

남 놀리는 데에 특화된 능력을 갖고 있는 것이 닮았다. 이러니 싫어할 수밖에. 놀리면 놀렸지, 당하는 건 싫으니 말이다.

"서하연, 빨리 들어와."

그러나 계속해서 자신을 찾는 예문관 때문에 그녀는 기분 나빠 할 틈도 없었다.

"큭…… 하하하. 완전 재미있어."

"환 님……."

반면 자신의 궁으로 돌아가는 길이던 환은 큰 소리로 웃기 시작했다.

방금 전 그녀의 그 표정. 이렇게나 속이 시원할 수가.

아, 하지만 겨우 이 정도로 만족할 수는 없었다. 이 정도 가지고는 한참 부족하지.

순식간에 자신을 남자에게 연서를 쓴 이상한 놈으로 만들어 놓았으니 말이다.

"……표정 관리 좀 부탁드립니다."

"크흠."

궁녀들이 놀란 얼굴로 우뚝 멈춰 서 그를 바라보고 있었다.

뒤늦게 그러한 시선을 알아차린 환은 헛기침을 하며 다시 무게를 잡았다. 그러나 그의 입가에는 다시 미소가 슬그머니 새어 나오고 있었다.

*　　*　　*

"서하여언……."

숨이 턱 막히는 회의가 끝나고 이제 좀 쉬어도 되겠지 싶어 영희궁으로 왔는데. 두 번째 문제가 그녀를 기다리고 있었다. 그것도 안으로 들어서기도 전부터.

문 앞에서 그녀를 기다리고 있던 해랑이 다 죽어 가는 목소리로 그녀를 부르고 있었다. 그런 그를 가만히 내려다보고 있던 하연은 그의 앞에 앉아 눈높이를 맞추고는 물었다.

"왜 이러고 계세요?"

하연이 묻자, 일어날 기운조차도 없어 보이던 해랑이 순식간에 하연을 바짝 끌어당기더니 투덜거리기 시작했다.

"진짜 오랜만이다?"

"아침에 인사드렸잖아요."

"그리고 지금은 저녁이지."

한 마디로 아침 인사와 저녁 인사 사이 동안 정신없이 바빴다는 말이군. 그렇게 생각하니 하연은 스스로가 불쌍하게 느껴졌다.

이 꽃다운 나이, 꽃 같은 외모에 일하느라 정신이 없다니.

"예문관이 한창 바쁠 시기여서요."

"요즘 나한테 너무 소홀한 거 아니야?"

오늘따라 왜 이리 투정이 심할까.

그런데 신기하지. 이상하게도 하연은 기분이 나쁘거나 하지는 않았다. 아니, 오히려 웃음이 나왔다. 방금 전까지만 해도 그렇게나 피곤하고 기분이 별로였는데 말이다.

"스승의 제자 사랑은 끝이 없다던데……."

"좋습니다."

그렇게 말하며 하연은 자리에서 일어났다. 그리고 해랑에게 손을 뻗었다.

"오늘은 밤새 스승의 사랑을 보여 드리겠습니다. 진도 팍팍 나갑시다. 책 한 권 떼 보지요."

그제야 해랑은 피식 웃더니 그녀의 손을 잡으며 자리에서 일어났다. 영희궁 안으로 들어서자 불안한 듯 울상을 짓고 있던 돌쇠가 해랑과 함께 들어온 하연을 발견하고는 안도의 한숨을 내쉬었다.

그것만 봐도 하연이 없는 동안 해랑이 얼마나 그를 괴롭혔는지 알 수 있었다.

어느새 싱글벙글 웃고 있는 해랑을 가만히 바라보던 하연이 그를 따라 웃더니 말했다.

"확실히, 저는 교육관 집안의 딸인가 봐요."

"뜬금없이 무슨 소리야?"

"천재보다 바보가 더 좋거든요."

            *   *   *

"오셨습니까."

문을 열어 주던 돌쇠의 얼굴이 '나는 네가 올 걸 알고 있었지.'라고 말하고 있었다.

이제 그에게 남은 임무는 요령 있게 둘러대서 환을 돌려보내는 것뿐이다.

요 며칠 간 쭉 그래 왔고, 오늘도 분명 그럴 것이다.

몇 가지 변수만 없었더라면.

원래 계획은 '해랑은?'이라고 묻는 환에게 돌쇠가 '아직 주무시고 계십니다.'라고 대답하고 돌려보내는 것이었다.

그런데.

"서하연 교육관님 계십니까? 예문관에 갔는데 이곳에 계실 거라고……."

첫 단추부터 이상한 데에 끼이기 시작했다. 덕분에 돌쇠는 혼란스럽다.

서하연? 어째서 환 님께서 하연 아가씨를 찾는 거지?

아직 하연이 그에게 정체를 들켰다는 사실을 모르는 돌쇠는 순식간에 침착함을 잃고, 꿀 먹은 벙어리마냥 입을 다물어 버렸다.

왠지 묘한 기분이 들었다.

웬 남정네가 집에 찾아와서는 딸을 만나러 왔다고 할 때 아버지의 심정이랄까? 물론 그는 결혼도 안 했고, 자식도 없지만.

"아…… 안 계십니다."

사실 이는 거짓말이었다.

불과 어제까지만 해도 하연은 요즘 한창 바쁜 예문관 일 때문에 아침식사 시간도 없이 출근해야 했다.

하지만 오늘은 쉬는 날이니 깨울 필요 없다고 어제 하연이 말했다. 때문에 돌쇠는 군이 하연의 방을 찾지 않았다. 지금쯤은 오랜만에 숙면 중일 거라고 대충 예상하고 있을 뿐.

"그렇습니까. 알겠습니다."

못 믿겠지만, 어쩌겠는가. 이리 없다고 잡아떼는데.

"해랑은?"

"아직 주무시고 계실 겁니다."

어제 밤늦게까지 공부한다고 했으니 그 역시 오늘은 늦게 일어나겠지 싶은 돌쇠는 해랑의 방 역시 일부러 찾아가지 않았다. 괜히 깨웠다가 피곤해 죽겠는데 왜 깨웠냐며 짜증을 내면 어쩌려고.

"……."

하지만 그는 이제 앞으로 무슨 일이 있더라도 그의 기상을 확인하겠다 다짐했다.

물론 그 다짐이 이미 늦었다는 게 문제였지만.

왜? 도대체 왜?

해랑의 방문을 연 돌쇠는 그 자리에 굳어 버렸다. 이는 그의 뒤를 따르고 있던 환도 마찬가지였다.

그의 방은 난장판이었다. 책이며 종이며 붓이며 여기저기 어질러져 있었고, 여기저기 널린 수많은 책들로 보아 스승의 제자 사랑이라는 것이 좀 지나치게 과한 게 틀림없었다.

그 때문에 현재, 스승과 제자는 책상을 사이에 두고 각자 바닥에 뻗은 채로 잠이 들어 있었다.

"……."

문가 쪽에 잠들어 있던 하연이 열린 문틈으로 들어오는 빛 때문인지 인상을 찌푸리다가 눈을 떴다.

그러나 자신을 내려다보고 있는 두 명의 시선에 놀라지도 않은 건지 태연히 눈을 비비며 빙글 돌아누웠다.

"……바람 들어옵니다. 문 닫아 주세요."

문 닫아 달라는 부탁까지 하며.

"……뭐야."

이번에는 안쪽에서 자고 있던 해랑이 인상을 찌푸리며 일어났다. 그의 상태 역시 말이 아니었다.

밤새 책 한 권 떼자는 하연의 말을 들었을 때는 그냥 한 말이겠거니 했는데 역시나, 그녀에게 '그냥'과 '대충'은 없었다.

그들은 아침 해가 떠오르는 것을 보고서야 책 한 권 떼는 데에 성공했고, 성공과 동시에 각자 뻗어 버린 것이다.

지난 밤새 엄청난 학습량을 견딘 해랑은 머리가 욱신거렸다.

문가에 서서 어이없다는 표정을 짓고 있는 둘을 뚫어져라 바라보던 해랑은 그제야 두 명을 알아본 건지 인상부터 찌푸렸다. 그러고는 손에 잡힌 베개를 그들을 향해 집어던지고는 다시 풀썩 쓰러졌다.

"나가."

"허. 가관이네, 가관이야."

* * *

"음…… 그러니까 일단 그분은 너도 알다시피 내 교육관 서하연의 동생으로서…… 지금은 대리 수업을 하기 위해……."

"눈부터 뜨고 거짓말을 해라."

여전히 잠에서 깨어나지 못하고 있는 해랑을 한심하다는 눈으로 바라보며 환이 말했다. 그러자 한 번 고개를 풀썩 숙였던 해랑이 눈을 반짝이더니 환에게 물었다.

"그런데 너는 왜 자꾸 영희궁에 오는 거야?"

"오늘은 너 보러 온 거 아니니까 걱정하지 마라."

"내가 걱정하는 게 바로 그 점인데."

정신 차리라는 의미에서 돌쇠가 내온 차를 마시던 해랑은 인상을 찌푸렸다.

분명 그가 '거짓말'이라고 했다. 즉, 하연의 이름이 '서이완'이라고 둘러댔던 거짓말을 눈치챈 게 틀림없었다.

"······스승이랑 좀 더 거리를 두는 게 어때? 그래도 남녀 사이인데."

"우리 스승님께서는 그런 걸 별로 신경 안 쓰셔서 말이야."

"그래도 너는 신경 써야지."

두 형제는 잠시 아무런 말없이 서로를 바라보고 있다.

하필이면 중간에 앉아 있던 돌쇠는 그 무거운 공기에 숨이 막힐 거 같았다.

그때, 다행히도 문이 벌컥 열리며 돌쇠의 구세주가 등장했다.

"환 님, 여기까지는 무슨 일로 오셨습니까?"

아까까지만 해도 잠에서 깨어나지 못해 해롱해롱거리던 하연이 언제 정신을 차린 건지 말끔한 모습으로 등장했다.

오랜만에 숙면을 취해서 그런지 다 죽어 가던 얼굴은 활짝 피어 있고, 두 눈은 반짝였다.

나름대로 엄숙한 분위기를 유지하며 안으로 들어선 하연은 환에게 시선도 주지 않고 정면을 보며 말했다.

"이제 와서 무게 잡아 봤자 늦으셨습니다."

그 말이 끝나기 무섭게 하연은 고개를 푹 숙였다. 그러고는 말없이 주먹으로 바닥을 탕탕 치기 시작했다.

사실 방에 들어오기 전에 문 앞에서 몇십 분 동안이나 태연한 '척'을 하기 위해 연습까지 한 그녀였다. 잘만 행동하면 아무 일도 없었다는 것으로 덮을 수 있을 줄 알았는데.

서하연 인생에서 몇 없는 굴욕이었다.

아무리 피곤했다고는 하나 그냥 바닥에 엎어져서 잠이 들었다니, 이런 추태가 다 있나.

"미인은 잠꾸러기래."

"아, 어쩐지."

창피해 죽겠다는 듯 고개를 숙이고 있던 하연이 해랑의 그 한마디에 다시 반짝거리기 시작했다. 그녀는 괜히 그런 게 아니었다며 납득하기 시작했다.

"그런데 언제 들킨 거지?"

"어제요. 일하는 도중에 딱 만났거든요."

정확하게 말하면 그 눈치 없는 '부장' 때문이었지만.

"그나저나 환 님께서는 정말 여기까지 무슨 일로 오셨습니까?"

'볼일 없으면 오지 마.'

하연의 경계심 가득한 질문에도 불구하고 환은 씨익 웃었다. 그리고 손에 꼭 쥐고 있던 종이 한 장을 당당히 그녀의 앞에 내밀었다.

"아."

하연이 그 종이를 모를 리가 없었다. 그도 그럴 것이 제가 직접 건네준 게 아니던가. 그것도 바로 어제, 책 운반의 대가를 요구하는 그에게.

'제가 드릴 수 있는 게 이것밖에 없습니다. 그럼 다시 한 번 감사드립니다.'

그렇게 말하며 대충 종이에 끄적여서 손에 쥐어 줬다.

"하루 수강권? 이게 뭐야?"

마음 같아서는 찢어 버리고 싶었지만 차마 그러진 못하고 있는데, 해랑이 그런 하연의 마음을 읽기라도 한 건지 잽싸게 그 종이를 낚아채 갔다. 그러고는 인상을 찌푸리며 그것을 구겨 버렸다.

그러거나 말거나 환이 싱긋 웃는 얼굴로 다시 그것을 펼치더니 말했다.

"오늘 하루 서하연 교육관님은 내 교육관이라는 말."

"집어치워."

이번에는 베개가 아닌 옆에 있던 두꺼운 책이 환을 향해 날아갔다. 가까스로 손으로 쳐 내기는 했지만, 다급히 막다 보니 손등을 정통으로 맞은 탓에 욱신거렸다.

"서하연 교육관님, 사람에게 물건을 던지는 건 예의가 아니라는 것도 안 가르쳐주신 겁니까? 아니면 가르쳤는데 저 녀석이 못 알아들은 겁니까?"

"너야말로. 한두 번도 아니고 이렇게 매일 찾아오는 건 예의가 아니라는 생각 한 번도 안 해 봤나 보지? 영희궁에는 네 방문 환영하는 사람 한 명도 없거든."

점점 그들의 목소리가 커졌다.

이 일을 어쩌나, 그들을 말려야 하나 고민 중인 운과 달리 돌쇠는 한숨을 내쉬며 한심하다는 눈빛으로 그들을 바라보고 있었다.

그러다 문득, 유난히 조용한 누군가를 슬쩍 바라본다.

그들이 싸우거나 말거나 오늘 나가야 하는 진도를 확인한 하연은 탁하고 책을 덮었다. 그리고 그제야 두 명의 문제아를 마주한다.

"……."

서서히 하연의 표정이 찌푸려지고 있다는 걸 알아차린 눈치 빠른 돌쇠가 재빨리 옆에 있던 운을 툭툭 치더니 그를 데리고 밖으로 나갔다. 어리둥절한 상태로 끌려 나오다시피 한 운이 도대체 무슨 일이냐고 물으려는 찰나.

"둘 다 그만!"

한 여인의 엄청난 외침 소리가 밖에 나와 있는 그들의 귓속까지 파고들었다. 깜짝 놀란 운이 돌쇠를 바라보았다. 그러자 이럴 줄 알았다며 귀를 막고 있던 돌쇠가 별일 아니라는 듯 피식 웃으며 그를 안심시켰다.

"걱정하지 마세요. 환 님께서는 무사히 돌아오실 겁니다."

*　　*　　*

눈앞에서 형제간의 싸움이 일어나고 있음에도 불구하고 하연은 여유롭게 오늘 나가야 하는 진도를 확인했다.

잠을 자느라 하지 못한 오전 수업까지 끝내려면 빠듯했다.

저렇게 싸우고 있을 시간조차 없었다.

"두 분 다, 이제 싸움은 그만해 주세요. 이러고 있을 시간이 없습니다."

그러나 그들은 싸움을 멈출 기미가 보이지 않았다. 아무리 형제간에 싸우면서 정이 든다고는 해도, 수업 시간에는 해당되지 않았다. 그것도 자신이 주도하는 수업 시간에는 더더욱.

"책들 안 펴시고 뭐하십니까? 책 펼치는 것부터 가르쳐 드려야 합니까? 아니면 눈앞에 있는 그 물건의 이름이 책이라는 것부터 알려 드려야 하는 겁니까?"

그 말이 끝나기 무섭게 이런 상황에 익숙한 해랑은 재빠르게 수업 준비를 끝마쳤다. 하지만 이 분위기에 익숙하지 않은 환은 허둥대느라 정신이 없었다. 수업을 핑계로 대화나 좀 더 나눠 볼 수 있을까 싶어서 왔는데 순식간에 본격적인 수업 준비가 갖춰져 버렸다. 뿐만 아니라 해랑과 함께.

이래서는 사적인 이야기가 불가능했다.

"그럼 오늘은…… 오전에 나가지 못한 진도까지 합쳐, 3장까지 공부하는 것으로 하겠습니다."

"……그런데 있잖아……."

수업 전에 미리 오늘 나갈 진도에 대한 설명을 하는데, 그 이야기를 듣고 있던 환이 살짝 인상을 찌푸리더니 입을 열었다.

그러자 하연이 재빨리 말을 잘랐다.

"오늘의 규칙 1. 문제를 다 풀기 전에는 잡담 금지."

한숨을 내쉬며 고개를 돌린 환의 눈에는, 이미 그러한 수업 분위기에 익숙해진 건지 고개를 숙이고 묵묵히 문제 풀기에 들어간 해랑이 보였다.

"평소에도 이렇게 어려운 거 공부하나?"

사실 그는 놀랐다. 놀랄 수밖에 없겠지.

평소 그가 즐겨 보던 책보다 좀 더 전문적이고 세세한, 학문의 깊이가 느껴지는 책이었기 때문이다. 마치 일전에 그가 유일하게 풀지 못한 한 문제와 같은.

"어렵지. 늘 어렵지. 안 어려운 게 어디 있어?"

환의 질문에 해랑은 고개도 들지 않고 여전히 문제를 풀기 시작했다. 그러자 그 앞에 앉아 자신도 같이 문제를 풀고 있던 하연이 끼어들었다.

이건 뭐 말을 걸 수 있는 분위기가 아니었다.

늘 실실 웃기에 수업 분위기가 얼마나 화기애애하기에 그러나 했는데 정반대.

이건 지옥이다, 생지옥.

유학까지 다녀온 환이었지만, 그조차 이렇게까지 공부한 적은 없다. 숨이 턱 막히는 것만 같았다. 하지만 어쩌겠는가.

그럼에도 불구하고 이 방을 떠날 수 없는 이유가 버젓이 눈앞에 앉아 있는데.

"……네가 공부를 할 수밖에 없는 이유를 이제야 알 거 같다."

"뭐?"

뜬금없이 웬 시비냐며 해랑은 인상을 찌푸렸다.

동시에 들려 온 책을 탁 덮는 소리에 움찔거린 둘은 다시 말없이 각자의 책에 집중하기 시작했다.

　　　　*　　　*　　　*

　"괜찮으십니까?"

　"……장난 아닙니다."

　들어올 때는 그렇게 밝을 수 없을 정도로 웃는 얼굴이었는데, 어째서인지 나올 때 환의 모습은 너덜너덜했다. 정신적인 충격을 많이 받은 사람처럼.

　평소에는 해랑이 오지 말라고 해도 그렇게 제 집처럼 찾아오더니, 오늘은 오후 수업이 끝나기 무섭게 돌아가겠다고 먼저 말하는 그를 배웅하기 위해 하연이 따라 나왔다. 물론 가지 말라는 해랑을 내버려 두고.

　"수고하셨습니다. 그럼 조심해서 가세요."

　멀리 나갈 것도 없이 바로 정문까지만 함께 어울려 준 그녀가 꾸벅 인사했다. 그러자 홀로 정신적인 충격을 견디고 있던 환이 고개를 갸웃거리며 자신에게 인사하는 그녀를 바라봤다.

　"교육관님께서는 함께 가지 않으시는 겁니까?"

　해랑의 교육도 끝났겠다, 그녀도 예문관으로 돌아가겠지 싶어 물은 것이다. 기왕 나가는 길이 같으면 함께 가지 않겠느냐는 의미에서였다.

　"예? 예, 저는 여기에 남습니다."

　"하지만 예문관……."

　"오늘 하루는 쉬는 날입니다."

　하지만 그가 모르고 있는 게 한 가지 있었다.

하연은 예문관 소속이기는 했지만, 해랑 때문에 현재 그녀는 영희궁에서 함께 지내고 있다는 사실 말이다.

"알겠습니다. 그럼 먼저 가겠습니다."

아직 영희궁에 볼일이 남았나 보지.

환은 쉽게 걸음이 떨어지지 않았다.

결국 그는 몇 걸음인가 영희궁의 정문을 지났다가 다시 돌아왔다. 그러고는 대놓고 왜 다시 돌아오느냐는 표정으로 서 있는 하연에게 다가갔다.

"혹시 앞으로도 읽고 싶은 책이 있으시면 언제든지 말씀해 주세요. 빌려 드릴 테니까."

"어? 정말이십니까?"

해랑이 들으면 싫어할 이야기겠지만.

감사의 인사를 대신해 진심을 다해 활짝 웃는 하연을 바라보던 환은 얼굴을 붉히며 고개를 끄덕였다.

"이 나라에서 제가 구할 수 없는 책은 없답니다."

옆에서 그의 이야기를 듣고 있던 운이 조용히 비웃었다.

'지금 자기과시라도 하시는 겁니까!'

저런 말에 넘어갈 여자가 어디 있겠냐며 운은 일단 그에게 자신이 알고 있는 연애 관련 심리 도서를 추천하겠노라 마음먹었다.

"정말요? 앞으로 친하게 지내요."

그러나 의외로, 환의 방법은 서하연에게 효과가 있었다. 그것도 아주아주 큰 효과가.

좋은 친구가 생겼다며 하연은 싱긋 웃는 얼굴로 다시 방으로 돌아왔다. 하지만 그것은 그녀의 실수였다. 조금이라도 생각을 했다면, 그녀는 방문 앞에서 표정 관리를 하고 들어섰어야 했다.

"……뭐가 또 그렇게 불만이십니까?"

"하, 어이가 없어서."

다짜고짜 어이가 없다고 하니 하연 역시 어이가 없었다.

우연이네. 나도 지금 이 상황 어이가 없는데.

"책 빌려 준다니까 좋다고 넘어가?"

"그럼 어떻게 해요? 읽고 싶은데 빌릴 수는 없고……."

"그렇다고 그 녀석의 도움을 받아?"

변명하듯 다른 곳을 바라보며 중얼거리던 하연은 고개를 돌렸다. 그리고 해랑이 보지 못하게 슬며시 웃으며 말했다.

"그럼 해랑 님께서 중앙 서재에 가서 빌려주시든가요."

"……."

그 말에 해랑의 투덜거림이 딱 멈추었다. 그러고는 갑자기 눈을 가늘게 뜨고 하연을 바라보기 시작했다.

입가에는 의미심장한 미소까지 지으며.

"……아, 알겠다. 나 이제 꽤 눈치 빨라졌거든."

"……."

"너 지금 일부러 이러는 거지?"

이런, 정말로 눈치가 빨라진 모양이었다.

생각지도 못한 해랑의 발전에 하연은 당황하기는커녕 저 혼자 마음속으로 씨익 웃었다.

"나를 자극해서 조금이라도 이 영희궁 밖으로 끌어내 보겠다는 수작인가 본데……."

"진짜 눈치가 빨라지셨네요?"

하연은 박수라도 쳐 주고 싶었다. 하지만 박수까지 치기에는 이르다. 아직은 그녀가 원하는 답변을 얻어내지 못했으니까.

"눈치가 빨라졌으면 뭐해."

혼자 이것저것 생각하는 듯 보이던 해랑은 결국 한숨을 내쉬었다.

"너한테 약한 건 변함없는데."

동시에 하연의 두 눈은 다시 반짝이기 시작했다. 다음으로 올 답변을 듣지 않아도 이미 자신이 이겼다는 것쯤은 알 수 있었다.

진정해야 하는데, 저도 모르게 들뜨는 건 어쩔 수가 없었다.

"정말 같이 나갈 거예요? 중앙궁에 있는 서재인데? 거기까지 함께 가 주시는 거지요?"

자신이 밖에 나가는 것뿐인데 이렇게까지 좋아하다니. 어떻게 거짓말을 할 수 있겠는가.

"알았다니까."

해랑은 이미 잘 알고 있었다.

자신은 눈앞에 있는 이 여인을 이길 수 없을 거라는 것을.

어쩌면 평생.

十三花
죽을죄를 지었습니다

"안녕하세요~"

"……."

"……."

아까부터 이 상태.

궐 안을 걸어 다니는 꽃이라 불리는, 남자 관리들은 먼발치에서 숨 쉬는 모습만 바라봐도 좋다고 아우성인 그 서하연이 이리 납시었는데 분위기가 이상했다. 그녀의 등장으로 화기애애해야 하는 중앙 서재가 어째서인지 꽁꽁 얼어붙어 있었다. 아주 꽝꽝.

뭔가 하고 싶은 말이 많아 보이는 중앙 서재의 관리자들은 지금 하나같이 눈을 내리깔고 저마다 이미 끝낸 업무를 다시 보고 있었다.

그만큼이나 지금 그들은 바짝 움츠러들어 있었다.

눈앞에 서 있는 누군가와 시선을 마주치지 않으려고 아주 안간힘을 쓰고 있었다.

꽃은 좋다. 꽃은 정말정말 좋은데, 그 꽃 뒤에 딸려온 이가 원인이었다.

"그럼 저는 책을 골라 오겠습니다."

그나마 구세주나 다름없던 꽃이 서재 안 깊숙이 들어가 버려 시야에서 사라지니, 관리자들은 더욱더 죽을 맛이었다.

맹수다. 이건 맹수야.

그 맹수를 통제하고 있던 단 한 명의 조련사가 손을 놓았으니 이제 우리는 죽은 목숨이다.

죽을 때 죽더라도 인사는 해야겠지.

아무렴. 지금 눈앞에 서 계신 분이 누구신데.

"아…… 안녕하십니까. 오랜만에 뵙습니다, 해랑 님."

"난 널 처음 본다만."

사실 처음 보는 거였지만.

영희궁에서 잘 나오지 않는다는 구제불능 왕자님의 이야기를 모르는 이는 없을 것이다. 그런데 그 소문은 어쩌고, 지금 이렇게 버젓이 나와 계신다. 뿐만 아니라 이제는 아예 본인 얼굴과도 같은 그 도깨비 가면도 쓰지 않은 완벽한 민낯으로. 그리고 어째서인지 모르게 그 매서운 눈으로 자신들을 노려보고 계신다.

중앙 서재의 관리자들은 땀을 삐질삐질 흘리며 저마다 해랑의 눈치를 보기에 바빴다. 서하연이 빨리 돌아와 주기를 바라는 이들도 있었지만, 그들의 유일한 구세주께서는 여전히 책에 정신이 팔려 있다.

이제 어쩌지. 일을 할 수 없을 정도로 노려보고 계시는데.

잠깐도 아니고 서재에 들어올 때부터 지금까지 계속 저 상태이니 그들은 난감했다.

우리가 무슨 죄라도 지은 건가? 아니면 특별히 심기를 거슬리게 할 만한 행동이라도…….

그들은 궁금했다. 우리들의 무엇이 당신의 기분을 그렇게까지 상하게 한 건가요? 그리고 질문도 하지 않았건만 그에 대한 답변이 돌아왔다.

"뭐 이리 남자가 많아."

그렇다. 그들은 지금 '남자'라는 이유 하나만으로 이렇게 경계를 당하고 있는 것이었다. 뭐 이런 말도 안 되는 이유로 우리들을 구박하냐는 듯 관리자 중 한 명이 용감하게 고개를 들어 봤지만, 퍽 기분이 좋지 않은 해랑이 쏘아보자 다시 그 고개가 내려갔다.

관리자들도 그렇지만 해랑도 기분이 매우 안 좋았다.

생각해 보니 예전에 몰래 예문관을 찾았을 때도 온통 사내자식들밖에 없던데.

"남자가 많은 게 아니라, 여자가 저밖에 없는 겁니다."

어느새 빌려갈 책 고르기가 끝난 건지 그에게로 다가오며 하연이 말했다. 그래, 이 말이 맞다. 그녀는 유일한 여성 교육관이었으니까. 아, 하지만 저번에 부장에게 들은 바로는 여성 응시자 수가 늘었다고 하니…… 어쩌면 동료가 생길지도!

"그리고 그렇게 무섭게 노려보지 말아 주세요. 해랑 님 때문에 다들 겁을 먹었잖아요."

하연의 지적에도 해랑은 표정을 풀지 않았다. 밖을 싫어하는 건 아니었지만 여전히 그에게는 이 시선들이 불쾌했다.

역시 가면을 갖고 오는 거였는데. 원래는 가면도 챙겼지만, 나오는 도중에 하연에게 빼앗겨 버려 이제 자신을 지켜 줄 것은 아무것도 없었다. 맨 얼굴로 궐 안을 이리 활보하고 있으려니 더더욱 다른 사람들의 시선에 얼굴이 뜨거운 거 같다.

하연만 아니었어도 이렇게 밖에 나와 사람들의 구경거리가 되는 일은 없었을 텐데.

"아, 교육관님. 그리고 보니 일전에 이미 책을 빌려 가시지 않으셨습니까? 그거 반납하기 전에 다른 책 대출은 불가능합니다."

하연이 들고 온 책의 이름을 대출 기록에 적던 관리자가 문득 생각이 났는지 그녀에게 말했다. 그러자 이미 다른 한 권을 손에 들고 서서 읽고 있던 하연이 무심하게 대답했다.

"무슨 말씀이십니까. 그건 환 님께서 빌리신 거고, 이건 해랑 님께서 빌리시는 거잖아요."

이름만 그렇지, 결국엔 네가 빌리는 거잖아!

기록을 적어 나가던 관리자의 손이 멈추었다. 뭐라고 하고 싶은데 그녀의 옆에 서 있는 맹수가 노려보고 있어서 그럴 수도 없고.

잠깐이라도 좋으니 시선을 좀 마주쳐 줬으면 좋겠는데 이미 그녀는 책 속에 빠져 버렸다. 이리 되면 방법이 없다.

"……환?"

애는 또 왜 이런데.

잠시나마 옆에서 조용히 있어 주던 해랑이 뭐에 화가 났는지 인상을 찌푸린다.

"묻는 말에 대답해."

"예? 아. 네."

"일전에 하연이 환과 함께 사이좋게 이곳에 온 적이 있나?"

관리자들은 뜬금없이 왜 저런 걸 묻는지 궁금했다. 그리고 저 질문에 안 들어가도 되었을 '사이좋게'라는 표현이 왜 굳이 끼어 있는 건지도.

아, 그것보다 대답하라고 했지.

"아…… 네. 함께 오셨지요?"

"사이좋게?"

"……네? 어…… 네. 사이좋게."

질문의 의도를 아직 파악하지 못한 관리자들은 허둥거리며 고개를 끄덕였다. 그들은 사실을 말하고 있었다. 괜히 또 거짓말 같은 거 했다가 들키는 것보다는 낫겠지.

둘이 함께 왔던 것은 사실이었다. 그런데 '사이좋게'에 해당되는 분위기였나? 그건 아직 잘 모르겠다.

"아, 그러고 보니까."

관리자치고는 신입에 해당하는 건지, 다른 이들보다도 더 앳되어 보이는 관리자 한 명이 불쑥하고 끼어들었다.

분위기를 못 읽는 건지, 아니면 하연에게 악감정이라도 있어서 그러는 건지는 몰라도 이런 말을 덧붙이며.

"정말 사이가 좋아 보이시더라고요. 연인 같은 분위기였다고나 할까요? 저희가 책 찾는 데 정신없는 동안 두 분이서 딱 달라붙어 가지고 대화를 하시는데 엄청 어울리⋯⋯."

그 어떤 방해에도 잡고 있는 책을 놓지 않았던 하연이 인상을 찌푸리며 책을 덮었다.

저것들이 미쳤구나.

그나저나 그 분위기가 연인 같았다니. 그녀는 아직도 당시 상황을 기억하고 있다. 그 상황은 다름 아닌 자신이 실은 서이완이 아니고 서하연이었다는, 숨겨 왔던 정체가 탄로 나는 순간이었다. 그때 자신이 얼마나 난감했는데.

옆을 바라보지 않아도 동행인의 기분이 아주아주 나쁘다는 걸 알 수 있었다. 그 뭐랄까, 기운으로 느껴진다고 해야 하나. 괜히 건드리지 말아야지.

그런데 뭐지, 이 기분? 마치 바람 피다 걸린 것처럼⋯⋯.

그녀는 해랑이 폭발하기 전에 이곳에서 데리고 나가야 했다.

"어쨌거나 이 책들 빌려 주세요."

그들은 그녀가 정말 뻔뻔하다고 생각했다.

어떻게 아무렇지도 않은 표정으로 저렇게나 당당할 수가 있는 거지? 예뻐서 그래?

미인에 대한 새로운 오해가 쌓여 가며, 그들은 첫 번째 문제는 그냥 넘어가기로 했다. 그러나 그게 끝이 아니다. 또 다른 문제가 남아 있었다.

"⋯⋯교육관님, 그뿐만이 아닙니다. 지금 가져오신 이 두 권은 중요 서적이어서 한 권밖에 못 빌리십니다."

"걱정 마세요. 저 하루에 책 두 권쯤은 금방 읽습니다."

"아니, 그것을 걱정하고 있는 게 아닙니다만……."

아, 그렇구나. 이 사람은 애당초 우리의 이야기를 들을 생각이 없었던 거야!

뒤늦은 깨달음에 관리자가 뒤를 돌아보며 나이가 지긋한 또 다른 관리자를 바라보았다. 마치 도와달라는 듯. 그러나 그가 선택한 도우미께서는 안타깝게도 한숨을 내쉬며 고개를 절레절레 저었다.

할 수 없이 포기 선언을 하려는데 잠자코 기다리고 있던 해랑이 끼어들었다.

"하아……."

말도 아니고 한숨 한 번만으로.

말없이 팔짱을 낀 채 가만히 기다리고 있던 해랑의 한숨 소리에 독서 중인 하연을 제외한 서재 안의 모두가 움찔했다.

그들은 이유 모를 위기감을 느꼈다. 그러고는 저들끼리 의미심장한 눈빛을 주고받더니 곧 작게 고개를 끄덕였다.

"트…… 특별히 이번만입니다. 원래는 절대 안 되는데…… 이러면 정말 안 되는데……."

그래, 다음에 올 때는 하연 혼자 올 수도 있으니까.

그들은 현명하게, 다음을 위해 오늘 찾아온 위기는 피하는 방법을 선택했다.

그러나 그것도 잠시, 금지 도서 특별 추가 대출에 기쁜 하연이 그들을 향해 미소 지었다.

아, 그래. 이제 다 됐어. 예쁘다. 예쁘면 다 되지, 뭐.

그렇게 속으로 욕하고 안 된다 외치던 이성은 어디로 가고, 하연의 미소를 본 관리자들의 표정이 순식간에 풀어진다. 그러고는 그냥 좋다고 배실배실 웃는다.

그러나 이러한 훈훈한 분위기를 그냥 두고 보지 못하는 이가 아직도 그들과 함께 있다는 걸 잊어서는 안 되는 일이었다.

"그만 웃어."

자신은 웃는 얼굴이 싫으니 그만 웃으라는 해랑의 말에 그들은 순식간에 얼굴에서 웃음을 지웠다.

거참, 아무리 자신의 교육관이라고는 해도 얼굴 보면서 조금, 아니 조금 많이 웃었다고 저럴 거까지는 없잖아. 뭐야, 쟤 무서워.

다음부터는 돌아가서 읽어야겠다며 하연이 드디어 책에서 시선을 떼었다. 그리고 고개를 들어 보니 해랑이 관리자들을 노려보고 있는 게 눈에 들어왔다.

그녀는 한숨을 내쉬며 해랑의 옷자락을 잡아끌었다. 계속해서 서재 안에 있게 했다가는 불쌍한 관리자들 심장 나빠질라.

"그만 돌아가지요. 해랑 님."

돌아가자는 말에 한 몇 시간은 눌러앉아 그들을 노려볼 기세로 엄청나게 인상을 쓰던 해랑이 바로 표정을 풀고는 고개를 끄덕이며 그녀의 뒤를 따라 나갔다. 말 한마디에 뒤집어진 극단적인 반응에 관리자들은 '지금 자신이 본 것이 헛것이 아닐까?' 하는 생각에 잠겼다.

저 바보 같이 웃고 있는 인간이 방금 전까지만 해도 우리 노려보고 있던 그 인간 맞아?

한편 중앙 서재 관리자들에게 적지 않은 정신적인 충격을 안겨 준 해랑과 하연은 그곳을 빠져나와 다시 영희궁으로 돌아가던 중이었다.

"서하연, 내가 이렇게까지는 말 안 하려고 했는데, 환이랑 가깝게 지내지 마."

돌아가는 내내 환이랑 친하게 지내지 말라는 해랑의 잔소리는 끊이질 않았다.

하지만 몇 번이나 같은 말을 반복하고 있는데도 하연은 짜증을 내지 않았다. 오히려 알았다고 계속해서 고개를 끄덕이며 대답했다.

웬일로 이런 일에 제대로 대답한대?

자신의 손에 들려 있는 두 권의 책을 흐뭇하게 바라보고 있는 하연을 바라보며 해랑이 물었다.

"나 예쁘지."

필시 이것은 자신의 외모에 대한 자신감으로 인한 질문이 아니라, 칭찬을 해 달라는 신호였다.

남자가 여자한테 자신이 예쁘냐고 묻는 건 웃기지도 않은 질문이었지만, 기분 좋은 하연은 지금 그 무엇이라도 다 용서하고 받아들일 수 있을 것만 같았다.

"예뻐 죽겠습니다."

그 말에 아끼는 죽을상을 하고 있던 해랑이 웃었다.

"너도 예뻐."

"저 예쁜 건 세상 사람들이 다 알고 있지요."

영희궁으로 돌아가는 길에 지나친 궁인들이 하나같이 걸음을 멈추고 그들을 바라보고 있다.

해랑의 등장으로 한 번 놀란 그들은 드디어 공개된 그의 맨 얼굴에 또다시 놀라고, 이어서 그의 미소에 경악을 금치 못했다.

이후 천유국에는 '칭찬은 도깨비도 춤을 추게 한다.'는 말이 돌기 시작했다고 한다.

       *   *   *

"뭐야."

해랑이 인상을 찌푸렸다.

기분 좋게 하연과의 외출을 즐기고 돌아와 늘 그랬던 대로 공부방에 박혀서 책을 사이에 놓고 알콩달콩 공부를 즐겨야지 싶었는데, 문을 열기 무섭게 보이는 얼굴은 돌쇠가 아니었다. 익숙하지만 만날 때마다 불쾌한 녀석의 등장.

도대체 이 녀석은 왜 또 여기에 있는 거지. 그렇게 할 일이 없나.

"아, 어디 다녀오십니까?"

환 역시 문이 열리기 무섭게 바로 보이는 해랑의 얼굴에 인상을 찌푸렸다.

하연을 가리고 서 있는 해랑을 본체만체한 그는 해맑게 웃으며 인사했다.

그래, 웃어야지. 그래야 좋은 인상을 남기지. 물론 내가 웃으면 웃을수록 저 녀석의 표정은 굳어지지만.

"뭐야."

"너야말로 뭔데."

"난 교육관님께 볼일이 있어서 온 거야. 그러니까 비켜."

"볼일이 뭔데."

절대 비키지 않겠노라, 노골적으로 그를 경계하는 해랑과 자신을 방해하지 말라며 그를 밀치기 위해 안간힘을 쓰고 있는 환이다.

그러나 정작 하연은 그들에게 관심이 없는 건지 여전히 책에 정신이 팔려 있었다.

"……해랑 님?"

그래도 계속은 못 들어 주겠는지 그녀가 책에서 시선을 떼고 해랑을 불렀다. 표정이 일그러져 있다. 지금 내가 책을 읽고 있는데 어디서 누가 이렇게 시끄럽게 하는 거야?

분명 혼을 내거나 그들을 막기 위해 부른 것이었는데, 무슨 의도에서 불렀든 상관없다는 듯 해랑은 웃고 있다. 그녀에게서 자신의 이름이 먼저 불렸다는 것에 만족한 미소였다. 바보같이.

"……일전에 빌린 책, 반납일이 오늘까지입니다."

"아."

방금 서재에 갔을 때 반납하고 올걸, 미처 생각하지 못했다.

깜빡했다는 사실에 하연은 인상을 찌푸렸다. 그리고 해랑 역시 표정이 구겨졌다. 괜히 환이 영희궁에 올 이유를 제공한 것이나 다름없었으니.

"제 쪽에서 먼저 갖다 드렸어야 했는데, 죄송합니다. 잠시 기다려 주실 수 있으세요?"

해랑의 얼굴은 더더욱 어두워졌다. 반면 환은 더더욱 활짝 웃으며 대답했다.

"괜찮습니다. 기다리겠습니다."

얼마든지 기다려 드리겠습니다.

어떻게 하지.

해랑은 고민에 빠졌다. 이걸 화를 내, 말아. 한번 짜증을 내 봐? 투정을 부려 봐?

어째서인지 환에게 좋은 방향으로 이야기가 흘러가고 있는 것이, 이 흐름이 숨이 막힐 거 같았다. 속이 뒤틀렸다.

그렇다고 또 짜증 냈다가는 하연에게 혼이 날 거 같고, 그 횟수가 늘어나면 늘어날수록 그녀에게 미움받고 말 것이다.

할 수 없지. 이번 한 번만 참자.

책만 돌려주면 더 이상 환이 영희궁에 올 이유가 없어지니까, 오늘 하루만 참자.

서하연이 신경 써 주는 애(愛)제자는 나 하나면 돼. 예쁨받는 학생이 돼야지.

스스로 고민한 끝에 기특한 다짐을 한 해랑이 조용히 입을 다물고 있자, 그 모습을 보고 있던 하연은 씨익 웃었다. 그러고는 장하다는 의미로 그의 손을 한 번 꽉 잡아 주었다 놓고는 자신의 방으로 향했다.

칭찬, 칭찬이 중요하다.

칭찬은 영희궁의 도깨비도 춤추게 하니까.

*   *   *

"······저에게 하실 말씀이라도?"

하연이 물었다.

설마 진짜로 책이나 받자고 여기에 온 건 아니겠지.

보니까 항상 그를 따라다니는 심복도 있던데, 정말 책 한 권이 목적이었다면 그나 다른 시종을 시켰을 테니까.

그녀는 눈치가 빨랐다. 물론 자신의 일에 있어서는 주위 사람들이 난리를 칠 정도로 둔하지만 이런 쪽에서는 눈치가 아주아주 빨랐다.

"······."

그러나 조금 전까지는 그렇게 말만 잘하던 환이 어째서인지 우물쭈물거릴 뿐 대답이 없다.

좋다고 하연의 뒤를 졸졸 따라가다가 갑자기 그녀가 자신을 돌아보며 정곡을 찌르는 질문을 했으니 당황스러웠다.

하연이 다가오면 다가올수록 얼굴을 붉히며 뒤로 조금씩 물러나는 꼴이 어쩐지 스스로도 우스웠지만, 여전히 그녀의 이런 반응에는 적응이 안 되었다.

잠시 망설이던 그는 곧 품 안에서 서신 하나를 불쑥 꺼내더니 그녀에게 내밀었다. 그것을 보기 무섭게, 이번에는 하연이 굳었다. 설마 그거? 전에도 받았던 그거? 해랑 님이 오라버니에게 멋대로 넘겼다던 바로 그거? 너 설마, 또 하려는 거야? 아니, 이 남자는 무슨 연애를 글로 배웠나. 계속해서 글로 고백을 하게.

해랑과 함께 오지 않은 것이 천만다행이었다.

이 모습을 봤다가는 난리도 아니었을 테니까. 분명 삐쳐서 저녁

식사 때까지도 자신이 눈치를 보고 있었을 게 분명했다.

좋아. 이참에 내 의사를 확실하게 표현해 두는 것도 좋겠지.

"……저는 이런 거 받을 수가 없……."

"수업 신청서입니다."

"……."

바로 하연이 눈을 찌푸렸다. 우물쭈물거리던 환은 어느새 장난기 가득한 미소를 지으며 자신을 바라보고 있었다.

아, 진짜…….

"이런 거 주실 때에는 그렇게 수줍어하며 주지 않으셔도 됩니다."

"뭐 특별히 원하신 거라도 있으셨습니까?"

오냐. 지금 네가 나랑 한판 하자는 거로구나.

눈앞에서 으르렁거리고 있는 서하연을 보며 저 혼자 좋다고 웃어 대던 환이 갑자기 표정을 굳히더니 진지한 투로 말했다.

"저번에 교육관님께 수업을 받고 많은 것을 느꼈습니다. 저는 아직 배워야 할 게 많다는 것을요. 그러니 이번에는 정식으로 요청 드립니다. 제 임시 교육관이 되어 주세요."

그래. 이대로 있다가는 해랑과 단둘이 있는 시간이 더 많기 때문에 자신이 불리했다. 적어도 비슷한 환경을 갖추어 놓아야 경쟁이라는 말이 되지. 그러나 그의 손에 들린 신청서를 가만히 바라보던 하연은 고개를 절레절레 저었다.

"죄송합니다. 입장상 그것은 불가능합니다."

거절할 수밖에 없었다.

또 다른 왕자 신분인 그의 요청을 받아들일 수는 없다.

왜냐하면 자신은 해랑의 임시 교육관이었으니까. 물론 정식이 아닌 '임시'인 이상 여러 사람의 교육을 맡는 것에는 문제가 없었지만, 해랑의 임시 교육관은 사정이 달랐다. 다른 사람도 아니고 이 나라의 왕인 신후왕께서 직접 부탁하신 일이었으니까.

'혹시나 기분 나빠하진 않을까' 하는 하연의 걱정과는 달리, 거절 당한 환의 표정은 그리 나쁘지 않았다. 물론 그 표정에서는 '아쉬움' 이 보였지만 그렇다고 절망적까지는 아니었다.

사실 그도 한 번에 쉽게 받아들여질 리가 없다는 생각에 마음의 준비를 하고 온 것이었다. 여기서 물러설 수는 없지.

그는 웃었다. 평상시의 점잖은 미소가 아닌, 가식 따위 다 집어치 운 도깨비 같은 사악한 미소.

"부탁 안 들어주면, 저 치사한 방법 쓸지도 모릅니다?"

그래서, 결국 선택한 방법이란 것이 협박인가.

"어디 한번 해 보시든가요."

그러나 하연에게 협박이 통할 리가 없었다.

어느새 영희궁 안에 있는 제 방 앞에 멈춰 선 하연이 그를 돌아봤다. 그곳이 하연의 방이라는 사실을 알 리가 없는 환은 계속해서 따라 들어올 기세였다.

하연은 경계심 가득한 눈으로 그를 바라봤다. 쯧, 혹시 모를 일 (?)에 대비해 돌쇠라도 데리고 올걸.

궐 안에서 그럴 일은 절대 없겠지만 그래도, 그래도! 자신에게 한 번 고백했던 사람이 아닌가. 남자들은 다 짐승이라던데, 가뜩이나 영희궁은 경계심 많은 어느 도깨비 때문에 구석에 있고 어디 돌아다니는 궁인들도 없으니.

전 믿습니다. 왕자로서 백성을 생각하는 마음가짐을.

"책 가지고 나올 테니까, 밖에서 기다리세요."

해랑도 함부로 못 들어오는 곳이 그녀의 방이었다.

그나마 그는 가끔씩 떼를 쓰고 저 혼자 삐쳐서 귀찮은 게 문제지 말은 잘 듣는다는 장점이 있으니 괜찮은데…….

"왜요? 제가 들어가면 안 되는 이유라도 있습니까?"

그냥 말 듣지, 꼭 이렇게 따지고 들어.

방 안이 어지럽혀져 있다거나 그런 건 절대 아니다. 하연은 원체 깔끔한 성격이었으니 보여 줘도 별다른 문제는 없다.

하지만 영희궁에서 둘이 함께 지내고 있다는 사실이 다른 사람들에게 들통 나는 건, 아무래도 안 좋겠지. 거기에 자신도 함부로 못 들어가는 방에 환이 들어왔다는 사실을 해랑이 알게 되면 난리가 날 것이다. 이 방에서 한 발자국도 안 나가려고 할지도 몰라.

"밖에서 기다려 주세요. 부탁드리겠습니다."

"……알겠습니다."

이렇게까지 말하는데 환도 계속해서 고집을 부릴 순 없었다. 책을 찾아올 테니 얌전히 기다리라는 말을 한 하연은 누가 볼까 재빨리 방 안으로 들어갔다.

"환 님? 거기서 뭐하세요?"

하연이 들어간 방 앞에서 멍하니 그녀를 기다리고 있던 환에게 돌쇠가 눈치를 보며 다가오더니 물었다.

"교육관님 기다리는 중. 이래 봬도 왕자인데, 설마 이렇게 밖에

서서 기다리는 취급을 받을 줄은 몰랐지만."

하연이 책 더미 어딘가에 있을 그 책을 찾기를 기다리는 중이라는 말에 돌쇠가 웃었다. 누가 형제 아니랄까 봐, 왜 안 들여보내 주느냐며 투덜거리는 그의 모습은 평소 해랑의 모습과 똑같았다. 물론 엄밀히 말하면 둘은 사촌지간이기는 했지만. 왠지 모를 친숙함에 그에게 다가간 돌쇠는 해서는 안 될 말을 해 버리고 말았다.

"에이, 하연 님 방에는 해랑 님도 함부로 못 들어가세요."

"다행이네. 나만 그런 게 아니었…… 음?"

자신만 거부하는 게 아니었다며 미소 짓던 환이 멈칫했다. 마치 자신이 이상한 말을 들었다는 듯한 반응.

"여기가 어디라고?"

"하연 님 방이요."

"여기가?"

"네."

갑자기 이상해진 환의 반응에 돌쇠는 불안해졌다. 내가 이상한 말이라도 했나? 하연 님의 방을 착각했나? 아닌데, 이 방이 맞는데?

"제 말이 이해가 안 되십니까?"

왜 사람 말귀를 못 알아듣는 걸까? 구체적으로 어느 부분이 이해가 안 가는 걸까?

"이 방이 서하연 교육관님의 방이라고?"

"네."

슬슬 돌쇠는 짜증이 났다. 도대체 몇 번을 말해야 알아듣는 건지 참.

"어째서……."

어째서?

"교육관님의 방이 왜 영희궁에 있는 거지? 신입 관리 기숙사에서 지내고 계시는 게 아니었나?"

이런!

그제야 돌쇠는 자신이 한 작은 실수를 알아차렸다.

그렇구나. 다른 사람들은 모르는 일이었지. 좋게 말하면 합숙, 나쁘게 말하면 동거. 그는 이 동거를 어떻게든 잘 포장해서 정당화시켜야만 했다.

"그러니까…… 해랑 님의 공부를 위해 아예 합숙 형식으로……."

"……그러니까 둘이 함께 지내고 있다는 말?"

그러나 돌쇠의 바람과는 달리, 환의 귀에는 이유 따위 들리지 않았다. 그저 눈에 보이는 건 '결과' 하나이다. 둘이 함께 살고 있다는 사실!

돌쇠의 노력에도 불구하고 이미 엄청난 충격에 휩싸여 버린 환은 지금 멍하니 서서 닫힌 문만 바라보고 있었다.

그러고 보니 저번에도 함께 돌아가자는 말에 그녀가 오늘 하루 쉬는 날이라면서 영희궁에 남겠다고 했다. 왜 그때 의심하지 않은 거지?

"……혼자만 독차지하려고 하다니 너무하네."

환은 한숨을 내쉬었다. 아무래도 안 되겠다.

물론 교육관과 제자라는 말로 어느 정도 이해를 해 보려고도 했지만, 이건 아니지. 부부도 아니면서 한 궁에서 같이 살고 있다니.

"이거 그냥 보고만 있을 수는 없지."

이성? 그따위 사라진 지 오래였다.

이미 그의 눈은 질투로 인해 맛이 가 버린 상태였다. 그리고 옆에서 그걸 보고 있던 돌쇠는 제 손으로 제 입을 때리며 뒤늦은 후회를 했다.

*   *   *

"해랑이 이야기 들으셨습니까?"

환의 질문이 나오기 무섭게, 무게 잡고 차를 마시던 신후왕이 바로 반응했다.

"들었지. 당연히 들었지! 나도 매우 놀랐단다. 설마 그 녀석이 밖으로 나올 줄이야! 그것도 그 이상한 가면도 벗고……."

기특해 죽겠다는 표정의 신후왕이 고개를 끄덕이며 말했다. 그는 지금 신이 난 동시에 하연에게 놀라고 있었다. 그녀가 대단하다는 건 이미 알고 있는 사실이었지만 설마 정말로 성공할 줄이야. 서하연, 역시 대단해.

"쯧. 그나저나 중앙 서재면 바로 옆인데 이 근처까지 왔으면 좀 들러서 얼굴 좀 비추고 가지 말야."

아쉽다는 듯 말하고 있었지만 그는 나름대로 만족스러웠다.

그 말 안 듣는 아들 녀석이 이리 당당하게 중앙궁 근처까지 오다니. 고생이 이만저만 아닐 하연의 봉급을 조금 더 올려 주겠노라 다짐하며 신후왕은 환에게 질문을 던졌다.

"요즘도 영희궁에 자주 출입하느냐? 해랑과는 잘 지내고 있고?"

"아, 예. 재미있는 걸 발견해서 말입니다. 아, 오늘 찾아 뵌 것도 사실은 그 일 때문입니다만……."

영희궁에서 재미있는 걸 발견했다는 말에 신후왕은 생각에 잠겼다. 영희궁에 있는 건 해랑, 돌쇠, 하연이 전부인데 거기서 뭐 재미있는 게 나올 수가 있나? 아, 혹시 해랑을 말하는 건가. 일전에 하연에게는 관심이 없다고 했으니까. 아니면 돌쇠? 에이, 그럴 리가.

"거두절미하고 말씀드리겠습니다."

"그래. 말해 보거라."

"영희궁에서 해랑이 서하연 교육관님과 함께 지내고 있더군요."

"……."

환은 신후왕의 눈치를 보기 시작했다. 사실 방금 그 말은 일부러 떠보기 위해 한 말이었기 때문이었다.

신후왕이 이 사실을 모르고 있는 건지, 아니면 알고서도 모르는 척하는 건지. 그 사실을 판단하기 위해.

혹시나 신후왕이 이 모든 사실을 다 알고 있음에도 불구하고 묵인하고 있는 거였다면 그것 역시 문제가 될 테니까.

"……혹시 전하께서도 다 알고 계셨……."

신후왕은 난감했다.

알고 있었을 뿐만 아니라, 해랑의 말도 안 되는 부탁을 들어준 장본인이 바로 그였으니까.

하지만 일단 지금은 모르는 척 시치미를 떼야 했다.

"어…… 그, 그게 사실이더냐! 아니, 나는 몰랐지. 알았다면 그렇게 두지 않았겠지."

그는 너무도 티 나게 몰랐다며 놀란 연기를 하기 시작했다.

눈치 빠른 환이 그것을 놓칠 리 없었다. 그래도 그는 신후왕과 달리 능숙한 연기력으로 거짓말을 간파했다는 것을 표정에서 지우고 다행이라며 말했다.

"다행입니다. 하마터면 오해를 할 뻔했습니다. 설마 전하께서 개입하시기라도 했다면……."

"하하하……."

신후왕은 웃고 있지만, 웃는 게 웃는 게 아니었다.

해랑이 영희궁에서 나왔다는 소식을 들었을 때는 이제 고생 끝이다 싶었는데 바로 이렇게 위기가 찾아올 줄이야. 어떻게든 이 위기를 넘겨야 할 텐데.

"다른 이들이 보기 전에 조용히 처리하시는 게 좋을 거 같아 드리는 말씀입니다."

"그래. 다른 이들의 귀에 들어가기 전에 알려줘서 고맙구나."

정말 고맙다, 고마워. 눈물 나게 고맙다. 그냥 모른 척 넘어가 주지 굳이 이렇게 몰아세워 줘서 정말정말 고맙다,

"뭘요. 저와 해랑은 형제가 아닙니까. 서로 돕고 살아야지요. 물론 친형제가 아니라고 해도."

"……."

"그래서 말입니다."

환의 눈이 빛났다. 사실 그가 이 이야기를 일부러 꺼낸 이유는 바로 이것 때문이었다.

이제 슬슬 본론으로 들어가야지.

"이 참에 슬슬 정식 교육관을 두는 것도 좋은 방법인 거 같습니다."

"정식 교육관?"

되묻는 신후왕에게 환이 여러 번 고개를 끄덕였다. 이 나라 왕에게 있어서도 이 제안은 좋은 제안일 것이다. 그리고 해랑에게서 하연을 떨어뜨리려는 자신에게도 역시나 좋은 제안.

이 제안에 반대하는 이가 있다면 그건 아마 해랑 정도겠지.

환이 돌아간 뒤에도 신후왕은 그 자리에 앉아 계속해서 생각에 잠겼다. 도대체 무슨 생각인지 실실 웃으며 고민에 빠져 있는 그를 바라보던 호위가 물었다.

"전하, 무슨 좋은 일이라도 있으십니까?"

"너는 어떻게 생각하느냐? 슬슬 교육관을 두어도 괜찮을 시기 같지?"

"정식 교육관 말입니까?"

"그래. 정식 말이다."

환의 제안이 좋은 생각이라 생각하는 신후왕과 달리 호위는 그렇게 생각하지 않았다.

아무리 요즘 들어 둘이 잘 어울리는 거 같다지만 본래 사이가 좋지 않은 형제이다.

"그런데…… 두 분이서 싸우시지 않을까요?"

호위의 말에 신후왕이 고개를 갸웃거리며 물었다.

"왜?"

그러자 호위는 답답하다는 듯 작게 한숨을 내쉬었다.

모르는 건가? 정말 모르고 하는 말인가? 아니면 알고서도 저러는 건가?

"임시라면 모를까, 정식 담당이면 한 교육관당 한 명의 왕자밖에 맡질 못하니까요."

호위의 충고에도 신후왕은 방긋방긋 웃고 있다.

"싸우라고 해."

"예?"

"원래 싸우면서 정드는 거야."

"하, 하지만……."

그는 마냥 좋은 쪽으로만 해석하려는 신후왕에게 한마디 하고 싶었다.

아니, 조금만 생각해 봐도 답이 나오지 않는가.

환의 영희궁 방문이 잦아졌다. 그런데 그 영희궁에는 해랑과 서하연, 아, 돌쇠까지 세 사람뿐. 셋 중의 한 사람을 보러 가는 거라고 하면 누가 가장 답에 어울릴까. 뻔하지. 여자였다.

그뿐만이 아니다. 둘이 함께 지내고 있다는 사실을 왕에게 알렸다. 왕자의 위치에 있는 해랑이 교육관과 정분이 났다는 염문설을 뒤에서 흘리면 자연스럽게 그의 평판은 땅에 떨어질 것이다. 그리되면 환이 왕위에 오를 가능성이 조금이나마 더 높아질 텐데, 그는 그러지 않았다.

그저 신후왕에게만 살짝 알려 주었다. 즉, 여기서 그가 원하는 것은 해랑을 떨구는 것이 아니고 하연과 해랑을 떨어뜨리는 것뿐.

"하아……."

그 이유가 뭐겠는가. 불 보듯 뻔하지.

"왕위에 누가 앉게 될지는 모르겠지만, 이미 다른 자리 주인은 정해진 거 같네요."

그 말에 신후왕이 '그게 무슨 소리야?'라는 눈빛으로 호위를 잠시 바라보다가 다시 고개를 돌렸다.

*　　*　　*

"……서하연은?"

혼자 공부 중이던 해랑이 공부방 안에 들어오는 돌쇠를 흘끗 바라보다가 물었다.

어떻게 된 게 하연이 아침부터 보이질 않았다.

"아침 일찍 나가셨습니다. 오늘은 하반기 국시 결과가 발표되는 날이라 바쁘다고 하셨습니다."

"그래……."

바쁘구나. 바쁘다는데 어쩌겠는가.

그래도 다행인 건 영희궁을 제 집처럼 출입하던 환이 요즘에는 보이지 않는다는 것 정도.

그것만으로도 해랑은 만족스러웠다. 그럼에도 불구하고 쓸쓸한 건 어쩔 수 없었다. 그래도 오늘이면 그 바쁜 일도 끝난다고 했으니까, 이따 돌아오면 오랜만에 둘이 밖에 나가자고 졸라야지.

"그러기 위해서는 오늘 해야 하는 것들을 다 끝내 놓아야 하는

데······."

해랑은 공부 중인 책상 바로 옆에 놓여 있던 종이를 집어 들었다. 아침도 못 먹고 나갈 정도로 바쁜 주제에, 오늘 자신이 해야 하는 공부 계획이라며 하연이 적어 놓고 간 것이었다.

다른 것에 눈 돌리지 말라는 건지, 오늘 그가 해야 하는 목록으로 가득 채워진 종이의 맨 아래에 적힌 말.

말썽 피우지 말고 얌전히 기다릴 것

그 글을 뚫어져라 바라보던 해랑은 피식 웃었다. 한편으로는 어이가 없었지만 그렇다고 기분이 나쁘거나 하지는 않았다. 아니, 오히려 반대랄까? 기다리라니, 왠지 모르게 기분 좋게 들리는 말이다.

"부모님도 아니면서 잔소리는."

"······그래도 그 잔소리, 평생 듣고 싶으시지요?"

"넌 좀 조용히 해."

제발 부탁이니까, 그런 부끄러운 말 좀 아무렇지 않게 하지 말란 말이야.

어떻게 하면 저 시끄러운 녀석을 이 방에서 내쫓을 수 있을까, 해랑은 고민에 빠졌다. 대충 듣자 하니 하연에게 부탁을 받았단다. 자신을 감시해 달라고. 뭐야, 믿는 듯 말하면서 결국에는 못 믿는 거잖아.

돌쇠를 내쫓을 수 있는 방법을 생각하던 그는 자신의 방구석에 두고 온 무언가를 떠올렸다.

"맞다. 내 방에 그거, 네가 말한 차기작 써 뒀으니까 책방 주인에게 갖다 줘."

"어? 정말이요?"

그럴 줄 알았어.

해랑의 예상대로 죽을상으로 그를 감시하던 돌쇠가 눈을 반짝이며 바로 자리에서 일어났다.

"뭐어~ 하연 아가씨께서 잠시도 떨어지지 말라고 말씀하셨지만~ 아, 오늘은 평소보다 더 진수성찬이겠네요."

아주 신이 났어.

폴짝폴짝 뛰며 방을 나서는 돌쇠의 뒷모습에 해랑은 그제야 마음을 놓았다.

*　　*　　*

한편, 공부방을 나서 해랑의 방으로 들어간 돌쇠는 한숨을 내쉬었다. 이럴 줄 알았으면 아까 좀 더 괴롭혀 줄걸.

초반에 해랑의 방에서 공부를 했을 때는 괜찮았는데, 공부방이라는 장소가 만들어지면서부터 아주 난장판이다.

"아, 정말 정리 좀 하라고 그렇게나 말씀을 드렸는데……."

방 안 이곳저곳에 널려 있는 종이를 그러모으며 돌쇠는 중얼거렸다. 아니, 이 나이에 또래 남자아이의 방을 청소해 줘야 하다니. 적어도 원고 정도는 한곳에 모아 놔 주면 어디가 덧나.

"아."

열심히 종이를 모으던 그는 문득 한 가지 경우를 떠올렸다.

"나 늦게 돌아오게 하려고 일부러 이래 놓으신 건 아니겠지?"

눈물 나게 얄미웠지만 그렇다고 한 대 팰 수도 없고! 이 처참한 상황에 담긴 속뜻을 눈치챈 돌쇠는 눈물을 삼키며 이를 악물고 재빠르게 종이 수거를 끝냈다.

"아니, 공부를 하시더니 이런 쪽으로 돌아가는 머리도 발전했나!"

일부러 숨겨 놓은 건지, 방구석에 박혀 있던 '1장'이라 적힌 종이를 겨우 찾은 돌쇠는 한숨을 내쉬었다. 이건 뭐 숨바꼭질도 아니고!

3장, 4장, 5장…… 마지막 22장까지 찾아내는 데 겨우겨우 성공한 돌쇠는 지쳐 버렸다. 해랑이 너무 지능적으로 장난을 쳐 놓았다. 순서가 마구 뒤섞이기는 했지만, 종이 순서 맞추는 것쯤은 책방에서 알아서 하겠지.

"두고 보세요! 빛의 속도로 다녀올 테니 말입니다!"

돌쇠는 왕복 시간 단축, 아니, 신기록을 달성하고 말리라 다짐했다. 그리고 하연이 오기 전까지는 어떻게든 돌아와서 둘만 있는 수업 시간에도 찰싹 달라붙어 있을 생각이었다.

도와주겠다는 말, 다시 생각해 봐야겠어!

*　　*　　*

"그쪽 건은 어떻게 되었지?"

이번에 선발한 국시 합격생들에게 나누어 줄 친필 합격 패를 쓰고 있던 신후왕이 고개를 들며 항상 자신에게 따라붙는 남자에게 물었다. 사실 그는 불안했다. 좋은 기회라고 생각해서 말해 놓고 괜히 불안했다.

"하연 님 짐을 다 빼고 있다고 합니다."

대답을 듣고 나니 더 불안해졌다. 아니, 설마 그럴 일은 없겠지. 자신이 걱정하는 그런 일이 현실에서 일어나거나 하지는 않겠지.

그럼, 그럼. 그 녀석은 밖으로 잘 안 나오는 녀석이다. 며칠 전의 그 일은 녀석의 곁에 하연이 있었기 때문에 가능한 일.

하연은 지금쯤 예문관에 있을 테니, 혼자 돌아다니거나 하지는 않을 것이다.

그래, 그 녀석이 혼자서 이곳까지 쳐들어오는 일 따위…….

"해랑 님!"

있겠구나. 하긴, 보통 일도 아니고 하연과 관련된 일인데.

문밖에서 들려오는 해랑의 이름에 신후왕은 잔뜩 겁을 먹고 뒤로 물러섰다. 그리고 자신 좀 어떻게 도와 보라는 간절한 눈빛으로 호위를 바라봤다.

하지만 잔인하게도, 이미 이 부자지간을 잘 알고 있는 호위는 그에게 희망이 없다는 것을 알고 단호하게 고개를 저어 보였다.

이 망할 녀석. 그렇게 오라고, 보자고, 만나자고 할 때는 오지도 않더니.

"드, 들라 하라."

그렇게 찾아오지 않는다고 뒤에서 욕할 때는 언제고, 막상 이리 걸음 하니 기특해하거나 기뻐하기는커녕 그는 떨고 있었다. 그것도 근 몇 년은 보지 못한 그리운 자신의 아들에게.

하지만 지엄한 모습을 보여야지. 초반에 분위기를 잡아야 한다. 그렇게 마음먹은 신후왕은 문이 열리는 소리를 들으며 뒤돌아섰다. 자, 그럼 일단은 무게를 잡고 인사를 먼저…….

"서하연은 왜 데리고 가시는 겁니까."

인사를 뛰어넘어 바로 본론부터 치고 들어오는 아들 녀석 때문에 그는 순간 머리가 멍해졌다.

이게 얼마 만에 보는 아버지한테 안부인사도 없이 제 여자 소식 먼저 묻고 있는 거야! 아들을 잘못 키웠네, 잘못 키웠어.

이제라도 무게 잡는 걸 그만 두고 눈물을 훌쩍이며 약한 모습을 보이면 해랑이 조금은 봐주지 않을까, 하고 아주 잠깐 진지하게 생각했지만 신후왕이 그것을 시도해 보기도 전에 해랑이 다시 물었다.

"왜 저와 서하연을 떨어뜨려 놓으시려는 겁니까."

'지금 내 말이 들리지 않아? 빨리 대답 안 해?'라는 듯.

당장 대답하지 않으면 자신이 어떻게 나올지 기대하라는 투로 들려오는 게 더욱 무서웠다.

하연도 그렇고 이 녀석도 그렇고, 성격이 장난 아니다.

문득 그러고 보면 참 성격도 잘 맞을 거 같은 게, 정말 천생연분이 따로 없다는 흐뭇하고도 쓸데없는 생각으로 흘러가 버린 신후왕은 미소를 지으며 해랑을 바라봤다.

그리고 가뜩이나 기분이 좋지 않던 해랑은 그 시선에 더더욱 짜증이 피어오르기 시작했다.

이런, 더 이상 대답을 미뤘다가는 정말 위험할지도.

"으흠. 환이 녀석이 너희가 함께 지내고 있다는 걸 눈치챘더구나.

그걸 나한테 말하는데, 내가 어떻게 가만히 두고 볼 수 있겠느냐."

"그 자식이……."

결론은 환의 고자질로 인해 일어난 일이라는 소리.

해랑은 망설임 없이 발걸음을 돌렸다.

이대로 청화궁에 가서 환과 한판을 벌일 생각이었다.

"쯧. 그러게 조심 좀 하지. 아무리 좋다고는 해도 연애를 대놓고 하나. 아니, 이 아버지가 자리까지 다 깔아 주었는데 일을 그르쳐요, 그르쳐."

문가를 향해 돌아섰던 해랑의 걸음이 다시 신후왕을 향해 돌려졌다.

아무래도 아직 이곳에 볼일이 있는 모양이었다.

왕의 옆에 서 있던 호위는 해랑의 얼굴을 보고 생각했다. 그 볼일이 그렇게 좋은 볼일은 아닐 거라는 것을.

'전하, 제발 부탁이니 그만 비아냥거리십시오! 앞을 보세요. 앞을!'

"지금 당장 서하연을 기숙사로 보내라는 명령을 철회해 주세요."

"그건 안 된다. 아들아."

"어째서지요? 저는 어떤 소문이 돌아도 상관이 없습니다만. 왕위 따위 환이 녀석에게 주세요. 전 관심 없습니다."

혼자 투덜거리던 신후왕의 중얼거림이 뚝 멈추었다.

여전히 왕위에 관심 없어 보이는 듯한 해랑의 태도에 그는 고개를 들었다.

"멍청하긴. 그렇게 되면 너는 그렇다 치고, 하연에게까지 영향이 간다는 걸 모르고서 하는 말이냐?"

"……."

해랑은 대답이 없다. 아니, 할 수 없었다.

이번만큼은 아버지가 하는 말이 옳았다.

실려 나가는 하연의 짐들을 바라보고 있다가 짜증이 나서 이 일을 벌인 신후왕을 만나기 위해 무작정 왔다고는 하지만, 사실 그 역시 알고 있었다.

지금 이것은 화풀이나 다름없다는 것을.

"아끼는 것일수록, 아끼는 티를 내서는 안 된다."

"……저도 압니다."

알지만 어쩌겠는가. 그렇다고 가만히 있을 수도 없는데.

갑자기 해랑이 침울해지자 신후왕이 눈을 빛내더니 자신의 옆에서 있던 호위를 바라본다. 곧 호위가 피식 웃더니 고개를 끄덕였다.

안전하다는 것을 확인한 그는 천천히 해랑에게 다가갔다. 그리고 다 큰 아들의 머리를 부드럽게 쓸어 주며 말했다.

"그나저나, 오랜만에 보는구나."

"네."

한발 뒤늦게, 이제야 아버지와 아들 사이의 훈훈한 재회가 성사되었다.

정말 오랜 시간이었다고 홀로 눈물을 훔치며 그는 해랑에게 달려들었다. 이제 그만 징그러우니 떨어지라는 해랑을 꼭 끌어안고 있던 신후왕이 눈을 빛내더니 떨어졌다.

"아, 그리고 말이다, 이 참에 그 문제를 없애고자 아예 너희에게 정식 교육관을 붙여 주기로 했다. 어떠냐? 이 아비의 반짝이는 지혜가!"

물론 그것을 제안한 건 환이었지만.

칭찬해 달라는 듯 눈을 반짝이고 있는 신후왕이었지만, 해랑은 아직 그 말이 얼떨떨했다. 아니, 혼란스러웠다.

정식 교육관이라면 그거다. 정식으로 후계자 자격을 인정받았다는 뜻. 즉, 왕세자 다툼에 끼어들겠다는 뜻.

물론 지금 당장 왕위에 오를 이를 뽑지는 않겠지만, 그래도 그 자리를 위한 경쟁을 시작하겠다는 뜻이나 다름없었다.

그렇게 생각하니 해랑은 절로 인상이 찌푸려졌다.

그리고 그것을 본 신후왕은 이를 놓치지 않고 선수를 쳤다.

"서하연을 정식 교육관으로 임명하면 둘이 함께 지내는 것에 아무런 문제가 없지. 오히려 더 당당하게 주위 시선에 굴하지 않고 붙어 다닐 수 있는 빌미가 제공되는 것이지!"

"그거 좋은 생각이네요. 반짝반짝합니다."

아들아, 너는 어쩜 이렇게 단순하니. 요 귀여운 녀석.

"하긴, 요즘 환이 녀석이 하연에게 관심을 보여서 불안했는데 차라리 잘되었네요. 제 정식 교육관으로 임명되면 쉽게 접근할 수 없을 테니까요."

응?

신후왕은 살짝 놀란 표정으로 고개를 들었다. 그냥 듣고 넘길 말이 아니었다.

"환이 하연에게 관심이 있다고?"

"예. 그것 때문에 매일같이 영희궁에 오는 거 아닙니까."

생각만 해도 불쾌하다는 해랑의 표정을 보면 그건 참이었다.

잠깐만, 분명히 환이 저번에 하연에게는 관심 없으니 걱정하지 말라고 했는데?

"아니다. 환이는 서이완이라는 아가씨에게 마음이 있다고 말했다."

어딘가에 살고 있을, 자신이 알고 있는 이와 동명의 여인을 마음에 두고 있다고 했다. 그래서 신후왕은 그가 사랑을 이루는 데에 도움을 주겠다고까지 약속했다.

'서이완'이라는 이름이 나오기 무섭게 해랑이 난감하다는 표정을 지었다.

"아…… 그게, 사실은 서하연과 짜고 둘이서 거짓말을 해서……."

그래, 그와 하연 둘이 짜고 거짓말을 하는 바람에 며칠 전까지만 해도 환은 그녀가 서이완인 줄 알고 있었지.

"그 녀석, 서하연의 이름이 서이완인 줄 알고 있었거든요. 바로 얼마 전에 들켰지만."

그래, 그런 거였구나. 하긴 서이완이라는 이름이 궐 안에 둘이나 존재한다는 거 자체가, 아니, 그 이름을 갖고 있는 여인이 영희궁에 있다는 말부터가, 아니, 하연의 여동생이 궐 안에 있다는 것 자체가 말이 안 되는 거였는데.

"그럼 이제 어떻게 하면 좋지?"

"뭐가 말입니까."

혼자 심각해진 신후왕이 해랑을 붙잡고 흔들며 다급히 물었지만 해랑은 분명히 별일 아니겠지, 생각하고는 대충 대꾸했다.

그러나 별일이 아니라고 여기기에는 신후왕의 표정은 너무나도 진지하고 급박했다.

"내가 그 사실을 모르고, 환에게 도와주겠다고 말했다."

"무엇을 말입니까. 저는 딱히 아버지가 환의 편에 서도 상관없습니다만. 아까도 말씀드렸듯, 저는 왕위에 관심이 없……."

"아니, 그게 아니라. 서이완이라는 여인에게 마음이 있으니 도와달라기에, 도와준다고 말해버렸다."

그 말이 끝나기 무섭게 해랑의 표정이 싹 굳었다. 그러고는 자신의 어깨에 놓여 있던 아버지란 인간의 팔을 매정하게 떼어 냈다.

해랑은 웃고 있었지만, 그것은 보는 이로 하여금 절로 공포감을 갖게 하는 어두운 미소였다.

그렇게 그는 웃으며 돌아섰다. 그러고는 잽싸게 문을 열며,

"안녕히 계십시오. 다시는 볼 일 없을 겁니다."

그 말만을 남기고 사라졌다.

몇 년 만에 성사된 부자 상봉이 앞으로의 화해를 알리는 아름다운 시작이 아니라, 오히려 둘 사이의 거리를 더더욱 멀어지게 하는 끝이 되려나 보다.

*　　　*　　　*

"짜증 나."

인상을 찌푸린 해랑이 영희궁에 돌아왔다.

도와준다니. 자신도 아니고, 환과 서하연을 도와준다니! 아무리 모르고 한 말이라고 해도 기분이 나빴다.

영희궁 정문을 지나 안으로 들어서니 그를 기다리고 있던 돌쇠가 다급히 달려오는 게 보였다.

열심히 해랑을 향해 달려오던 돌쇠는 멈칫했다. 그리고 고민했다. 이거 그냥 다가가도 되는 건지, 아니면 못 본 척하고 피해야 하는 건지. 자신이 잠시 외출한 사이에 영희궁에 있을 해랑이 갑자기 사라졌다. 그리고 물어 물어보니 그가 제 발로 중앙궁에 갔다는 소식을 들었고, 이는 크나큰 발전이라며 그는 뛸 듯이 기뻐했다.

그러나 지금, 척 봐도 자신이 모시는 이께서는 기분이 좋지 않은 게 분명해 보였다. 저거 건들면 큰일 난다.

하연까지 영희궁에서 나가게 된 마당에 앞으로는 저 성질 나쁜 왕자님을 막아 줄 방패가 없으니 자신이 알아서 기어야 한다. 비굴하지만 오직 그것만이 살길이니라.

"뭐야?"

이런저런 고민을 하고 있는 사이, 어느새 해랑 쪽에서 그에게 다가와 있었다.

돌쇠는 해랑의 눈에서 '마침 잘됐다.'라는 말을 읽을 수 있었다. 차라리 도망을 갈걸. 뒤늦은 후회가 몰려오는 가운데, 그의 머릿속에 잠시 잊고 있던 이의 존재가 떠올랐다.

"호, 혼자 중앙궁까지 가셨다는 말이 사실이십니까?"

"말도 없이 외출을 해 버린 어떤 녀석 때문에 말이야. 그래, 혼자 갔다. 왜."

이런, 대화 주제를 잘못 골랐나.

"괜찮으십니까?"

"그럼 괜찮지, 안 괜찮길 바란 거냐."

좋게좋게 말할 수도 있는 것을 왜 굳이 이렇게 가시가 돋게 말을 하는 건지.

어떻게든 길게 대화를 함으로써 앞으로의 생활에 필요한 정을 쌓아 보려고 했지만, 돌쇠는 아무래도 안 되겠다 싶었다.

"맞다. 하연 아가씨께서 기다리고 계십니다."

외출해서 돌아오니 해랑이 사라지고 없는 빈 영희궁에 하연만 홀로 앉아 있었다.

해랑을 만나러 왔다는 하연의 말에 그를 찾기 위해 이리 나온 것이었는데 기분이 안 좋아 보이는 표정에 그 사실조차 잠시 잊었다.

"어디에?"

저런. 몇 년을 함께 지내 온 심복인 자신보다도 제 여자가 방문했다고 바로 표정 펴지는 그 꼴을 보니 기분이 별로였다.

분명 해랑에게 그의 미래에 하연이 함께할 수 있도록 도와주겠다고 말했지만, 왠지 모르게 조금씩 후회가 되는 거 같았다. 물론 이러한 사실을 그가 알게 된다면 엄청나게 혼이 나겠지만.

얼굴로 온갖 짜증이란 짜증을 다 내던 모습은 어디 가고, 주인 찾는 강아지처럼 금방 표정이 풀려서는 자신이 알려주는 방향으로 쫄래쫄래 가는 그 모습에 돌쇠는 작게 혀를 찼다.

"이 나라는 어찌 돌아가려는 건지, 원."

만약 정말 해랑이 왕이 되고 그런 그에게 하연이 나라를 달라고 조금이라도 애교를 부리며 조르기라도 하면, 그는 망설임 없이 그녀에게 이 나라를 줄 것이다. 그리 생각하니 이 천유국의 미래가 암

울했다.

아, 생각해 보니 해랑뿐만이 아니었다. 어쩌면 환 역시 그런 팔불출이 될지도.

참 다행이다. 하연이 그런 쪽에 욕심은커녕, 관심도 없어서.

"하연 아가씨만 믿습니다. 이 나라는 아가씨가 계심으로써 바로 설 수 있는 나라입니다."

그가 믿는 건 현재의 왕인 신후왕도, 그의 아들인 왕자들도 아니었다.

* * *

"서하연!"

하연이 자신을 만나러, 뿐만 아니라 그 시간을 금처럼 여긴다는 그녀가 기다려 주기까지 했다는 사실에 해랑의 기분은 이미 하늘을 날고 있는 거 같았다.

그를 기다리는 시간 동안 독서 중이던 하연이 책을 덮었다. 그리고 그를 바라본다.

"중앙궁에 다녀오셨다고 들었습니다."

"그래."

해랑이 웃고 싶은 것을 속으로 꾹 참았다. 그는 알고 있었다. 이제 이 뒤에 그녀의 칭찬이 돌아올 것이라는 걸.

가끔은 저보다 연상인 자신을 어린애 취급 하는 것이 마음에 들지 않았지만, 칭찬은 별개의 문제였다.

죽을죄를 지었습니다 165

칭찬은 도깨비도 춤을 추게 한다. 하물며 그 칭찬을 서하연에게 듣는다는 것은 하루 종일 책과 씨름을 해서라도 얻어내고 싶은 기쁨이었다.

마음속으로 이미 칭찬받을 준비를 끝낸 그를 가만히 바라보고 있던 하연이 입을 열었다.

"과제는 다 하고 가신 겁니까?"

곧 바로 해랑의 인상이 찌푸려졌다. 반면에 하연은 고개를 돌려 작게 웃었다.

"다 했어."

"어, 정말이요?"

아. 여기까지는 그녀도 예상을 못 했다.

원래 그녀가 예상한 전개는 해랑에게서 과제는 아직 다 하지 못했다는 말이 나오고, 그녀가 중앙궁까지 다녀왔으니 한 번은 봐주겠다는 말을 하는 것이었는데.

"대단하세요."

이거 칭찬을 안 할래야 안 할 수 없는 완벽한 상황이다.

"다시 기숙사로 돌아가게 되었다는 희소식에 인사드리려고 왔어요."

"희소식이라……."

바로 인상을 찌푸리는 해랑의 모습에 하연은 웃었다.

희소식은 무슨, 청천벽력 같은 소식인데.

평소 그가 인상을 쓰는 것을 별로 좋아하지 않았지만 오늘은 달랐다. 왠지 모르게 기분이 좋았다.

그에게 자신이 이만큼이나 영향력 있는 존재라는 사실을 느낄 수가 있었으니까.

"저는 좋은데 해랑 님이 걱정이에요. 저 없이도 혼자 괜찮으시겠어요?"

"아마 안 괜찮을걸."

바로 침울해지는 해랑이었다. 그리고 그것은 해랑뿐만이 아니었다.

하연 역시 그의 말에 동의한다는 듯 고개를 끄덕이며 말했다.

"저도 그렇게 생각해요."

"내가 네 곁에 없으면……."

응? 자기 자신을 걱정하고 있던 게 아니었나?

"넌 저녁을 안 먹을 텐데."

"자꾸 그걸 제 단점이라고 단정 짓지 말아 주세요."

왜 자꾸 자신이 저녁을 굶는 것에 대해 이렇게까지 안 좋게 생각하는 건지 모르겠다며 그녀가 말했다.

외모를 위함이건만 왜 이해를 못 해 주는 걸까. 그는 아니라고 극구 부인하지만, 최근 들어 하연은 살이 찐 거 같아 예민했다.

저녁 식사를 거부하는 날에는 마치 그녀가 엄청 나쁜 짓을 하는 사람이라도 된 듯이 그러면 안 된다느니 어쩐다느니 잔소리가 장난이 아니었다.

결국 그녀는 그 잔소리를 참지 못하고 열에 아홉은 식사를 했다. 그래, 자신이 살이 쪘다면 그 이유는 다 해랑 때문일 거라 생각했다.

하지만.

그렇게 따질 수는 없겠지. 가뜩이나 자신과 떨어지게 되었다는 사실에 이렇게나 불안해하는데.

"그래도 매일매일 공부 시간이 되면 올 테니까요. 기숙사로 돌아간다고 해도, 해랑 님의 임시 교육관 일은 계속할 테니 걱정하지 마세요."

"그것보다 네 식사……."

아, 진짜. 왜 내가 밥 먹는 거에 그렇게 관심이 많은 건데!

이쯤 되면 한 번쯤 폭발할 만도 했지만 하연은 스스로를 달랬다.

그래, 기왕 마음 풀어 주기로 한 거 자신이 조금 더 노력해 보자.

"그럼 이렇게 해요. 저녁 식사는 함께 하는 거로 하지요."

그 말에 놀란 해랑은 푹 숙이고 있던 고개를 번쩍 들었다. 뜬금없이 엄청나게 좋은 제안을 받아 얼떨떨한 표정이었다.

"밤마다 올 건가?"

"아뇨, 저녁에 오고 밤에는 돌아가야지요."

밥만 같이 먹겠다니까.

왠지 모르게 살짝 아쉬운 표정으로 바뀌었지만, 해랑은 그것만으로도 매우 만족스러웠다.

그래, 만족해야지. 그리고 만족스러워하고 있는 건 해랑뿐만이 아니었다.

"이로써 저는 그나마 하나 있던 단점마저 사라져서 완벽하게 사랑스러운 여인이 된 겁니다."

결국은 자신을 위해서였구나.

물론 체중 조절을 위해서는 다른 쪽으로 신경 써야겠지만 이렇게 해서라도 그의 기분을 조금이나마 풀 수 있다면 나쁘지 않았다.

그럼 이만 남아 있는 일 때문에 빨리 예문관으로 돌아가 봐야겠다며 하연이 자리에서 일어났다.

조금 아쉬워하던 해랑이 그 뒤를 따랐다. 그러더니 정문 앞에서 그녀를 놓아 줄 생각을 하지 않았다. 그렇다고 무슨 할 말이 남아 있어 보이지도 않았다. 그저 가만히 바라보고 있을 뿐.

아무런 말도, 표정 변화도 없이 부담스러울 정도로 자신을 뚫어져라 바라보고 있으니 그 시선을 견디지 못한 하연이 어색하게 웃으며 물었다.

"왜 그러세요?"

"일전에 환에게 한 소리 들은 적이 있어. 너랑 거리를 둬야 하는 거 아니냐고 말하더군."

"그야 당연하지요. 이렇게 같이 지냈는데 서로 적정 거리를 두지 않으면 큰일 나지요. 게다가 저는 교육관, 해랑 님은 학생."

"그럼 이제는 같이 지내지도 않게 되었고, 또 지금은 수업 시간이 아니니까 상관없겠지?"

"뭐가 말입니까?"

하연은 왠지 조금 불안하다는 생각이 들었다. 그리고 그 불안은 적중했다.

자신의 손을 잡고 있던 해랑이 그것을 놓더니 이번에는 어깨를 잡았다. 그리고 얘가 왜 이러나 하고 그를 올려다보고 있는데, 거기서 더 무슨 생각을 하기도 전에 갑자기 그의 얼굴이 코앞까지 다가왔다.

깜짝 놀라 말이 나오지 않았다. 뭔가를 고민하는 듯 보이던 그가 조금은 떨어지기에 마음을 놓고 있었는데, 이마에 그의 입술이 닿는다. 갑작스러운 짧은 입맞춤에 하연은 굳어 버렸다.

놀란 그녀가 방금 자신이 무슨 일을 당한 건지 머릿속으로 정리하고 있는데 정작 일을 벌인 녀석은 뒤로 휙 물러나 버렸다.

그녀의 손이 닿지 않을 정도의 거리까지. 비장한 표정으로 봐서는 그것이 그 나름대로의 안전을 보장받는 적정 거리인 게 틀림없다.

"……."

저 나름대로 일내고 방어 자세를 취하고 있는데, 하연에게서 아무런 반응이 없자 해랑도 이상했던 건지 조심스럽게 그녀를 바라본다.

"나 방금 몇 대 얻어터질 각오로 한 거였는데, 괜찮았어? 여기까지는 허용 범위 안이야?"

괜찮았냐니.

하연은 대답이 없다. 괜찮다? '괜찮다'라는 게 뭔데. 좋다 싫다 둘 중 하나를 고르자면 싫지 않았다. 아, 그러면 좋은 건가. 그래, 이건 좋은 거다.

그녀 역시 여자였다. 그리고 상대는 일전에 그녀가 고백했다가 차인 상대. 아니, 스스로 차였다는 판단을 내린 상대. 차여 놓고 이러는 자신이 그리 마음에 들지 않는 눈치였지만 어쩌나, 마음이 말을 듣지 않는데.

아, 하지만 티를 내서는 안 되지.

"뭐…… 스승을 향한 제자의 마음이라는 명목하에, 이 정도까지는 눈감아 줄 수 있을 거 같네요."

긴 대답이지만 결과적으로 볼 때는 '괜찮다'는 뜻이었다.

그녀의 대답에 둘은 잠시 말이 없다. 서로 얼굴을 붉히고 있는 것이 앞의 과정을 보지 않았다면 누가 놀리기 딱 좋은 상황이었지만……

처음부터 다 보고 있던 돌쇠는 이 분위기, 숨 막혀 죽을 거 같았다.

결국 그는 해랑에게 한 소리를 듣는 한이 있더라도 말은 해야겠다며 입을 열었다.

나도 살아야지!

"끼어들어서 죄송합니다만, 저는 무슨 죄입니까. 보는 사람이 더 부끄럽습니다."

"그, 그럼 전 이만 가겠습니다. 일이 아주 산더미입니다, 산더미!"

일을 핑계로 도망가는 하연을 바라보던 돌쇠가 한숨을 내쉬었다. 그리고 이제 남은 한 가지 문제에게로 고개를 돌린다.

어라? 좋아 죽을 줄 알았는데 그의 생각과 달리 해랑의 표정은 별로였다.

이유 모르게 인상마저 찌푸리고 있다.

"표정이 왜 그렇게 별로이십니까?"

박수를 치고 춤을 춰도 모자랄 판에 그는 표정이 좋지 못했다. 돌쇠는 바짝 긴장했다.

이러다가 중간에 끼어들었다는 죄목으로 죽는 게 아닌가 걱정이 될 정도로.

그런데 자신에게로 다가오는 해랑의 표정을 자세히 보니 화가 난 게 아니었다. 화가 아니라면? 그럼 뭔데? 그는 지금 침울해하고 있었다.

"……화 안 낼 줄 알았으면, 고민하는 게 아니었는데……."

아, 생각해 보니 아까 이를 때 살짝 고민하는 듯 움찔거렸지. 그때 그는 자신이 할 일에 뒤따를 처벌 수위를 생각하고 있던 게 분명했다.

"욕심 부리시면, 도망갈지도 모릅니다?"

돌쇠는 생각했다.

진심 어린 충고였지만, 분명 지금 이 충고는 한 귀로 듣고 한 귀로 흘려 버리겠지.

아, 불쌍한 내 자신.

이 부끄러운 사제지간 때문에 내가 지금 무슨 고생이래.

*   *   *

"서하연, 뭐 기분 좋은 일이라도 있었어?"

이제 막 예문관 문을 지나 안으로 들어서던 하연은 가만히 멈춰서 이상한 표정으로 자신을 바라보고 있는 유령을 바라보았다.

시비를 걸 생각인 걸까. 아니면 저 인간이 말할 수밖에 없을 정도로 지금 자신의 표정이 어마어마하게 이상한 걸까.

"조금 쉬면 기분이 좋아질 거 같기는 합니다만."

하연의 '휴가' 발언에 퉁명스러운 표정으로 그녀를 건드리던 유령이 움찔했다.

안 돼! 휴가만은 안 돼! 다른 사람이면 모를까 너 하나 휴가 떠나면 큰일 나! 그냥 웬일로 웃으면서 들어오기에 한번 물어본 거였는데.

그는 딱히 잘못한 게 없었고, 무엇을 잘못해서 서하연의 기분을 망쳐 놓은 건지 짐작조차 가지 않았지만, 어쨌든 지금은 무조건 싹싹 빌어야 했다.

억울하기는 하지만 할 수 없다. 예문관 안에 있던 다른 관리들 역시 같은 생각인 건지, 하나같이 하던 일에서 손을 떼고 부장을 바라보고 있었다. '무조건 네가 잘못한 거야.'라는 눈빛으로.

"하⋯⋯하하. 우리 수석 신입이 오늘은 기분이 안 좋은가 보네. 무슨 일 있었나?"

정말, 한때 귀신 부장이라 불렸고 실제로 이름도 그럴싸한 유령 부장 성격 많이 죽었다.

유령의 말에 자신의 자리에 털썩 앉던 하연은 퉁명스럽게 대답했다.

"아니요. 아무 일도 없었는데요."

거짓말. 너 지금 영희궁에서 돌아오는 길이잖아! 난 그 바보 왕자랑 너 사이에서 일어나는 이야기가 궁금하단 말이야.

"아, 서하연."

그때 궐 안에서 이루어지는 귀족 자제들의 강의에 교육관으로 참석했던 강우가 예문관 안으로 들어섰다. 그리고 자신의 옆자리인 하연을 바라보며 오는 길에 얼핏 들은 이야기를 확인했다.

"너 기숙사로 다시 돌아온다며."

"아, 네. 그렇게 됐어요. 잠깐, 노골적으로 그런 표정은 짓지 말아

주시지요?"

설마설마 아니겠지 했는데. 하연의 입에서 그렇다는 긍정적인 답변이 나오기 무섭게 강우가 한숨을 내쉬며 고개를 떨궜다.

그 반응에 하연은 들고 있던 붓으로 강우의 옆구리를 쿡쿡 찌르며 불만을 토로했다.

뭐야, 영희궁에 놓고 온 우리 왕자님께서는 아쉬워서 죽으려고 하드만, 매일 내 얼굴 보는 게 얼마나 축복받은 일인데.

"그런데 너무 갑작스럽지 않나?"

갑자기 생각났다는 듯 유령이 고개를 번쩍 들며 말하자 다른 관리들이 그를 바라봤다.

제발, 제발 쓸데없는 말 하지 마세요. 제발. 부탁입니다, 부장. 우리는 당신을 믿어요.

그러나 많은 이들의 염원이 담긴 눈빛에도 불구하고 유령은 평소와 마찬가지로 피식 웃으며 장난스럽게 말했다.

"설마 드디어 선을 넘은 거야?"

"……."

잠시 하연이 말이 없다. 그저 킬킬거리는 유령을 바라보고 있을 뿐이다.

하아…… 원래 저런 사람이지. 말을 말아야지, 말을.

"……서하연, 화났어? 장난이야, 장난."

"……."

아니, 그냥 무시하는 거야.

그런데 유령은 그녀의 무시를 다른 방향으로 알아들은 모양이다.

"아니면 정말 무슨 일 있었던 거야?"

이번에는 꽤나 진지하게 물어왔다.

'하연은 있을 리가 없잖아요!'라고 당당히 외치고 싶었다. 그래, 그렇게 외치면서 저 능글맞은 부장의 기를 꺾고 꺾어 버려야 하는데…….

"있었네."

"그러네요."

차마 없었다고 말하기 뭐한 애매한 상황에 하연은 묵비권을 행사했다.

있었나? 아니, 없었을걸. 그럼 없었나? 따지고 보면 없었다고 말하기도 뭐했다.

"응? 뭔데, 뭔데. 뭐가 있었는데~"

아, 저놈의 부장. 정말 상사만 아니었다면…….

"분명한 건 부장이 생각하는 그런 건 없었다는 겁니다."

하연이 단호하게 말하자 유령이 뭔가 아쉬운 듯 투덜거리며 물러났다. 도대체 저 인간은 나한테 뭘 기대하고 있었던 거지?

"서하연."

짜증 난다는 듯 유령의 뒷모습을 바라보고 있던 하연이 이번에는 바로 옆자리에서 들려오는 목소리에 고개를 돌렸다.

강우가 그녀는 돌아보지도 않고, 오직 서류에 시선을 박은 채 말했다.

"연애는 안 된다."

그와 동시에 하연의 머릿속에는 집에, 아니 지금쯤이면 중앙궁에 있을 오라버니, 서이완이 떠올랐다.

"걱정 마세요. 저도 잘 알고 있으니까요. 연애 금지."

이곳에 들어오면서 약속했던 것. 잊지 않았다며 그녀가 말하자 강우가 고개를 여러 번 끄덕였다.

"아, 맞다."

또 무슨 일인지. 제자리에 돌아갔던 유령이 터덜터덜 다가오면서 그녀를 불렀다.

하연은 '또 뭔데요?'라는 눈빛으로 그를 돌아봤지만 그녀의 눈에 들어온 건 꼴도 보기 싫은 유령의 얼굴이 아니라 웬 종이였다.

그 종이를 가만히 받아 들던 하연은 인상을 찌푸렸다. 뭐지. 돌아왔으니 일이나 하라 이건가?

"이번 국시 합격생들 명단."

"아."

그 말에 하연은 눈을 빛내며 명단을 위에서부터 아래까지 쭈욱 훑었다. 그러나 그녀가 그렇게나 찾아 헤매던 단 한 글자는 어디에도 보이지 않았다.

"안타깝게도 합격한 여인은 한 명도 없어."

"……."

그렇게나 기대했는데.

며칠 전 여성 응시생 수가 늘었다는 말을 들었을 때 얼마나 행복했던가. 그런데 인원이 증가했음에도 불구하고 단 한 명도 없다니.

"그만큼 힘든 거지. 여인이 궐 문턱을 넘는다는 건."

"한마디로……."

물론 여성 교육이 시행되었고 이미 서하연이라는 선례가 생겨나기는 했지만, 여전히 여성의 사회 진출에 대한 인식은 개선되지 않은 상태였다. 그건 하연도 잘 알고 있다. 하지만…….

"……저는 운이 좋았던 거네요."

"아니, 그게 아니라."

"아니요. 맞지요. 제가 우리 아버지 딸이 아니었으면 어땠을까요? 꽉 막힌 생각을 가진 분 밑에서 태어났다면 전 아마 지금 이 자리에 있지 못했을 테니까요."

그렇게 말하는 하연의 눈이 왠지 모르게 텅 빈 듯 보였다.

안 좋은 기억과 생각들이 스멀스멀 새어 나와 그녀의 머릿속을 잠식해 가기 시작할 때, 갑자기 누군가가 책으로 그녀의 머리를 툭 하고 쳤다. 그것도 모서리로.

"뭐예요, 형님!"

발끈한 하연이 빽— 소리를 내며 외쳤지만 강우는 담담했다. 그녀의 외침에도 불구하고 그는 자신이 맡은 일을 하기 바빴다.

잠깐, 대체 지금 왜 때린 건데?

"맞아, 서하연. 너는 운이 아주 좋아. 생각해 봐라. 대장장이의 딸이 혼자서 어떻게 독학을 해 본다고 국시에 합격할 수 있을 거 같아? 무리지. 너는 가르쳐 준 사람이 있었기 때문에 지금 여기에 있는 거야."

"……."

"그 말이 맞네."

어느새 옆에 자리 잡고 앉은 부장이 고개를 끄덕이며 강우의 말에 동의했다.

"여전히 여인을 가르치려는 선생은 거의 없으니까."

그 말을 가만히 듣고 있던 하연은 입을 다물었다. 그녀의 눈빛은 이상하리만치 반짝이고 있었고, 양쪽에서 그 모습을 보고 있던 두 남자는 씨익 웃었다.

*　　*　　*

"됐다."

해랑이 뿌듯하게 웃으며 자리에서 일어났다. 그러자 그의 곁을 지키고 있던 돌쇠 역시 그를 따라 자리에서 일어났다. 돌쇠는 순간 다리에 쥐라도 난 건지 휘청거렸지만, 곧바로 중심을 잡았다.

그는 지금 피곤해 죽을 거 같았다. 아니, 사람이 이렇게까지 바뀔 수도 있나? 물론 성실해진 건 정말 좋다. 그런데 아무 말도 안 하고 몇 시간 동안이나 집중하고 있으니 자신이 힘들다.

"요즘 너무 열심히 하시는 거 아니십니까?"

'그러다 쓰러지십니다.'를 생략했지만, 문맥상 그것이 따라붙은 거나 다름없는 말투였다.

"다음 시험에서는 당당하게 실력으로 2위를 할 거야."

하연이 들었으면 아름다운 도전이라느니 뭐라느니 칭찬을 늘어 놓았을 텐데, 어째 돌쇠의 반응은 영 떨떠름하다.

"……목표가 너무 낮으신 거 같은데요. 기왕 꿈꾸시는 거…….."

"시끄러워."

보통은 1등 아닌가? 그것도 전체라고 해 봤자, 3명밖에 안 되는 전체 중에서 2등이라니.

해랑은 하연이 올 때까지 자신의 방에서 쉬겠다며 곧장 자신의 방으로 향했다.

그런데, 방 안에 들어선 그의 상태가 이상하다.

그는 뭔가 혼란스러워 보였다. 그는 매일 드나드는 자신의 방에 마치 처음 와 본 사람마냥 갑자기 방 안을 이리저리 정신없이 돌아다니고 있었다. 한참 무언가를 찾아다니던 그가 문가에 서서 이상한 시선으로 자신을 바라보고 있는 돌쇠를 돌아봤다.

"방 안에 있던 종이, 전부 어디 갔어?"

"네? 아, 차기작 원고 말씀하시는 건가요? 책방에 넘겨주고 왔습니다. 그러라고 하시지 않으셨습니까."

"아니, 그렇기는 한데……."

돌쇠는 인상을 찌푸렸다.

설마 지금 자신에게 짜증을 내고 싶은데 시비 걸 게 없어서 이러는 건가.

"원고를 정리해 놓지 않으셔서, 방 안에 있던 종이들을 모아 갖다 드렸습니다."

하지만 그렇다고 하기에는 해랑의 표정이 이상했다. 그는 지금 진심으로 당황하고 있었다. 식은땀이 흐를 정도로. 이거 심각한 상황이었다.

"……여기에 있던 종이도?"

설마. 설마. 아니라고 말해. 아니라고.

해랑이 침상 위를 가리키며 물었다. 설마 그럴 일 없겠지 싶은 목소리로, 간절하게.

그러나.

"방 안에 있는 종이란 종이는 전부 다요."

돌쇠의 대답은 가차 없었다.

평소 엄청나게 보기 힘든 해랑의 새파랗게 질린 모습에, 돌쇠는 뒤늦게 깨달았다.

아, 지금 내가 뭔가 엄청난 일을 저질렀구나.

"중요한 문서였습니까?"

너 그런 거 없잖아. 그런 의미를 숨긴 채 묻는 돌쇠의 말투는 심히 건성이었다. 그러나 이제는 놀라움을 뛰어넘어 절망 상태에 빠져 버린 해랑을 바라보며, 돌쇠는 조심스러운 표정을 지었다.

도대체 얼마나 큰일이면 이럴까. 화를 내도 진즉에 냈을 성격인데 화조차 못 내는 걸 보면.

"……연습 겸 써 놓은……."

"…….."

"연서(戀書)."

그 말이 끝나기 무섭게 돌쇠는 바로 엎드렸다. 빌어야만 살 수 있다.

"제가 죽을죄를 졌습니다."

十四花
여자가 물으면

"이거이거."

익숙한 목소리에 하연은 인상부터 찌푸렸다.

아, 어쩐지 불안하다 싶었지, 내가. 왠지 오늘따라 오기가 망설여 졌지, 내가.

"서하연 님이 아니십니까."

싫은 건 아니었다. 다만 얽혔다가는 귀찮아질 인물의 등장이었다.

궐 안에 얼마나 보는 눈이 많은데, 괜한 소문이라도 났다가는 어 떻게 될지……. 도대체 이분은 왜 이렇게 자신에게 관심을 보이시 는 걸까.

이제라도 도망가 볼까 생각해 봤지만, 너무 늦었다. 그녀가 몸을 돌리기 무섭게 팔 하나가 턱하니 하연이 서 있던 책장을 가로막았다.

할 수 없이 그녀는 들고 있던 책을 내리고 뒤를 돌아 상대를 올려다보았다.

"안녕하세요. 환 님."

웃자. 최대한 밝게 웃어야지.

매번 당황하면 서하연의 이름이 운다.

하연이 웃자 환 역시 따라 웃더니 팔을 치우고는 책장에 비스듬히 기대었다.

그동안 서하연을 만나겠다고 이 중앙 서재에 얼마나 많은 걸음을 했던가.

물론 그때마다 그 얼굴 내비치는 거 싫어하는 해랑이 무슨 바람이 불었는지 동행하는 바람에 다가갈 수 없었지만.

"왜 여기서 읽으십니까?"

자신이 있건 말건 책에 정신이 팔려 있는 하연 때문에 혼자 뻘쭘하게 서 있던 환이 물었다.

일단 왕자라는 자리 하나만으로도 어지간한 여인들에게는 꽤나 큰 점수를 받을 텐데, 어째 눈앞의 이 여자는 그렇지 않았다. 난공불락이었다.

"저기……."

"잠깐만요. 여기만 읽고."

"네, 알겠습니다."

하연의 말에 환이 입을 딱 다물고는 얌전히 기다려 주었다. 이에 하연은 고맙다는 의미에서 한번 싱긋 웃어 주고는 다시 시선을 고정했다.

그렇게 환은 하연이 책을 덮을 때까지 아무 말도 하지 않았다.

"무슨 책을 그리 보십니까?"

"공부 중입니다."

"무엇에 대해?"

무엇에 대해 공부하기에 이렇게 선 채로 독서 중이신 걸까. 다른 이들을 가르치는 예문관의 교육관께서.

"음…… 천유국의 교육에 대해?"

"천유국의?"

"네. 어떻게 해야 여인들의 교육률을 높일 수 있을까…… 뭐 그런?"

"가르치면 되지 않습니까."

환이 고개를 갸웃하며 물었다. 뭐 그렇게 어려운 일이라고 이렇게 얼굴을 찌푸리면서까지 고민하는 걸까.

환의 말에 하연이 한숨을 내쉬었다. 지금 관심 없는 거 맞지? 그래서 설렁설렁 대답하고 있는 거 맞지? 도움이 안 되네.

"그게 그렇게 간단한 문제가 아니라서 말입니다. 천유국에는 여인들을 가르치려고 하는 교육자가 없다는 게 문제입니다."

'생각 좀 하고 말해.'라는 표정으로 말했다. 그러나 환은 여전히 아리송한 표정이다. 이걸 말할까 말까, 아주 살짝 고민하는 표정.

"하실 말씀이 있으시면 제대로 말씀해 주세요. 그런 한심하다는 표정으로 바라보지 마시고."

"아니, 그게 아니라……."

잠시 머리를 긁적이며 고민하던 환이 하연, 그녀를 가리키며 말했다.

"당신이 있지 않습니까?"

"……네?"

설마 모르고 있던 거야? 아니면 잊고 있었던 거야?

"당신도 이 나라의 어엿한 교육관입니다."

환의 말이 끝나기 무섭게 책장을 넘기던 하연의 손이 뚝 멈추었다. 그리고 멍하니 환을 바라보고 있다. 엄청 바보 같은 얼굴이었지만, 지금 그녀의 머릿속에 그런 생각은 조금도 없다.

표정이 '아, 그러고 보니.'라고 말하고 있었다. 하연은 책을 덮고는 잠시 생각에 잠겼다.

그의 말대로 자신 역시 이 나라의 교육관이었다. 종종 잊고 살아가는 것도 같지만, 엄밀히 말하면 국가시험을 통과한 한 명의 교육관. 그리고 교육관이란 다른 사람들을 교육시키는 사람.

마치 새로운 사실을 깨달은 사람처럼 눈을 반짝이는 하연을 바라보며 환이 피식 웃었다.

"교육관님께서 만드시면 되겠네요. 그들만을 위한 서당을."

"제가요?"

"영희궁의 도깨비라 불리는 녀석도 가르치면서, 자신 없으신 겁니까?"

"하하."

은근히 자신을 비꼬는 듯한 환의 질문에 하연이 어색하게 웃었다. 그러고는 씨익 웃으며 말하길.

"이 서하연에게 불가능이란 없습니다."

눈빛마저 당당한 그 대답에 환이 피식 웃어 버리며 고개를 돌렸다. 그러고는 눈앞의 책들을 쭉 훑어보다가 옆에서 혼자 웃고 있는 하연에게 다시 물었다.

"그러고 보니, 왜 여기 서서 읽으셨던 겁니까?"

"아…… 전에 빌린 책을 두고 오는 바람에 대출이 불가능해서 말입니다."

"그럼 제가 빌려 드릴까요?"

"……."

하연은 잠시 생글생글 웃고 있는 환을 바라보았다. 그것도 아주 뚫어져라.

그 어떤 것보다 견디기 힘들다는 책의 유혹이었다. 자, 어떻게 하면 좋을까. 읽고 싶은데. 빌리고 싶은데.

"아니요. 괜찮습니다."

약속했으니까. 약속을 어기면 해랑이 또 삐질 게 분명하니까.

웃으면서 대답했지만 환은 웃지 못했다. 혼자 생각에 잠겨 있다. 주위가 조용해지자 책을 펼쳐 든 하연은 다시 독서에 빠져들었다. 오늘은 책을 빌려 갈 수가 없으니 지금 이 자리에서 다 읽어야 했다.

"……혹시 저를 피하시는 겁니까?"

조용히 있던 환이 가라앉은 목소리로 묻자, 하연이 바로 책에서 눈을 떼고 그를 올려다보았다. 그리고 대답 없이 생각에 잠긴다.

어떻게 알았지. 그렇게 티가 났나. 그런데 왜 저렇게 상처받았다는 얼굴로 보는 거야. 보기와는 다르게 섬세한 영혼을 갖고 있는 건가.

그녀가 아무런 대답 없이 그를 바라보고 있으니, 결국 환이 굳이고 있던 표정을 풀고는 웃으며 말했다.

"해랑에게 마음이 있으신 겁니까?"

얼굴이 웃고 있지만 정말로 웃고 있는 게 아니라는 것쯤은 눈치 빠른 하연은 알 수 있었다.

이럴 때는 뭐라고 대답하면 좋지. 솔직하게 대답해? 그런데 그러기에는 알고 지낸 지 얼마 되지 않은 사람인데.

"스승이 제자를 생각하는 건 당연한 겁니다."

또 그렇게 빠져나가려고.

이제는 하연의 성격을 어느 정도 파악한 그는 물러서지 않았다. 딱 집어서 물어봐 줘야 하지, 참.

"연애 감정을 말하는 겁니다."

쳇. 하연이 그를 흘겨보았다. 해랑과 달리 예리하다.

"……아니라고는 말씀드리지 못하겠군요."

결국에는 '맞다.'라는 대답에 환은 아주 약간 실망했다.

아니, 하지만 괜찮아. 분명히 자신보다는 해랑과 함께 지낸 시간이 더 오래되었기 때문인 게 분명해.

"아, 하지만 전 이미 한 번 거절당했으니까요."

"……네?"

하연은 놀라서 되묻는 환을 잠시 노려보았다.

여자 입으로 고백했다가 거절당했다는 말 하기 정말 힘든데, 그걸 또 한 번 말하게 할 생각인가. 참 못됐다, 이 남자.

"고백했다가 거절당했습니다."

어쩐지 그녀의 목소리에는 짜증이 담겨 있었다.

이제 알았으면 다시는 묻지 마. 아직 나에게는 완벽하게 치유되지 못한 상처니까.

"꽤 된 이야기입니다. 제가 해랑 님의 교육을 맡기 전의 일이었으니까요."

짜증 내는 하연과 달리, 방금 그녀의 대답에 환의 표정은 한층 밝아졌다. 그는 미소가 절로 지어지려는 것을 고개를 돌리는 것으로 감추었다.

"……그럼 정확하게 둘의 관계는 뭡니까?"

"스승과 제자 사이입니다."

하연이 똑 부러지게 대답했다. 그러나 환은 그 답변에 동의하지 못한다는 뾰로통한 표정이다.

"……정말로?"

"'처음부터 다시 시작하는 사이.'도 추가해 두죠."

하연이 싱긋 웃으며 답했다. 그런 그녀를 빤히 바라보던 환은 활짝 웃었다.

"그럼 아직 저에게도 가능성이 있다는 말씀이군요. 그렇지요?"

거절 비스무리한 것을 당하고도 제 상황을 긍정적으로 받아들이는 환에게 다시 한 번 딱 잘라 거절할 정도로, 하연은 사람이 못되지는 않았다.

"뭐……."

그녀는 그에게서 시선을 떼고, 다시 책으로 고개를 돌렸다.

일단은 지금 눈앞에 있는 이 책이다.

"착각은 자유라고들 하지요."

그래, 넌 지금 착각을 하고 있는 거라고.

*　　*　　*

"공고요?"

"그래. 정식 공고."

예문관에서 남은 일을 처리 중인데 또 무슨 일인지 하연의 자리 주변을 뱅글뱅글 맴돌던 유령이 큰 소리로 말했다. 그에 다른 관리들 역시 그의 말을 경청 중이었다.

"세 왕자님의 정식 교육관을 정한다는 말이야."

"알아들었습니다."

설마 내가 못 알아들었겠어? 그냥 한 번 물어본 거야.

하연의 째림에 결국 유령이 시선을 깔고 고개를 돌렸다.

"일단 다들 이름이라도 적어 보는 게 어때? 기회잖아. 정식 교육관이 되면 바로 승급이라고."

"그래도 경쟁률이 장난이 아니잖아요. 자리는 3개인데, 우리 관뿐만 아니라 1, 2관에서도 신청을 받을 테고. 또 한 자리는 이미……."

웅얼거리며 암담한 현실에 대해 이야기를 늘어놓던 다른 관리들의 시선이 갑자기 한 곳을 향했다. 다른 이들의 반응에 유령 역시 고개를 끄덕이며 하연을 바라보았다.

그러나 정작 그녀는 본인에게로 몰린 시선들을 무시하고 제 할 일 하기에 정신없었다.

사실 말이 세 명이지, 그중 한 명은 이미 정해진 거나 다름없었다. 아니, 그래야만 했다. 어쩌면 그것이 궐 안 모든 사람들의 바람. 그 도깨비 성격을 누가 버텨? 이 미녀 앞에서만 순종적인 도깨비가 되는데 누가 감히 그 옆에 서려고 하겠는가.

"신입도 지원 가능합니까?"

멍하니 생각에 잠겨 있던 강우가 물었다. 이 좋은 기회가 아무런 경험이 없는 신입들에게까지 주어질 리가 없었기 때문이다.

강우의 질문에 령은 당황한 듯 머리를 긁적였다.

"어…… 음. 원래는 안 되는데 말이야, 이번만큼은 특별히 허용하기로 했다더군."

"아, 그렇겠지요."

그래야겠지. 아무리 수석에다가 명석한 두뇌를 갖고 또 도깨비 조련사로 유명한 서하연이라고 해도, 그녀도 일단은 신입의 신분이었다.

자신을 위해 여러 규칙들과 상황이 이렇게나 바뀌었는데 정작 하연은 관심이 없었다.

요즘 들어 해야 하는 일이 너무 많았다. 어제도 일이 너무 많아서 조금 늦었는데 해랑이 삐져서 얼마나 고생했던가.

"어차피 선발 기준은 경력이나 뭐 그런 게 아니라, 그분들의 선택이니까."

"좋았어! 다 했습니다!"

하연이 두 눈을 반짝이며 자리에서 벌떡 일어났다.

오늘은 좀 이른 시간에 주어진 일들을 처리했다. 좋았어, 오늘은 늦지 않겠군.

검토를 끝낸 서류들을 부장 유령에게 넘기고는 예문관을 나설 준비를 하는 하연이었다. 그러나 그 서류를 받아 들고 이상한 표정을 짓던 유령은 고개를 저었다.

"왜요. 또 뭐 시키실 일이라도 있으신가요?"

"깜빡하고 말하는 걸 잊었네."

그만 시켜. 그동안 일 많이 했잖아. 이러면 정말 휴가 내 달라고 한다?

"서하연, 청화궁에서 요청이 들어왔어."

"어디요?"

"청화궁."

"무슨 요청이요?"

"너. 서하연."

"제가 뭘요?"

"……지명됐다고. 지도 요청."

청화궁? 익숙한 이름에 하연이 한숨을 내쉬었다. 일이 다 끝난 줄 알았는데 아직도 남은 일이 하나 있다니. 그뿐만이 아니다. 청화궁이라면…… 청화궁이라면…… 그분이 계시는 곳인데.

되도록 마주치지 않겠다고 다짐했는데, 이렇게 공식적인 방법을 취하면 그녀도 어쩔 수가 없다. 일단 자신은 해랑의 임시 교육관이기 이전에 예문관의 관리니까.

"윽."

"윽?"

유령의 눈썹이 일그러졌다.

전에도 비슷한 상황이 있었지.

"아닙니다. 가겠습니다."

나를 바라는 사람이 있다는데, 어쩌겠어. 인기 많은 자신을 탓해야지.

결국 하연은 받아들일 수밖에 없었다. 할 수 없다.

최대한 빨리 끝내고 영희궁으로 돌아가야지.

*　　*　　*

"음⋯⋯."

"왜 그리 서 계십니까? 목이 아픕니다. 그만 앉으시지요."

청화궁이라는 말에 당연히 잘 알고 있는 그 남자겠지 싶었는데, 의외였다. 청화궁이라는 현판이 붙어 있는 궁 앞. 조심조심 눈치를 보며 안으로 들어선 게 무색할 정도로, 그 안에서 하연을 기다리고 있던 건 환이 아니었다.

한껏 화려하게 차려입고 있는 여자.

청화궁은 왕자들이 생활하는 궁이 아니던가? 그런데 왜 이곳에 여자가? 그런데 어쩐지 낯이 익었다.

"⋯⋯그새 잊으셨나 보네요. 하긴, 그럴 만도 하지요. 저도 당신도 그때와는 처지가 많이 바뀌었으니까요."

"네?"

"우리는 희안궁에서 만났지요."

희안궁? 정말 오랜만에 들어보는 그 궁의 이름에 하연의 머릿속이 빠르게 돌아가기 시작했다. 그녀가 희안궁에 갔던 건, 이제는 좀 오래된 일. 바로 그 공포의 '삼간택' 문제 때문이었다. 그곳에서 만났다고? 그리고 지금 이곳은 청화궁. 그럼 혹시…….

"아."

이제야 생각이 난 하연이 저도 모르게 작게 외쳤다. 그 반응에 하연이 자신을 기억해 냈음을 알아차린 여인이 활짝 웃으며 차를 한 모금 들이켰다.

"최종 간택에 선정되신 분이시군요."

"그렇습니다. 설아힌이라고 합니다. 이제야 제대로 된 소개를 드리는군요."

"아…… 네, 축하드립니다."

딱히 할 말이 없어서 축하한다고 말했다. 물론 자신은 도리질을 치며, 신후왕의 제안을 받아들이면서까지 벗어날 정도로 싫었지만 다른 사람은 아니었으니.

하연의 축하 인사에 여인이 쓸쓸한 미소를 지었다. 그리고 약간은 비꼬는 목소리로 날카롭게 말했다.

"글쎄요. 과연 이게 축하받아야 하는 일일까요……."

예전에 간택 자리에서 들떠 있던 모습과는 너무나도 달랐다. 당시에는 아무것도 모르고 마냥 신이 나 있었지만, 이제 그 간택에 어떤 정치적인 의도가 숨어 있었는지 알게 된 게 분명했다.

하연은 웃을 수가 없었다. 그녀 혼자 도망친 거나 다름없었으니까. 당시에는 남은 아가씨들에게 아무런 감정이 없었는데, 이상하게 지금 이렇게 마주 보고 있자니 괜히 마음 한구석이 무거워지는 거 같았다.

왕후는 아니더라도, 왕자의 비. 좋다. 그것만으로도 역시 귀족 가문에 태어난 평범한 아가씨들보다는 높은 위치였고, 부족함 없이 풍족함을 누리며 살 수 있을 테니까.

하지만…… 듣자 하니, 그녀의 신랑이자 첫 번째 왕자로 알려진 '시현우'라는 사람은 아직도 여행 중이라던데, 남편 없이 혼례를 올리고, 설렘 없는 초야를 보내고, 또 이렇게 남편 없는 빈 궁을 홀로 지키고 있으니 얼마나 외로울까.

갑자기 무거워진 분위기를 전환시키려는 건지 여인이 싱긋 웃었다.

"갑자기 사라지셨기에 의아했는데, 설마 여성 교육관이 되어 있을 줄은 몰랐습니다."

"저 역시 가끔씩 놀라고는 하지요."

그래. 남자들이 줄을 서 있어서 내키는 대로 골라 갈 수 있는 편안한 내 인생이, 어쩌다 이렇게 바뀌었을까.

하지만 후회는 되지 않는다. 이건 정말이다. 이유는 모르겠지만 정말로…….

"참…… 많이 달라지셨습니다."

"제가요?"

하연의 질문에 여인이 고개를 끄덕였다.

"일전에는 그렇게나 화려하게 치장을 하고 다니셨는데…… 차림 때문에 그런지는 몰라도…… 고생이 이만저만이 아니신 모양입니다."

아힌의 입가에 의미심장한 미소가 자리 잡았다. 그것을 눈치 못 챌 리가 없는 하연은 기분이 좋지 않았다.

하지만 어쩌겠는가. 이렇게 대놓고 비웃는 태도에도 상대에게 기분이 상했음을 들키지 않는 것이 전문가이다.

하연은 노련하게 아무렇지 않다는 미소를 지어 보였다.

"아무래도 교육관이다 보니, 그 신분에 맞게 차림이 달라져야 하는 게 맞겠지요."

솔직히 그녀의 말대로 고생하고 있는 건 사실이다. 밤낮 상관없이 엄청나게 부려 먹힘을 당하고 있으니 어쩔 수가 없었다. 예문관에서도 그녀의 입에서 '휴가'라는 단어가 나올까 전전긍긍하고 있을 정도로, 그녀는 예문관에 없어서는 안 될 존재 중 하나였다.

"그렇게나 아름다운 분이셨는데……."

뭐야, 저 말은? 지금은 아니라는 거야? 저건 살짝 기분이 나쁜데?

"어쨌든, 이것도 인연인데 종종 이렇게 찾아와서 말동무가 되어 주세요."

"네."

하연은 당장이라도 이곳에서 나가고 싶다는 생각뿐이었다. 차라리 환이 부른 게 더 나았을지도. 그는 그래도 얼굴에 무엇을 생각하는지 읽을 수 없는 철판을 두르고 있는 반면 눈앞의 여인은 표정에서부터 모든 것이 다 드러나고 있었다. 지금 자신을 부른 이유도 말동무나 이런 것 때문이 아니라 자신의 지위를 뽐내기 위해, 서열을 확인시켜 주기 위해서였다. 네가 뻥 차 버린 이 자리에 내가 앉아, 이렇게나 잘살고 있다는 걸 보여 주기 위해. 의도는 속을 긁어 놓으려는 수작이 분명한데 하연의 속은 부러움에 뒤틀리기는커녕 그 비슷한 감정도 없었다. 그냥 아무런 생각이 없었다.

"그럼 이만 돌아가 보겠습니다."

말이 말동무지 둘 사이에는 공통된 화제도 없을 거 같았다. 더는 나눌 말이 없자 하연은 일이 많다는 아주 좋은 핑계로 자리에서 일어났다. 그리고 재빨리 그 기분 나쁜 여인이 머무는 궁에서 나왔다.

저 자리에 앉아 있는 여인과 그것을 올려다보고 있는 자신. 과연 둘 중에서 누가 불쌍한 걸까?

저런 부귀를 발로 찬 자신이 바보인 걸까? 아니지, 정치적 목적으로 발이 붙잡혀 버린 그녀가 불쌍한 거지.

"그나저나 내가 많이 변했다니⋯⋯."

아무렇지 않은 척하려고 했지만, 하연은 일생일대의 위기를 맞이한 표정이었다. 무향이 사실 해랑이고, 그가 세 번째 왕자라는 사실을 알았을 때보다도 더 충격이었다.

틈만 나면 해랑이 '예쁘다', '예쁘다'라 말했기 때문에 여전히 그렇구나 싶었는데, 솔직히 미모는 여자들끼리 더 잘 알고 냉정하게 판단했다.

요새 많이 피곤하기는 했어. 일찍 자고 일찍 일어났던 수면 시간도 불규칙하게 바뀌었고, 저녁 식사를 하지 않던 것도 어느샌가 해랑 때문에 먹게 되었고, 틈틈이 하던 운동 역시 피곤하다는 이유로 하지 않았다. 무엇보다도 화장. 할 시간이 없다 보니 기초만 하고 하루 종일을 다녔다. 옷 입는 것도 그랬다. 하루에도 몇 번인가를 갈아입으며 절대 같은 옷을 입고 오래있지 않았는데 지금은 신입 교육관 복장 하나면 끝.

생각해 보니 이는 심각한 상황이었다.

저 혼자 심각한 얼굴을 한 하연은 재빨리 예문관을 향해 달려갔다. 그리고 그녀가 갑자기 다급히 들이닥치자 놀란 표정으로 바라보고 있는 유령을 향해 비장한 표정으로 다가갔다.

"부장."

"왜, 왜 그래? 무슨 일 있었어? 청화궁은 제대로 다녀온……."

그의 앞으로 다가간 하연이 두 손으로 유령이 앉아 있던 책상을 '쾅!' 소리 나게 치고는 고개를 번쩍 들었다. 그러고는 엄청나게 뜬금없이 물었다.

"저, 어떻게 생각하십니까?"

"……뭐?"

"저 안 예쁜가요?"

진지하게 물었는데, 반응은 그러지 못했다. 물론 초반 그녀의 박력에 놀란 유령이 잠시 움츠러들기는 했지만, 곧 그녀의 질문에 어이없어 했으니.

"예쁘다는 소리가 듣고 싶어서 묻는 거야, 지금?"

"아닙니다. 객관적으로 부탁드립니다. 아주아주 객관적으로."

해랑에게 물어봤자 예쁘다고 할 테고, 최근에 환에게도 예쁘다는 소리를 들었으니 제외. 또 다른 관리들에게 물어봐도 당연히 예쁘다고 할 게 분명했다. 눈치 없이 제 생각을 말하는 데에 전혀 거리낌이 없는 인간의 판단이 필요했다.

객관적으로 판단해 달라는 그녀의 부탁에 유령은 고민에 빠졌다. 턱까지 괴고 하연의 얼굴을 요모조모 따져 보던 그가 대답했다.

"예쁘지. 객관적으로 봐도."

그럼 그렇지, 고작 몇 개월 고생한 거 가지고 서하연 미모가 어딜 가겠어. 암, 그렇지.

인상 굳히고 있을 때는 언제고 금세 또 표정이 풀린 하연이 웃자, 영문 모를 유령은 고개만 갸우뚱하고 있었다.

"왜 그러는 건데?"

"전과는 많이 달라졌다는 말을 들어서요."

별일 아니라는 듯, 어깨 밑으로 흘러내린 머리카락을 손가락으로 배배 꼬며 말했는데, 그녀를 바라보는 유령의 표정이 또 한 번 심상치가 않았다. 마치 보석을 감정하는 눈으로 살피던 그가 고개를 끄덕이며 입을 열었다.

"그건 그러네."

"……네?"

하연의 눈빛이 흔들렸다. 덩달아 그녀의 마음 역시도. 잠시나마 잔잔했던 그녀의 마음이 크게 일렁이기 시작했다. 아니야, 그럴 리가 없잖아. 천하의 서하연이…….

그러나 다들 입 조심하라는 경고의 눈빛에도 불구하고. 아예 시선을 다른 곳에 두고 중얼거리고 있는 부장이다.

"다른 건 몰라도 선 자리에서 봤을 때랑 지금을 비교해 보면, 확실히 다를지도. 물론 지금도 예쁘기는 한데, 객관적인 시선으로 보면 그때가 더 예뻤던 거 같기는 하다."

이 무슨 하늘이 무너지고 땅이 꺼지는 것과 맞먹는 말인가.

충격을 받은 탓인지 몇 번을 휘청거리던 하연은 다급히 유령의 책상을 붙잡았다. 그녀가 이상한 행동을 하자 그제야 다른 곳에서 시선을 뗀 령이 하연에게로 시선을 돌렸고, 직감적으로 뭔가 잘못되었다는 것을 느낄 수 있었다.

"휴가…… 휴가를 내겠습니다. 한 보름 정도…… 아니, 한 달 정도…… 휴가를……. 좀 쉬면서 재충전의 시간을……."

그 말이 끝나기 무섭게 유령을 포함한 다른 관리들이 자리에서 벌떡 일어났다. 특히나 유령은 정말 새파랗게 질린 얼굴이었다.

내가 지금 무슨 망언을! 미쳤나 봐! 정신이 나갔나 봐!

"서하연! 넌 예뻐! 이보다 더 아름다울 수는 없어! 그러니까 제발 그렇게 무서운 이야기는 하지 마!"

"그래. 여기서 더 예뻐지면 어쩌겠다는 건데!"

이제는 다른 부원들까지도 하연에게 달라붙기 시작했다. 어떻게든 말려야 한다. 물론 일차적으로는 그녀를 위해서였지만, 가장 큰 이유는 자신을 위해서. 그녀의 마음을 어떻게든 바꿔야 한다.

"부장…… 그래! 부장이 말이야, 사실은 여자 보는 눈이 꽝이라서 그래."

"……그건 그래요. 그때 선 자리에 데리고 나온 여자 보니까 영 아니더라고요."

언제 울먹였냐는 듯 표정을 굳힌 하연이 고개를 끄덕이며 말했다. 자신이 눈이 낮다는 말에 기분이 상한 건지 령이 아주 잠깐이나마 인상을 찌푸렸지만 뭐라 말을 할 수는 없었다. 다른 이들의 눈초리가 그것을 막고 있었다.

"잠깐만, 이성적으로 생각해 봐. 네가 지금 몇 주 동안 휴가를 떠나면 영희궁의 그분께서 좋아하실까? 분명히 난리가 날 거라고, 안 그래?"

그래. 어쩌면 그녀의 약점일지도 모르는 해랑을 물고 넘어지기 시작한 령이다. 그 전술이 통한 건지 하연이 전에 없던 심각한 표정으로 고민에 빠져 버렸다. 그러나 그것도 잠시.

"제가 더 예뻐져서 돌아오면 해랑 님도 더 좋아하실 겁니다."

아니, 그렇지 않을걸.

그분이라면 네가 어떻든 상관없을걸? 삭발을 한다고 해도 예쁘다고 할걸? 지금도 충분히 예쁘다고 생각하고 있을걸? 아니, 지금도 너무 예뻐서 곤란해하고 있을걸? 네가 여기서 더 예뻐지면 그 인간은 불안해질 거야. 미쳐 돌아 버릴 거라고!

령과 다른 부원들은 고개를 푹 숙여 버렸다.

망했어. 망했다고! 부장의 눈치 없는 말 한 마디 때문에 우린 망했어!

예문관의 남자들은 부장 덕분에 새로운 걸 배웠다. 연애에 있어서 절대 잊어서는 안 되는 어느 질문에 대한 답변. 다른 대답은 필요도 없고, 있어서도 안 된다.

남자들이여, 들어라.

여자가 예쁘냐고 물으면 무조건 예쁘다고 답해라.

十五花
연서(戀書)

"혹시 여기에 계십니까?"

"여기도 없습니다."

"도대체 어디에!"

궐 안이 발칵 뒤집혔다.

얼마 전, 미용을 위해 휴가를 달라는 그녀의 폭탄 발언으로 이미 한 번 뒤집힌 적이 있는 예문관이건만 그 여파가 가라앉기도 전에 또다시 난리가 났다. 그것도 이번 역시 서하연 때문에.

"아, 서하연이라면 심부름 보냈는데 왜?"

"부장!"

눈치만 없는 줄 알았더니, 때도 못 맞추는 인간이야!

지금 예문관이 발칵 뒤집혔는데 그걸 모르고 하연의 휴가 철회

소식에 태평하게 늘어진 부장을 향해 한심하다는 시선들이 몰렸다.

"왜. 무슨 일인데 그래?"

"지금 고위 대신들이 난리가 났다고요."

아직도 사태의 심각성을 파악하지 못하고 있다. 이런 인간이 부장이라니.

어디서 무슨 소식을 듣고 이리 몰린 부원들은, 할 말은 많은데 너무도 태연한 그에게 이 마음을 어떻게 전하면 좋을까 고민에 빠졌다.

그런데 바로 그때, 불타오르는 다급함에 기름을 붓는 이의 등장으로 예문관 제3관은 더더욱 소란스러워진다.

"여기 서하연 아가씨 계십니까!"

가뜩이나 호들갑 떠는 부원들 때문에 정신없는 유령이 인상을 찌푸렸다.

오늘따라 왜 이렇게 서하연을 찾는 이가 많은 거지. 무슨 날인가? 아니면 이 녀석이 무슨 일 저질렀나.

큰 소리가 들려 고개를 돌린 령은 이번에는 정말 깜짝 놀라 자리에서 벌떡 일어났다.

그도 그럴 것이 이번에는 자신 밑에서 막 부려먹는 부원이 아니라, 내관이었다. 그것도 중앙궁의 신후왕을 모시는 내관.

"아, 유 부장. 서하연 아가씨 어디 계십니까."

령을 발견한 내관이 종종 걸음으로 달려와 그를 붙잡고 흔들기까지 하며 물었다.

"서하연이라면 제가 심부름을……."

결국 그는 아까도 했던 대답을 또 한 번 해야 했다.

"도대체 무슨 일입니까?"

어쨌거나 지금 하연이 없다는 말에 내관은 발을 동동 구르며 안타까워했다. 도대체 무슨 일인데 그래! 부장인 나에게도 말을 해 줘야 할 거 아니야!

혼자 난리가 나 있던 내관이 울상을 지으며 말했다.

"전하께서 지금 급히 아가씨를 찾으십니다."

*   *   *

한편 궐 안에서 많은 사람들이 자신을 찾건 말건 관심이 없는 하연은 지금 궐 밖, 저잣거리에 나와 있었다.

"서하연, 다음은 붓을 사야 해."

"알겠습니다."

하연의 뒤를 따르며 구매해야 할 것들이 적혀 있는 목록을 확인하던 강우가 말했다.

그들은 지금 이번에 들어올 하반기 신입생들에게 나누어 줄 선물을 고르는 중이었다.

원래 예문관에서 사용하는 종이나 먹, 붓 같은 물건 구매는 허드렛일을 하는 궁녀들이 하는 일이었지만, 이번에는 다르다.

하연과 강우 역시 막 예문관에 들어왔을 때 그들의 자리에 놓인 기본적인 문방사우를 선물받았다.

수석과 차석이 직접 준비를 하면 더 의미 있지 않겠느냐는 령의 말에 그들이 나온 것이다. 물론 말이 그렇지 실제로는 유령의 떠넘기기였다.

붓을 고르는 하연의 눈빛이 반짝였다.

그녀의 옆에는 이미 구매한 물건들을 한 아름 안고 있는 강우가 있다. 가만히 고심하고 있는 하연을 바라보고 있던 그가 물었다.

"맞다, 서하연."

"네?"

"너 아직 신청서 제출 안 했더라?"

그 말에 붓을 향해 있던 하연이 고개를 들었다.

그 말대로, 일전에 예문관의 모든 관리들을 설레게 했던 정식 교육관 채용 공고.

신청서를 제출한 교육관들은 명단에 직접 자신의 이름을 적어야 하는데, 가장 유력한 후보였던 하연의 이름을 찾아보려고 해도 보이질 않았던 것이다.

강우는 의아했다. 하연이라면 당장에 쓰고도 남았을 텐데.

"어…… 음…… 아직 생각 중이에요."

하연이 뭔가 어색하게 웃으며 대답하자 강우는 이해가 안 간다는 표정이다. 그런 표정 변화를 지켜보고 있던 하연은 한숨을 내쉬었다.

저럴 줄 알았지, 내가. 제일 꺼내기 싫은 화제였다. 이제는 옆에서 자신을 노려보고 있는 강우의 시선에 그녀는 아예 고개를 돌려 버렸다.

"왜."

길지도 않다. 딱 한 글자로 압박하는 것도 나름의 능력이라면 능력이다.

그러니까 그렇게 노려보지 좀 말라고요! 부담스러우니까.

"이 이상 일이 늘어나는 게 싫다고나 할까요…….'

"그건 또 무슨 소리야?"

변명을 할까 하다가 결국 사실대로 실토했다. 어차피 입 다물고 있는다고 그냥 넘어갈 사람이 아닌데, 뭐.

이해를 못 하겠다는 질문에 하연은 고개를 푹 숙였다.

얼마 전의 안 좋은 기억이 또다시 떠오르자 다시 침울해진다. 기분 전환 삼아 나왔던 외출이었는데!

"형님."

갑자기 진지하게 자신을 부르는 하연의 목소리에 본능적으로 강우가 바짝 긴장했다. 이미 몇 번인가의 경험으로 잘 알고 있는 목소리였다.

"저 안 예쁜가요? 전과 비교해 봤을 때 어떤가요? 이제는 안 예쁜 가요?"

얘가 뭔 소리래.

안타깝게도 일전에 예문관에서 벌어졌던 '눈치 없는 유 부장' 소동 때 그는 그 자리에 없었다. 그렇기 때문에 모든 연애하는 남자들에게 필수품이라는 '현명한 대답'을 그는 모르고 있을 터. 가만히 자신을 붙잡고 있는 하연을 바라보던 강우가 드디어 대답했다.

"넌 예뻐."

그는 그 자리에 없었지만, 눈치가 빨랐다.

그런데 예쁘다고 했는데도 하연은 표정이 좋지 않았다.

"……형님한테 물어본 게 잘못이지."

"뭐? 왜?"

"형님은 착하잖아요."

그래. 질문할 상대가 잘못됐다.

천하의 서하연은 상대를 봐 가면서 기뻐한다. 예쁘다는 말이라도 해도 무조건 좋아하는 건 아니었다.

"예전의 나를 잊은 거 같아요."

결국 그녀는 저 혼자 결론을 내었다.

주위 사람들이 절대 그렇지 않다고 해도 그녀는 꿋꿋이 저 혼자 못났다는 착각에 빠져 버렸다.

깊은 한숨을 내쉬던 그녀가 터덜터덜 다음 장소로 이동했다. 그러자 지금 이 상황을 이해해 보려고 노력 중인 강우도 그 뒤를 따랐다.

도대체 무슨 일이 있었기에 매사에 자신감 넘치던 서하연이 이렇게 된 거지.

강우는 직감으로 알아차렸다. 궐에 돌아가기 전에 어떻게든 이 서하연의 마음을 달래 놓아야 한다는 것을.

"……서하연."

방법은 모르겠어도, 일단은 '예쁘다'는 말을 많이 해 줘야겠다고 생각한 강우가 재빠르게 하연에게 다가갔다.

그런데 어째서인지 빠른 걸음으로 앞서가던 하연이 어느 가게 앞에 딱 멈춰 서 있다.

"왜 그래?"

뭔가 이상한 낌새를 느낀 강우가 바로 하연의 옆자리에 다가가 그녀가 보고 있는 것을 바라본다.

책방. 책 좋아하기로 유명한 서하연이기에 책방에 멈춰 선 게 이상하지는 않다.

그런데 그녀가 바라보고 있는 걸 보니 뭔가 이상하다.

책방 바로 앞에 홍보를 목적으로 붙여 놓은 게 분명한 전단지.

그것을 바라보고 서 있던 하연이 고개를 갸웃거리며 중얼거렸다.

"무향의 신작?"

무향의 신작이라니. 물론 옆에 서 있는 강우는 그 명성을 모르겠지만, 이미 함께 지낸 지 꽤 된 하연은 그냥 넘어갈 수 없는 전단지였다.

그런데 신작이 나왔다는 말은 못 들었는데?

물론 그 전에는 하연에게 필사를 부탁했기 때문에 차기작이 나오면 바로 알 수 있었다. 하지만 하연이 교육관이라는 사실이 밝혀진 뒤부터는 바쁜 그녀 때문에 할 수 없이 필사를 외부에 의뢰해야만 했고, 다행히 책방에서도 그것은 알아서 하겠다며 이해해 줬다.

아무리 그래도 차기작을 냈으면 자신에게도 알려 주지, 좀. 너무 바빠서 신경을 못 쓴 탓인가? 물론 저 책의 내용이 궁금해 죽겠어서 그런 건 아닌데, 그래도 왠지 모르게 서운했다.

"아, 어서 오세요~"

하연이 계속해서 그 자리에 멈춰 서서 광고를 보고 있으니 책방 안에서 주인이 뛰어나와 그녀를 반겼다.

"아~ 무향의 신작에 관심이 있으신가 보군요."

"언제 나온 거예요?"

"나온 지 며칠 안 되었지요. 그럼에도 불구하고 벌써 다 팔려서 말입니다."

"인기가 좋은가 보네요."

하긴, 인기가 좋겠지. 그 유명한 무향의 글인데.

그런데 이건 역대급의 반응이다. 도대체 어떤 글이기에? 아무것도 들은 게 없는 하연에게 책방 주인은 익숙하게 책 홍보에 들어갔다.

"무향 하면 그 특유의 문체! 엄청나지 않습니까? 특히나 그 특이한 도입부! 그게 또 무향의 매력이지요~"

"네. 잘 알고 있지요."

암요. 필사는 물론, 함께 지내기까지 했는데요.

"하지만! 이번에는 더 놓쳐서는 안 되는 게 하나 있지요! 이번만큼은 다른 작품들에 비교했을 때 특별한 게 한 가지 있습니다."

전형적인 광고에 슬슬 식상해지기 시작한 하연은 옆에서 가만히 듣고 있던 강우의 팔을 끌며 빨리 심부름을 마저 끝내자고 재촉했다.

그런데……

"이번에는 뒤에 특별한 부록이 들어가 있습니다!"

"……네? 부록이요?"

마치 못 들을 걸 들었다는 표정으로 하연이 멈칫했다. 그러고는 그녀에게는 어울리지 않는, 엄청나게 얼이 빠진 얼굴로 책방 주인을 바라보았다. 반대로 그녀의 반응에 책방 주인이 신이 나서 설명을 계속했다.

"연서입니다. 연서요! 3인칭을 애용하던 작가님께서 무슨 바람이 부셨는지는 모르겠지만, 이게 또 1인칭이다 보니까 여인들의 몰입 감이 장난이 아니라는 반응입니다."

너무 한꺼번에 의외의 말들을 들은 탓인지 정신을 차릴 수가 없 었다. 왜 그러느냐는 강우의 말에도 불구하고 하연은 굳어 버렸다.

곧 인상을 찌푸리며, 마치 사기를 치는 사람을 바라보는 시선으 로 하연이 중얼거렸다.

"……제가 그 작가님을 잘 알고 있는데요, 그분 연애 쪽은 영 꽝 이세요."

아마 그건 자신이 제일 잘 알고 있을 것이다. 그거 하나는 자신 있었다.

"저도 그렇게 생각했지요. 실제로 무향은 그런 쪽 이야기는 잘 쓰지 않으니까요."

그 말에 서재 주인이 강력하게 고개를 끄덕이며 동의하더니, 의 심 가득한 표정의 하연에게 바짝 다가와 마치 비밀 이야기라도 하 듯 아주 작은 목소리로 소곤거렸다.

"독자들 사이에서는 이 연서가 소설처럼 일부러 지어 낸 거다, 아 니다로 말이 많습니다만, 제가 볼 때 이건 만들어 낸 이야기가 아닌 게 분명합니다."

"네?"

"누군가를 위해 본인의 마음을 담은 글인 게 틀림없다는 이야기 입니다. 이건 무향, 본인이 어느 여성에게 쓴 연서가 확실합니다."

에이, 설마. 그럴 리가…….

믿지 못하는 눈이지만 책방 주인이 이렇게까지 말하고 있는데 안 믿을 수가 없다. 믿겠다고 하니 궁금하다. 이거, 안 보고 넘길 수가 없었다.

하연이 책방 주인의 옷깃을 붙잡았다. 그리고 눈을 반짝이며 물었다.

"……혹시 그 책 한 권 구할 수 있을까요?"

*   *   *

다급한 목소리가 영희궁에 울려 퍼졌다.

"몇 권까지 회수했어?"

희망이 가득 담긴 목소리였지만, 그 앞에 앉아 있는 돌쇠는 매정하게 고개를 절레절레 저으며 그 작은 희망을 무참히 짓밟아 버렸다.

"불가능합니다, 해랑 님. 포기하세요."

포기라니. 포기라니!

다른 거라면 모를까, 절대로 포기할 수 없는 문제였다.

앉아 있던 해랑이 풀썩 하고 책상에 엎어졌다. 그는 지금 눈앞이 깜깜했다.

태어나서 처음으로 연서를 써 봤는데, 그 처음 써 본 연서가 중간 배달 실수로 인해 출판이 되었다.

당사자에게 보여 주기도 어려운데, 그것이 만인에게 읽히게 생겼다.

이건 일생일대의 위기라고 말해도 과언이 아니었다. 제발 단순한 '소설'로 받아들이기를 바랄 뿐.

사실 돌쇠가 들고 가 버린, 원고에 끼어들어 간 그 연서를 되찾기 위해 다급히 책방을 찾았지만 너무 늦은 뒤였다. 길었던 공백 기간 때문인지 바로 책으로 만들어 버린 것이다.

그래, 그거야 어쩔 수 없다. 솔직히 돌쇠가 일을 낸 후 바로 알아차리지 못한 그의 책임도 있다. 거기까지는 어쩔 수 없었다고 치자.

"절대 서하연이 봐서는 안 돼."

당사자가 그 책을 봐서는 안 돼! 연서라지만 시험 삼아 써 본 것이었기 때문에 완벽하지 않았다.

그냥 구구절절 말을 늘어놓았다는 느낌에 더 가까운 그 연서를 서하연에게 보여 줄 수는 없었다.

그리고…… 가장 큰 이유는…… 아무래도 그렇지 않은가! 그냥 서신도 아니고 연서다, 연서! 본인에게 주기도 창피한 그 연서를…… 이렇게 공개적으로…….

"……한 몇 달간은 서하연이랑 눈도 못 마주칠 거야……."

창피해서.

해랑이 고개를 절레절레 저었다. 일단 이 어마어마한 사태를 진정시키려면 자신이 먼저 정신을 차려야만 했다.

좋아. 일단은 현재 상황 파악부터.

"……몇 권까지 회수했다고 했지?"

끝까지 어떻게든 해 보려는 해랑이었지만, 돌쇠의 눈에는 그 노력이 참으로 불쌍해 보였다.

어차피 안 된다는데 자신 같았으면 진즉에 포기하고 다른 방법을 생각해 보겠다.

아니면 이참에 진짜 청혼을 해! 고백해! 결혼을 해! 딱 보니까 어차피 결국에는 그렇게 될 거 같은데, 좀 지름길을 선택해서 빨리 가면 어때!

"일단 추가 발행은 멈춘 상태지?"

"안 된다는 거, 빠른 시일 안에 다른 차기작을 내놓겠다는 조건으로 겨우겨우 막기는 했습니다."

"좋아. 그럼 일단 그건 됐고……."

사실은 대답도 해 주기 귀찮았다. 이러한 사태의 가장 큰 원인은 방청소를 해 놓지 않은 해랑의 죄가 가장 컸으니까. 결과적으로 보면 자신에게도 어느 정도의 책임이 있으니 이렇게 협조해 주고 있는 거지, 솔직히 말하자면 돌쇠는 때려치우고 싶은 마음이 가장 컸다.

물어보니 일단 대답을 해 주기는 하지만, 돌쇠는 이미 마음의 문을 닫은 상태였다. 절대 불가능이다.

해랑은 어떻게 해도 손쓸 방법이 없을 것이다. 아, 진짜. 이제 방법이 없다 해도 그러네. 제 말 좀 들으세요, 좀!

그러거나 말거나 여전히 혼자 희망에 부풀어 있는 해랑은 단호하게 명령했다.

"나머지도 서하연이 보기 전에 당장 회수해! 전부 다!"

"……어떻게 그래요…… 이미 이백 부가 나왔습니다."

벌써 이백 부가 나왔고, 나오기 무섭게 죄다 팔렸는데 그걸 어떻게 회수하라는 건지, 참. 누가 사 갔는지도 모르는 마당에.

한숨 소리가 방 안을 가득 메웠다. 방문에 기대어 있던 돌쇠는 그가 터무니없는 명령을 하는 지금 이 상황이 너무나도 피곤했다.

제발 생각 좀 하고 말하라고.

"원래는 예약만 해도 몇백 부였는데 다 취소하느라 고생이 이만 저만이 아니었다고 합니다."

"그럼 어떻게 하면 좋지……."

"그러니 걱정 안 하셔도 될 거 같습니다. 구하기 힘든 책이 되어 버렸으니 말입니다."

말을 안 해서 그렇지 조금 더 뒤를 이어 보자면, 갑자기 예약이 없던 일로 되는 바람에 초판으로 발행되었던 이백 부는 졸지에 한 정판이 되어서 더더욱 구하기가 어려운 책이 되어 버렸다.

"아무리 아가씨라고 해도 쉽게 구하실 수 없을 겁니다."

"……그럴까?"

해랑도 서서히 넘어오는 분위기였다.

여기서 더 확실하게 믿음을 줘야 했다. 돌쇠가 신뢰 가는 표정으로 고개를 끄덕이며 당당하게 대답했다.

"그럼요."

그리고 그 말이 아주 거짓은 아니었으니까……. 물론 그렇다고 서하연의 능력을 얕봤다가는 큰일이 날 수도 있었지만, 어쨌거나 제 아무리 그녀라고 해도 단시간에 그 책을 구하는 것은 힘들 것이다.

"해랑 님."

호랑이도 제 말을 하면 온다더니.

방문 밖에서 들려오는 하연의 목소리에 엎드려 있던 해랑이 벌떡 일어났다.

맞다. 그러고 보니 곧 있으면 수업 시간. 최대한 티를 내지 않고 평소와 마찬가지로 완벽하게 수업을 들어······.

"이번에 신작 내셨어요?"

해랑의 다짐이 무너져 내리는 소리가 들려왔다.

방문을 열고 들어오기 무섭게 바로 핵심을 찌르기 시작하는 하연 때문에 그는 정신이 없었다. 뭐라고 대답을 하면 좋을지도 모르겠고, 그냥 눈앞이 깜깜했다.

아니, 신작 썼다는 말은 한 마디도 안 했는데 그걸 또 어떻게 안 거야!

물론 자신에게 관심이 있다는 말로 해석할 수도 있었다. 그건 기쁘지. 하지만 마냥 기뻐할 수만은 없는 것도 사실이었다.

"······그, 그게 왜?"

수업에 관련 없는 이야기는 이쯤에서 그만하고 빨리 수업이나 나가자는 의미에서 해랑은 일부러 책을 펴는 동작을 크게 했다.

그러나 그러한 수업 재촉도 했던 사람이 해야 효과가 있지.

수업 중에 한 번이라도 더 하연과 아무런 영양가 없는 사적인 대화를 나누려고 노력했던 그가 하니 금방 무시당하고 만다.

"그거 혹시 더 구할 수 있나 해서요."

결국 올 것이 오고야 말았다. 생각보다 더 빨리! 아니, 엄청나게 빨리.

지금 이 상황은 아까까지만 해도 해랑을 안심시켰던 돌쇠도 예상치 못한 건지, 그조차도 당황해하고 있었다.

"······."

이제 막 방 안에 들어온 여인 한 명 때문에 방 안에 있는 두 남자가 당황스러움에 풍덩하고 빠져 버렸다. 서로 시선을 주고받고 있는데 그 결과는 아무것도 없었다.

결국 모든 것을 포기한 돌쇠는 해랑에게 알아서 잘해 보라는 눈짓을 하고는, 자신은 수업에 방해되니 밖에서 기다리겠다는 치사한 변명을 대어 그 방에서 탈출하는 데에 성공했다.

나중에 해랑의 호통이 기다리고 있겠지만, 그에게는 일단 눈앞의 하연을 피하는 일이 더 급했다.

"해랑 님?"

"왜, 왜, 왜……?"

하연의 질문에 대답하는 그의 목소리가 한 번도 아니고 여러 번을 뛰어올랐다 내려오기를 반복했다.

분명 이 순간은 나중에, 그의 인생에 몇 번 있던 위기 중 하나로 기억될 것이라고 그는 믿어 의심치 않았다.

"책 구해 주실 수 있으시냐고요. 재고가 한 권도 없다 들어서요. 구하기도 힘들고……."

하연의 입장에서는 그래도 네가 쓴 거니 한 권 정도는 구해 줄 수 있지 않겠느냐, 라는 의미에서 던진 말이었지만 설령 구해 줄 수 있다고 해도 그럴 수 없는 게 그 책이었다. 다른 사람들이 다 읽어도 절대 읽어서는 안 되는 사람이 바로 서하연이란 말이다.

지금 해랑의 마음 같아서는 그 책을 금서로 지정해 버리고 싶은 심정이었다. 하지만 그러기에 그의 지위는 애매했고, 또 본인이 쓴 책을 스스로가 금서로 지정해 버리는 꼴 역시 우스웠다.

"아…… 안 될걸, 아마? 그거 일부러 한정판을 목적으로 딱 이백 부만 만든 거라……."

"그래도 원본이라든가 남아 있을 거 아니에요. 달라는 게 아니라 그냥 한번 읽어 보고 싶다는 건데……."

조금 삐진 건지 하연은 입을 삐죽 내밀고 웅얼거리듯 말했다.

그 전까지는 책도 주고 그랬으면서!

해랑도 그다지 마음이 편하지는 않았다. 하연의 부탁인데, 어떻게든 들어주고야 싶지. 하지만 이번만큼은!

"할 수 없지요, 뭐. 이백 권 한정이라고 하셨지요?"

"웅? 그, 그랬지……."

"제가 재주껏 구해 보는 수밖에요."

이제 그만 포기하나 싶었는데, 하연의 스스로 구해 보겠다는 말에 잠시나마 안도했던 해랑의 표정이 일그러졌다. 왜, 왜! 왜 하필이면 이 책에 그렇게 관심을 갖는 건데!!

어떻게든 말려야 했다. 다급해진 해랑은 팔을 뻗어 하연의 손을 잡으며 고개를 저었다.

"안 돼. 못 구할 거야, 아마. 그냥 포기하는 게 마음이 편할 거야."

"이 세상에 제가 못 하는 일은 없습니다."

"아니, 넌 못 구해. 너도 들었잖아? 그거 한정판이라고…… 그러니까 포기……."

사실 해랑은 이쯤에서 일단 진정을 하고 하연의 표정을 확인했어야 했다.

한편, 아까 방 밖으로 피신한 돌쇠는 문가에서 그들의 대화에 귀를 기울이고 있었다.

얼굴을 마주하고 대화를 하는 중인 해랑도 눈치채지 못한 어느 사실을 알아차린 문밖의 돌쇠는 한숨을 내쉬며 발을 동동 굴렀다. 이거 들어가, 말아?

노력해 보겠다는 하연에게 해랑은 연신 구할 수가 없으니까 포기하라고만 말했다.

결과는 불 보듯 뻔했다.

'해랑 님, 제발요. 그만. 거기까지만요. 너무 가시면 안 됩니다!'

그러나 돌쇠의 충고는 그에게 닿지 않았다. 결국 폭발한 하연이 인상을 찌푸렸고, 그녀는 당황한 해랑을 노려보기 시작했다.

"지금 저 무시하시는 겁니까?"

"이야기가 왜 또 그렇게 되는 거지?"

너는 안 된다느니 포기하라느니, 그녀가 싫어하는 말투성이. 뿐만 아니라 왠지 모르게 자신을 깎아내리는 느낌마저 든다. 이거 가만히 있을 수가 없지!

"제가 못 구할 거 같습니까? 제가 누군데요. 저 서하연입니다."

"알지. 잘 알지. 그런데……."

"허. 스승의 능력을 이리 무시하시니, 가만히 있을 수가 없군요."

또다시 시작된 '그런데'에 하연은 고개를 아예 돌려 버렸다. 그리고 이제부터는 수업을 시작할 테니 그에 관련되지 않은 대화는 하지 말라는 뜻으로 거칠게 책을 펼쳐 들었다.

"반드시 구해서, 해랑 님 앞에서 큰 소리로 읽어 드릴 테니 기다리세요."

그제야 해랑은 깨달았다.

아, 내가 무심코 서하연의 성격을 건드린 거구나. 내가 죄인이로 구나.

"그게 아니라……."

어떻게든 뒤늦게 수습을 해 보려고 했지만 이미 하연의 성격에는 불이 붙어 있었다.

"구할 수 있다 해도 그러시네요! 어디 한번 두고 보자고요!"

하연의 경쟁 심리를 건드리고 만 해랑은 절망적인 표정을 지으며 고개를 풀썩 숙였다. 그리고 그들의 대화를 처음부터 끝까지 방 밖에서 듣고 있던 돌쇠는 한숨을 내쉬며 고개를 저었다.

"그러게 왜 불을 붙이세요. 아주 불붙이고, 기름 붓고, 혼자서 참 잘하십니다!"

왜요. 그냥 아예 읽어 달라고 부탁을 하지 그러셨습니까?

*   *   *

"항의 들어왔어. 서하연."

열심히 매달려 있던 서류를 집어던지다시피 내려놓은 하연이 자 리에서 일어났다. 그리고 얼마 전의 실수는 그새 또 잊은 건지 깐죽 거리고 있는 령의 앞으로 걸어갔다.

령을 내려다보는 그녀의 시선이 상당히 반항적이다.

이에 베실베실 웃고 있던 령이 갑자기 무표정이 되었다. 그녀에 게서 살기 비슷한 걸 느낀 게 분명했다.

"……지금 '항의'라고 하셨습니까?"

"그래."

항의라니. 지금 누가 항의를 하고 싶은 심정인데! 미모를 버리고 이런 일벌레로 전락해 버린 자신에게 항의라니!

솔직히 이건 너무하지 않나 싶었다. 이 정도 미모면 국가에서도 지켜 줘야 할 거 아닌가? 이건 엄연한 훼손이었다.

그녀는 하나부터 열까지 마음에 들지 않았다. 주위에서는 계속해서 그녀를 경계하는 건지 '왜 지원서 제출 안 해?'라며 건드리고 있고, 해랑은 신작을 냈으면서도 자신에게 그에 대한 말은커녕 아예 구해다 줄 생각이 없고. 그래서 큰소리치며 스스로 구해 보려고 했는데 이게 또 쉽지가 않다.

하나부터 열까지…… 마음에 안 들어.

인상을 쓰고 있는 하연의 앞에, 무슨 생각인 건지 유령이 손가락 두 개를 펴며 약 올리듯 말했다.

"두 개가 들어왔는데, 뭐부터 들을래?"

그것도 하나가 아니라 두 개라니. 하나 받기도 힘든 항의가 두 개나 들어왔다니.

하연은 머리가 어질어질했다. 이거 진짜 휴가를 내 버릴까. 전에는 선배들이 달려들어 처량한 표정으로 말리는 바람에 포기했는데, 이거 정말…….

"어차피 둘 다 항의인 거잖아요."

"그건 그렇지. 하지만 높이 차이가 있어."

"높이요?"

"응. 하나는 좀 많이 높은 데에서 들어온 항의고, 하나는 엄청 높은 데에서 들어온 항의야. 뭐부터 들을래?"

그러니까 둘 다 높은 곳에서 들어온 항의라는 거네. 이거 참 망했다, 망했어. 다 내려놓아야겠다. 교육관도 때려치워야겠어. 집으로 돌아가자. 그리고 좀 쉬고 싶다.

하연이 고르기 전까지는 내용을 말할 생각이 없어 보이는 령은 그저 이 상황을 즐기며 웃고 있다.

둘 중 어느 한 가지도 듣고 싶은 마음은 없었지만 빨리 자리로 돌아가고 싶은 하연은 선택의 여지가 없다. 들어야지 어쩌겠어.

"······그럼 일단은 그나마 낮은 거부터 부탁드립니다."

매도 먼저 맞는 게 낫다는 말이 있지 않은가. 물론 이 경우에는 둘 다 매지만.

그녀의 말에 높은 데에서 들어온 항의를 발표하겠다며 무게를 잡던 령의 두 눈이 번뜩였다.

"청화궁에서 항의가 들어왔어. 곧 있으면 정식 교육관이 선발될 텐데, 임시 교육관은 공정성에 어긋나지 않느냐고."

"아······ 네."

이런, 환 님이 손을 쓴 게 분명해.

"그래서 영희궁에 계시는 도깨비께서 난리가 나겠지만, 해랑 님의 임시 교육관은 번갈아 가며 하기로 했어. 그러니까 네가 잘 말씀드려 줘."

"알겠습니다."

대답은 했지만 걱정되지 않는다고 하면 그건 거짓말. 하연은 불안했다. 과연 해랑이 이해를 해 줄까. 자신이 많이 노력할 수밖에.

"자, 그러면 두 번째 항의. 이건 중앙궁에서 들어온 건데……."

중앙궁?

중앙궁이라는 말에 하연의 머릿속에 딱 떠오른 인물이 한 명. 그리고 그분께서 하셨다는 항의 내용 역시 대충 짐작이 갔다.

"너 지원서 언제 낼 거야?"

역시나. 이걸 줄 알았어.

"……."

그 말에 안 듣는 척하면서 그들의 대화를 듣고 있던 다른 관리들이 움찔했다.

안 그래도 신경 쓰이는 문제인데 이렇게 령이 물어봐 주니 속이 시원해지는 거 같았다. 그리고 그녀의 대답이 궁금해서 미칠 거 같았다.

다른 이들은 발을 동동 구르고 있는데 오직 하연만은 태연하다. 삐딱하게 령을 바라보고 섰다.

"마감일을 잊은 건 아니겠지? 지금 여유 부릴 때가 아니야. 지원서 내일까지라고. 알아?"

"안 잊었습니다."

"혹시 주인공 심리, 뭐 그런 거야? 주인공은 나중에 등장한다느니 뭐 그런 유치한 설정 짜고 있는 건 아니지?"

말도 안 되는 소릴 늘어놓으며 저 혼자 웃기다고 배를 잡고 있는 령을 바라보는 하연의 눈빛이 심상치 않다.

저 입을 확 찢어 놓고 싶었다. 아니, 꿰매 버리고 싶었다. 저 인간은 입을 찢어도 바람 새는 소리로 떠들게 분명하니까.

"마감일을 모를 리가 없지 않습니까."

"그럼 왜 안 내는 건데?"

"안 내는 데에 이유가 뭐 있겠습니까?"

"……이유가 뭔데."

"할 생각이 없으니까 안 내는 겁니다."

그 말에 베실베실 웃던 령의 입가가 파르르 떨렸다. 그러고는 표정이 싹 굳어 버렸다. 반면에 그들의 이야기에 귀를 기울이고 있던 다른 관리들의 눈은 반짝였다.

최고의 경쟁 상대가 사라진 거나 마찬가지. 이것은 곧 그들에게는 기회였다.

"……해랑 님은 아셔?"

"나중에 말씀드리려고요."

"놀라시겠네. 깜짝 선물이겠어, 아주. 정신 줄 놓아 버리시는 거 아니야?"

유령은 미치고 펄쩍 뛸 거 같았다. 설마 할 생각이 없어서 그랬다는 답변이 나올 줄이야.

지금 이 항의는 그녀가 아직도 지원서를 내지 않았다는 소식을 들은 신후왕이 직접 보내온 항의였다.

그런데 본인에게 할 생각이 없다니.

"도대체 왜 그러는 건데?"

왕까지 나서며 그녀가 정식 교육관 자리에 오르는 것을 바라고 있는데.

"저도 제가 뭘 원하고 있는 이 모르겠어요."

"그게 무슨 소리야?"

"몇 개월까지만 해도, 분명히 저는 이 일을 아주 싫어했었어요."

맨 처음 궐에 들어오라는 신후왕의 끈질긴 요구를 받았을 때, 하연은 정말이지 교육관이고 뭐고 되고 싶은 생각이 추호도 없었다.

"'3개월만 하고 나가 주겠어!' 하고 다짐했는데, 어느새 완전히 녹아들었어요. 서하연은 이런 사람이 아니었는데."

결국에는 자신의 정체성에 대해 혼란스러워하고 있다는 그녀의 말에 령은 고개를 풀썩 숙여버렸다. 지금 이 상태에서 강압적으로 하라고 밀어붙일 수는 없었다. 그녀 스스로 하고 싶은 마음이 든다면 모를까.

안 되겠다. 그녀에게는 진지하게 한번 이 문제에 대해 생각해 볼 시간이 필요했다.

"너 전에 휴가 달라고 했었지."

"네?"

"며칠 시간을 줄게. 그동안 일에서 손을 떼고, 진지하게 생각해 봐. 중요한 문제니까."

*   *   *

"서하연 교육관님!"

해랑에게 당분간 휴가라는 말을 통보하듯 툭 던져놓고 밖으로 나오던 길이었다.

때마침 영회궁에 오는 길이었다는 환과 마주친 것이다.

다른 때였다면 눈치를 보며 자리를 피하거나 했을 텐데 지금은 달랐다. 오히려 그녀는 그를 반겼다. 이는 절대 오랜만에 만났기 때문이 아니었다.

"휴가라고 들었습니다."

"교육관 한 명 휴가 간다고, 왜들 이리 난리인지 모르겠습니다."

그녀가 어색하게 웃으며 말했다.

아니, 우선은 그것보다도.

가만히 환을 바라보고 있던 하연은 문득 잊고 있던 다른 문제 하나가 떠올랐다. 무작정 피할 게 아니라, 차라리 잘된 상황이었다.

"이리 만날 수 있어서 참 다행입니다."

"네?"

갑작스러운 하연의 말에 환은 당황했다. 잘못 들으면, 아니 아무리 제대로 들어 봐도 방금 그 말은 자신이 보고 싶었다는 말이 아닌가.

"저에게 볼일이라도 있으셨습니까?"

환이 활짝 웃으며 물었다.

"네. 부탁드릴 게 하나 있는데요."

부탁이라. 그녀가 자신에게 할 부탁이라면 이제는 어느 정도 짐작이 갔다.

"어차피 책과 관련된 거겠지요?"

그 질문에 하연은 고개를 끄덕였다.

역시. 그럴 줄 알았어.

그런데 단순히 책을 빌려 달라는 것치고는 반응이 이상했다. 그녀는 너무나도 진지했다. 잠시 망설이던 하연은 다시 한 번 고민했다. 환이 성공하지 못해도 뭐라고 말을 못 할 정도로, 지금부터 자신이 할 부탁은 매우 어려웠다.

"전에 그러셨지요? 못 구하는 책이 없으시다고."

"그랬지요."

"그럼 저 책 한 권만 구해 주세요."

그에게 손을 내밀었다는 걸 해랑이 알면 분명히 싫어하겠지만 그녀도 어쩔 수가 없었다. 딱히 좋은 방법이 떠오르지 않았으니까. 그렇다고 해랑에게 부탁할 수도 없는 문제였다.

"어떤 책인데요?"

"미리 말씀드리지만, 정말 구하기 힘든 책입니다."

해랑이 그렇게 호언장담을 한 이유가 있었다.

'무향의 신작'이란 정말 구하기 힘들었다. 도대체 뭘 썼기에 저렇게까지 감추는 건가 더더욱 궁금해졌다.

"한번 노력해 보겠습니다."

그 역시도 힘들겠지만, 그래도 아무것도 안 하는 것보다는 나았으니. 분명 책방 주인의 말에 따르면 책 뒤에 그가 쓴 연서가 들어가 있다고 했다. 누구에게 쓴 건지는 아직 몰라 확신할 수는 없었지만.

"그래서, 원하시는 책이 어떤 책입니까?"

그녀가 씨익 웃으며 말했다.

"무향이라는 작가의 최신작이요."

十六花
또 다른 꿈

"……."

눈을 뜬 하연은 멍하니 누워, 천장을 올려다보았다.

창밖에서 들어오는 밝은 빛에 잠시 인상을 찌푸리며 이불을 머리끝까지 끌어올려 덮던 그녀가 뭔가 이상하다는 걸 느끼고, 잠시 두 눈을 깜빡인다.

뭐지? 이쯤 되면 강우 형님의 '그만 일어나지 못해?!'라는 잔소리가 들려야 하는 게 정상인데 밖은 너무 조용했다.

그 상태로 잠시 멍하니 있던 하연은 벌떡 일어났다.

"늦었다! 아침 조회!!"

내가 미쳤지! 지금 이러고 있을 때가 아닌데! 늦잠이라니. 강우 형님은 왜 안 깨워 준 거지. 아침 조회에 늦으면 분명 부장이 한 소리…….

이불을 박차고 요란하게 문을 열며 밖으로 나간 하연은 또 한 번 굳고 말았다.

익숙하지 않은 풍경이 그녀의 눈앞에 펼쳐져 있다. 아니, 정확하게 말하면 익숙했다. 그러나 요 근래 익숙했던 풍경은 아니다.

그녀의 눈앞에는 3개의 관으로 향하는 문이 아닌 넓은 마당이 펼쳐져 있었다. 그리고 책을 들고 돌아다니고 있을 예문관 관리가 아닌, 소쿠리를 들고 마당을 지나고 있던 아주머니가 한 분. 그녀가 어렸을 때부터 그녀를 돌봐 줬던 유모가 놀란 표정으로 자신을 바라보고 있다.

"응? 아가씨, 왜 이렇게 일찍 일어나셨어요?"

"아니, 그냥……."

그제야 하연은 제정신이 돌아왔다.

맞다. 그러고 보니 나, 휴가였지 참.

"해랑 님은 별일 없겠지……."

요즘 들어서는 혼자 있어도 알아서 꼬박꼬박 공부도 하는 거 같고, 전과 같이 하루 종일 놀거나 그러지도 않는 거 같으니까.

그래, 사람이 독립을 해야지 언제까지고 내가 곁에 있을 수는 없으니까 말이야.

"아가씨, 오늘은 궐에 안 가시는 거지요? 뭐 하실 생각이세요?"

"글쎄…… 일단은 좀 쉴까 하는데……."

요즘 하루 종일 일하느라 바빠서 조금의 여가 시간도 갖지 못했다. 당시에 하고 싶은 건 많았는데, 막상 여유가 생기니 뭘 해야 할지 모르겠다.

"특별한 일정은 없으신 거죠? 그럼 장에라도 나가실래요?"

"장이라……."

"기분이 안 좋으신 거 같아서요. 오랜만에 장에 나가서 옷도 보고, 예쁜 장신구도 보고! 아가씨 그러면 기분 좋아지셨잖아요."

"그럴까, 그럼?"

하연은 못 이기는 척 자리에서 일어났다.

그래, 이미 떠났는데 궐에서 난리가 났든 말든 무슨 상관이람. 물론 여전히 해랑은 신경 쓰였지만.

준비하고 나올 테니 잠시만 기다리는 말을 한 하연은 다시 방 안으로 들어갔다. 그러고는 세안을 하고 옷을 갈아입고 머리를 빗고는 나왔다.

밖에 나오니 기다리고 있던 유모가 조금은 의아하다는 표정으로 하연을 바라보기 시작한다. 그 시선에 하연은 고개를 갸웃거리며 왜 그러느냐는 듯 눈을 깜빡거렸다.

"아니요. 그냥…… 준비가 빠르시네요."

"응?"

"아니, 예전이었으면 적어도 준비에만 반 시진은 걸리셨잖아요. 어머, 화장도 안 하셨네요?"

망할. 이게 다 예문관 신입생으로 있던 때의 습관 때문이야.

"잠깐만 기다려."

두 번째로 기다리라는 말을 한 하연은 다시 방으로 들어갔다.

그리고 자리에 앉아, 경대를 끌어다가 늘 그랬던 것처럼 한참 동안 화장을 하는데 점점 뭔가가 이상하다는 생각이 들었다.

거울 속에 있는 건 분명 자신인데, 이상하게도 그 모습이 어색했다.

결국 하연은 화장을 다 끝내지 않고 자리에서 일어났다.

*　　*　　*

"차라리 집에 있을 거 그랬어."

"얼마나 걸었다고 그러시는 거예요?"

힘들다. 힘들어.

하연은 한숨을 내쉬었다. 유모는 이미 저 멀리까지 앞서간 상태였다. 그 뒤를 필사적으로 쫓으며 차라리 예문관에서 잔업을 돕는 게 더 나았을 거 같다는 생각까지 들었다.

"응? 아가씨? 뭘 그렇게 보세요?"

멍하니 자리에 선 하연이 어느 한 곳을 바라보고 있다. 이를 이상하게 여긴 유모가 재빠르게 그녀에게 다가오더니 물었다.

"여기 위치 괜찮다."

"네?"

"궐이랑 가까운 데다가 시장의 중간에 있고."

"건물이라도 사시려고요?"

갑자기 땅 투자라도 할 생각이냐는 유모의 질문에 하연은 고개를 가로저었다.

"입지가 좋기는 하네요. 그런데 비싸겠어요. 크기도 커 보이고."

"한 얼마 정도 할까?"

"그 자리는 포기하시는 게 좋을 겁니다."

갑자기 들려오는 말소리에 하연은 고개를 돌렸다. 뒤돌아보니 바로 앞, 맞은편에 위치한 작은 가게 주인이 껄껄 웃으며 그들에게 다가왔다.

"왜요?"

하연의 질문이 약간은 날카로워졌다.

갖겠다고 한 적도 없는데, 처음부터 가질 수 없을 거라는 말을 들으니 괜한 오기가 생기잖아.

"워낙 땅 자리가 좋아서 말입니다. 나라에서 사들인 장소거든요."

"나라에서요?"

"한 마디로 임금님 땅이라는 말입니다, 아가씨. 허허. 임금님 땅을 무슨 수로 손에 넣을 수 있겠어요."

"아……."

하연은 조용히 웃었다. 참 이상하게도, 임금님의 소유니 포기하라는 가게 주인의 말과는 반대로 그 말을 듣자 오히려 더 만만하게 보였기 때문이다.

"나라면 할 수 있는데."

"예?"

"아니요. 그냥 그렇다고요. 유모, 빨리 가자. 피곤하다."

이게 다 가만히 앉아서 일하는 거에 익숙해져서 그런 거야.

분명 살도 쪘을 거야. 사람들이 말을 하지 않아서 그렇지, 못생겨진 게 분명해.

그 뒤로도 유모는 하연을 데리고 옷가게나 장신구 가게들을 들렀지만, 예쁜 옷이나 장신구를 봐도 들뜨기는커녕 오히려 재미없었다.

그것은 하연에게 있어서 큰 변화였다.

그렇게 얼마를 돌아다녔을까. 옷과 장신구에도 별다른 반응을 보이지 않던 하연의 걸음이 멈춘 곳은 집 근처에 있는 작은 책방이었다.

가게 안이 어쩐지 소란스럽다.

"아가씨!"

저를 붙잡는 유모의 손까지 뿌리치며 안으로 들어선 하연의 눈앞에, 웬 작은 여자아이와 남자아이가 실랑이하는 모습이 펼쳐졌다.

"아, 글쎄 제가 먼저 집었다고요!"

둘 사이에서 책 한 권을 들고 난감해하고 있는 책방 주인을 보아하니, 하나의 책을 갖고 벌어진 다툼인 모양이었다.

"제가 먼저 집었다고요!"

작은 여자아이가 큰 소리로 외쳤다. 그러자 상대 남자아이 역시 큰 소리로 외쳤다.

"먼저 집은 사람이 우선이라는 법이 어디 있어!"

한 권밖에 남지 않은 책 때문에 벌어진 다툼이라. 이런 작은 책방에는 도서 보유량이 적었기 때문에 드문 광경은 아니었다.

괜히 남의 문제에 끼어들지 말자는 현명한 판단을 내린 하연이 돌아서려던 그때였다.

"저기, 꼬마 아가씨. 이 책은 난이도도 꽤 높다고. 어차피 읽어 봤자 이해도 안 될 텐데 우리 도련님에게 양보하면 어떨까, 응?"

"그런 게 어디 있어요!"

지금 이게 무슨 소리래.

"아니, 계집아이가 무슨 공부를 한다는 거는 거야, 공부는!"

놀란 하연이 걸음을 멈췄다. 뿐만 아니라 돌아서 울먹이는 작은 여자아이를 달래고 있는 주인에게로 곧장 다가갔다.

주인도 그렇고 몰려 있던 구경꾼도 그렇고, 하나같이 남자아이 편을 드는 이상한 상황이었다.

"여자는 공부를 하면 안 된다고, 누가 결정한 거죠?"

그녀의 등장에 네가 뭔데 함부로 끼어드느냐는 식으로 말하며 하연을 향해 고개를 돌린 주인의 낯빛이 하얗게 변했다.

안 그래도 최근 궐에 들어간 일 때문에 더더욱 유명해진 서하연이 제 눈앞에 있었다. 심지어 방금 그 발언은 하연의 화를 끌어내기에 충분했다.

그 자리에서 한바탕 주인에게 한 소리를 퍼부어 준 하연은 문제의 책을 구매해 여자아이의 품에 안겨 주고는 씩씩거리며 책방을 나섰다. 이 작은 소동은 그렇게 막을 내렸다.

"변한 게 없어."

그녀는 생각했다.

신후왕은 거짓말쟁이였다. 분명 자신이 교육관이 되면 세상이 바뀔 거라 그렇게 자신만만하더니 밖에 나와 보니 결과적으로는 달라진 게 없었다.

책방을 나서 여전히 풀리지 않는 분을 삭이며 집으로 향하던 하연이 갑자기 우뚝 멈춰 섰다. 어느새 시간은 해질녘, 빨리 집에 돌아가자며 유모가 그녀를 재촉했지만 하연은 움직일 생각을 안 했다.

　그녀는 머릿속이 복잡했다. 아까 그 장면에 대한 화가 아직도 풀려 있지 않았고, 또 하필이면 며칠 전 환이 했던 말이 떠올랐기 때문이었다.

　'당신이 있지 않습니까?'

　'당신도 이 나라의 어엿한 교육관입니다.'

　'영희궁의 도깨비라 불리는 녀석도 가르치면서, 자신 없으
　신 겁니까?'

　그래, 단순히 저 하나가 교육관이 되었다고 사회 전체가 바뀐다는 건 애초에 불가능한 일이었다. 그 이상의 행동을 보여야만 했다.

　"돌아갈래."

　"예?"

　그녀의 작은 중얼거림에 연신 왜 그러냐고 묻던 유모가 고개를 갸웃거렸다. 안 그래도 지금 집에 돌아가는 길이라는 그녀의 말에 하연이 싱긋 웃으며 말했다.

　"아니, 궐로."

　채 하루도 안 되어 끝난 그녀의 달콤한 휴가였다.

　　　　　＊　　　＊　　　＊

　"아직 마감 안 됐죠?"

하연의 말에 유령은 고개를 풀썩 떨구었다. 심장이 멎는 줄 알았네.

크게 티는 내지 않으려 노력했지만, 솔직히 하연이 할 생각이 없다고 말했을 때는 어째야 하나 고민이 이만저만 아니었다.

하지만 그는 알고 있었다. 말을 안 해서 그렇지, 위쪽은 지금 난리도 아니었다.

"그래, 아직 받고 있어."

"알겠습니다. 지원하겠습니다."

지원하겠다는 말에 령의 표정이 활짝 피어났다.

도대체 밖에서 무슨 일이 있었던 거지? 무엇 때문에 몇 시간 만에 마음이 바뀐 거냐고.

"맞다. 부장, 이것 좀 봐 주세요."

그녀의 마음이 변한 원인을 파악 중이던 유령이 하연이 내민 종이로 시선을 내렸다. 맨 위에 적힌, 제목으로 추정되는 문구를 읽던 그가 고개를 갸우뚱했다.

"새로운 교육 기획안?"

"네."

령은 고개를 들어 하연을 바라봤다. 잔뜩 기대에 부풀어 좀처럼 가만히 있지 못하는 그녀를.

예문관으로 돌아온 게 바로 어제인데, 벌써 새로운 기획안인가 뭔가를 들이밀고 있는 그녀가 대단하다는 생각이 들었다.

이럴 줄 알았으면 그녀의 부재중에 쌓인 일을 대신 해 주는 게 아니었는데. 다음부터는 절대 도와주지 말아야지.

"……."

령은 잠시 생각에 잠겼다.

지금 자신의 손에는 '패기 넘치는 신입의 기획서'라는 것이 들려 있었고, 그 기획서의 작성자인 하연은 그의 부하 직원이었다.

"이번 국시에서 여인들을 합격시킬 거예요. 좋은 기회예요."

만약 다른 이들이었다면 그녀의 이런 발언에 놀라거나 말이 안 된다며 말렸을 텐데, 그녀를 너무나도 잘 알고 있는 강우와 마침 일을 끝내고 돌아와 있던 령은 그러지 않았다. 그들은 재미있는 말을 들었다는 듯 웃고 있었다.

그래, 바로 이게 서하연이지.

하지만.

"서하연, 좋은 생각인 거 같기는 한데 말이지…… 몇 가지 문제가 있어. 우선은 말이 쉽지 그게 정말 가능할지 모르겠다는 거야. 여인이 국시의 벽을 넘기란 매우 힘든 일이니까. 물론 넌 예외지만."

발언 자체는 아주 흥미로워서 괜찮았다. 하지만 이는 도전이다.

그럴싸한 말뿐만이 아니라 그것이 현실적으로 정말 가능한지 객관적으로 살펴볼 필요가 있었다.

천유국의 여인들은 대부분 근처의 작은 서당이나 집에서 글을 떼고 나면 간단하게 책 몇 권 정도 읽는 것으로 공부에서 손을 놓고, 스스로도 더 이상의 배움을 필요로 하지 않았기 때문인지 그들에게 국시의 벽은 너무나도 높았다.

물론 하연이 국시에 당당히 수석으로 합격해 예문관의 대신이 되었다는 말이 여인들 사이에서 무언가를 배우고자 하는 의지에 불을 붙였지만, 아직 그것이 빛을 발하기에는 너무 이른 감이 있었다.

실제로 저번 국시에서도 여성 지원자들은 많았지만, 합격자는 단 한 명도 없었다.

"무슨 생각이 있는지는 모르겠지만, 고작 열흘 남은 상황인데 가능하겠어?"

하연이 지금 무슨 생각을 하고 있는지 그녀의 상사인 령이 모를 리가 없었다. 그러니까 지금 여인 합격자를 만들어 내겠다는 말인데, 오랜 시간을 공부한 사람도 단번에 합격하기 어려운 국시를 고작 열흘 가지고 어떻게 해 보겠다니. 포부가 커도 너무 크다.

"확실히 시간이 촉박하기는 한데, 해 보는 데까지는 해 봐야죠."

"아무리 그래도……."

"그리고 그 열흘 동안 제가 직접 그녀들을 가르칠 겁니다."

하연의 말에 고개를 끄덕이던 유령이 갑자기 두 눈을 가늘게 뜬 채 그녀를 바라봤다.

"예문관의 교육관이, 궐 밖의 일반인을 가르치는 건 국법으로 금지되어 있어. 그건 너도 잘 알고 있을 텐데?"

"그래서 부장님께 부탁하고 있는 거잖아요."

"나보고 눈감아 달라?"

"네."

령은 너무나도 당당하게 어려운 걸 요구하고 있는 하연이 어이가 없으면서도 무서웠다.

"저는 그게 마음에 안 들어요. 머리 좋은 사람들을 모두 궐 안에 모아 놓고, 권력이 있는 사람들을 교육시킨다니. 반면 궐 밖에 있는 일반인들은 그들에게 교육을 받지 못하고요. 결국에는 권력이 세습되는 꼴이에요."

"……하지만 여성 관리가 더 늘어난다고 해도, 달라질 건 없어 보이는데?"

"왜 없어요. 매번 국시에서 여성 관리들을 합격시키면 결국에는 성비가 균등해지는 수준까지 될 거예요. 그렇게 되면 전하께서 바라시던 여성 인재 등용의 길이 완벽하게 열리는 거겠죠."

"그야 그렇겠지만……."

"이 나라는 여자들이 제대로 공부를 할 수 없는 상황이에요. 단지 국시를 볼 기회가 주어진 것만으로 평등이라고 할 수는 없다고요."

하연은 자신이 지금 이곳까지 오를 수가 있었던 건 자신의 아버지 덕분이라고 생각했다. 아무래도 부친이 교육관이다 보니 그녀가 원하는 책을 읽어도 뭐라 하지 않았고, 공부 역시 직접 가르쳐 주시기까지 했다.

그런데 그건 결국 자신이 운이 좋기 때문이 아니던가. 다른 평민들의 입장은 또 다를 것이다.

이걸 어째야 하나 고민하듯 입술을 깨물던 령이 한숨을 내쉬었다.

"아, 반대하고 싶어도 너무 재미있는 내용이라 반대할 수가 없잖아."

"그렇지요. 그렇지요?"

"하지만 문제가 있어. 네 일이야 내가 대신 부담해 준다고 해도, 대신들이 네 부재를 알아차리면? 네가 여자들을 모아 놓고 비밀 수업을 하고 있다는 걸 들키면 안 되잖아."

"그건 다 생각이 있으니 걱정 마세요! 그럼 전 일단 신청서 제출하고 올게요."

예문관 교육관이라. 절대 하고 싶지 않았지만 어쩌다 보니 하게 되었다. 그런데 막상 해 보니 이게 꽤 재미있더라. 그러나 시간이 흐르며 하연은 자신이 이곳에 있는 의미에 대해 진지하게 생각하게 되었고, 고민이 끝났다.

그녀는 이 끔찍하게만 여겼던 예문관 교육관이라는 이름과 자리가 필요했다.

새롭게 생겨 버린 또 다른 꿈을 이루기 위해서.

*　　*　　*

"해랑 님! 해랑 님!"

"전하! 전하!"

"환 님! 환 님!"

아주 난리도 아니었다.

특히나 지금처럼 이렇게, 세 개의 궁이 동시에 소란스러운 건 거의 처음 있는 일이 아닌가 싶을 정도였다.

이 세 개의 궐이 난리가 난 건 같은 이유 때문이었다.

"드디어 하연 아가씨께서 정식 교육관 후보 명단에 이름을 올렸습니다!"

궐에 다시 돌아와 한시름 덜었지만, 그래도 그녀의 정식 교육관 문제를 포기할 수 없어 하루 종일 끙끙거리던 신후왕. 그리고 하연을 정식 교육관으로 두고 싶어 일부러 다른 후보들은 거들떠보지도 않고 버티고 있었던 환. 마지막으로 하연이 아니면 뭐든 싫다는 엄청난 집착을 보이던 해랑.

이 모든 이들에게 있어, 정말 좋은 소식이 아닐 수 없었다.

청화궁 안을 산책 중이던 환은 운에게서 이 기쁜 소식을 듣기 무섭게 표정이 활짝 펴졌다.

"그래?"

"예. 명단에 이름이 올라가는 걸 두 눈으로 똑똑히 확인하고 오는 길입니다."

환의 미소에 운 역시도 마음이 한결 가벼워지는 거 같았다.

물론 본인은 변하지 않았다고 하지만, 요즘 들어 짜증이 늘어나 그걸 받아주는 일도 이제는 지쳤기 때문이었다.

"좋아. 그러면."

표정이 밝아진 환이 다급히, 그리고 큰 소리로 운에게 명령을 내렸다.

"서하연 교육관님께 수업을 받겠다고 전해라."

"예. 알겠습니다."

운이 바로 고개를 끄덕였다.

다시 예문관으로 가야 했지만 괜찮았다. 전혀 귀찮지 않았다. 오히려 발걸음이 가벼웠다.

한편 서하연 바라기로 유명한 해랑이 있는 영희궁 역시, 다급한 돌쇠의 목소리가 한가득 울려 퍼졌다.

"해랑 님! 해랑 님!"

곧장 해랑의 방으로 달려간 돌쇠는, 문을 두드리는 것까지 잊을 정도로 들떠 있었다. 그만큼이나 자신이 갖고 온 소식은 엄청난 것이었다.

돌쇠가 벌컥 문을 열고 안으로 들어서니, 어울리지 않게 조용히 독서 중이던 해랑은 그를 흘겨보기 시작했다.

그러거나 말거나.

"해랑 님! 제가 아주 좋은 소식을 갖고 왔습니다!"

"알아. 서하연의 이름이 명단에 올랐다며. 다른 건 볼 필요도 없어 당장 하연에게 교육받겠다고 전해."

사람 기운 빠지게 말이야, 기껏 이렇게 달려왔는데 반응이 너무 차가운 거 아닌가……라고 평소라면 툴툴거렸을 돌쇠는 여전히 활짝 웃고 있었다.

"아, 물론 그 이야기도 있지만……."

해랑은 책에서 시선을 떼고 그를 돌아봤다.

아무래도 돌쇠가 가지고 왔다는 엄청난 소식은 서하연의 이야기가 아닌 모양이었다.

그럼 뭐? 그 외에 이 녀석이 이렇게까지 흥분할 일이 또 있나?

그제야 해랑은 돌쇠가 갖고 왔다는 소식이 궁금해졌다.

빨리 말하라는 해랑의 재촉에 잠시 숨을 돌리던 돌쇠가 큰 소리로 외쳤다.

"성공했습니다!!"

"뭘."

아, 답답해. 뭘 성공했는데.

"그 책 이백 권 말입니다! 모두 회수했다고 방금 책방에서 전갈이 왔습니다!"

그 말이 끝나기 무섭게 해랑은 벌떡 일어났다. 그러고는 믿기지 않는다는 표정으로 멍하니 돌쇠를 바라보고 섰다.

"……정말?"

그 명령을 내렸을 때는 스스로도 좀 그랬는데, 설마 정말로 성공했을 줄이야!

"예. 그 책을 구입하신 이백 분에게 책을 반납하시면 차기작을 우선적으로 드린다는 광고를 냈더니 많은 분들이 오셨다고 합니다. 물론 그중에서는 그냥 갖고 있겠다는 분들도 계셔서 애를 먹기는 했지만."

오늘 따라 너무 좋은 소식들만 들려오는 거 같아 기쁘기도 했지만, 한편으로는 괜히 불안하기도 했다.

"어쨌든 정말 다행이다. 이제 서하연은 그 책을 절대 찾지 못할 거야."

그래. 일단은 지금 이 기쁨을 누리자!

하연도 돌아왔고 정식 교육관 신청에 그 이름을 넣었고, 심지어는 걱정했던 책까지 모두 회수가 되었단다.

이럴 때 기뻐해야지. 암.

十七花
려화(麗花)

웅성웅성.

이유 모를 불편한 기분으로 예문관에 돌아온 하연이었다.

그런데 이상하다. 예문관 분위기가 익숙하게도 이상했다. 평소
와 달리 사람들이 삼삼오오 모여서 웅성이기 바쁘다.

고개를 갸웃거리며 안으로 들어서니, 웅성이던 소음이 삽시간에
잦아들고 모두의 시선이 하연을 향했다.

"……무슨 일 있어요?"

요즘 들어 문제 많은 예문관이었다. 물론 그 문제의 원인은 거의
다 서하연, 그녀였지만.

짐작하건대 이번에 생긴 문제 역시 자신 때문에 벌어진 문제일
거 같았다.

"서하연."

그때 1, 2, 3관 모두가 모인 건지 엄청난 인파 속을 헤치며 다가오는 부장의 모습이 보였다.

"예문관 사람들이 전부 모인 거 같은데요?"

왜 다 밖에 나와 있냐고 물으니 부장은 대답 없이 고개를 끄덕였다. 그러고는 한쪽 벽을 가리켰다. 그 방향으로 고개를 돌리니, 보이는 건 벽에 붙은 종이. 딱 봐도 공고문이었다.

오후에 나온다던 결과 발표인가 본데, 다들 왜 이런 반응인지 모르겠다.

"셋 중의 두 분이 저를 선택해서 이러는 거예요?"

그 정도는 다 예상했잖아. 새삼스럽게 왜 이래?

하연은 어느새 자신의 옆에 다가온 강우를 바라보며 물었다. 다들 너무하는 거 아니냐는 표정으로.

"아니야. 틀렸어, 서하연. 두 명이 아니야."

"네?"

팔짱을 꼰 채 그 종이를 노려보듯 읽어 내리던 강우가 고개를 저었다. 지금 강우는 두 명이 아니라고 했다. 분명 해랑과 환이 자신에게 신청서를 넣을 거라 예상했던 하연이었기에 그 말은 조금은 충격이었다.

그런 하연에게 강우가 말하길.

"셋이야."

"……네?!"

"세 명이 다 널 선택했어."

"잠깐. 어떻게 세 명이 되는데요?"

하연이 말도 안 된다며 종이 앞으로 다가갔다. 그러자 그 앞을 가로막고 있던 사람들이 알아서 길을 내주었고, 덕분에 그녀는 빨리 그 앞으로 다가갈 수 있었다.

정말이었다. 강우의 말대로 왼쪽에는 이름이 세 개가 있었지만, 오른쪽에는 자신의 이름 하나만 달랑. 도대체 일이 어떻게 돌아가고 있는 거지?

이해할 수 없는 이름을 발견한 하연은 령을 돌아봤다. 그러자 뻐딱하게 팔짱을 낀 령이 자신도 예상 밖의 일이라며 대답했다.

"첫 번째 왕자 저하, 시현우 님께서 지금 천유국에 돌아 오셨대."

*　　　*　　　*

"이 일을 어찌하면 좋단 말입니까?"

"세 분이 모두 한 곳으로 몰리다니요."

또다시 예문관 대신들의 은밀한 회의가 시작되었다. 물론 이번 회의의 주제 역시 서하연과 관련 있는 문제.

이거 정말 점점 더 탐이 나는 아이였다.

세 명의 왕자에게 선택을 받은 아이를 우리 집 며느리로 들일 수만 있다면! 아니, 일단 지금 중요한 건 이게 아니었다.

"이제 어떻게 해야 할까요?"

"어쩌긴요. 규정대로 해야지요."

"그래야겠지요? 그럼 서하연이 한 명을 선택하는 것으로……."

"……."

모두가 그래야 한다는 건 알고 있었지만 왠지 모르게 탐탁지 않았다.

교육관 한 명이 두 명의 왕자 중 한 명을 고르는 모습도 보기가 좀 그런데, 모든 왕자들을 손에 쥐고 있다니 더더욱 그랬다.

"……자칫 잘못하면 천유국 왕자들이 미색에 빠졌다는 소문이 돌지도 모릅니다."

입을 다물고 있던 대신 중 한 명이 용기를 내어 말했다.

사실 이게 눈치 보느라 함부로 입 밖으로 내지 못하고 있어서 그렇지, 모두가 걱정하고 있던 문제였다.

물론 서하연의 능력을 모르는 건 아니다.

하지만 하필이면 그녀는 여인이었고, 그녀가 명단에 이름을 올리기 무섭게 이전까지만 해도 없었던 몰림 현상이 일어났다.

그녀의 아름다운 외모는 그 뛰어난 학식을 오히려 방해했던 것이다.

국민들이 이를 보고 무슨 생각을 할까? 천유국의 왕자들은 여자를 밝힌다고 소문이 나지 않을까? 벌써부터 교육관 한 명을 두고 싸움이 났다고 신나게 떠들어 대려나?

정말 걱정이 이만저만이 아니었다.

다들 한숨을 내쉬고 있는 와중에 어느 누군가가 불쑥 말했다.

"……그녀에게 남편이 있으면 문제없는 거 아닙니까?"

"……."

왜 이렇게 간단한 생각을 못 했을까?

서하연이 유부녀라고 한다면 문제 될 게 없어 보였다. 아무리 왕
자라고 해도 유부녀와 정분이 나는 건 법적으로 금지가 되어 있었
으니, 사적인 감정을 품는다면 바로 왕자 자리에서 내쫓길 게 분명
했다. 백성들도 이를 알고 있으니 괜한 오해를 하는 일은 없겠지.

그런데…….

"하연이 말을 들을까요?"

이게 문제였다. 정작 당사자가 혼인을 하려 들지가 문제였다.

"만약 한다면의 이야기지만, 그 경우에는 개인적으로 제 아들 녀
석이 그녀와 가장 어울린다고 생각합니다."

"아니, 그게 무슨 말씀이십니까. 외모로 보나 학식으로 보나 제
아들이…….."

아직 본인에게서 하겠다는 대답을 듣지도 못했는데, 갑자기 아
들 있는 대신들이 그녀의 신랑에 입후보하기 시작했다.

조용조용 대화를 하던 대신들의 목소리는 점점 높아졌고, 고위
대신들의 회의를 참관하고 있던 각 관의 대표, 부장들은 한심하다
는 얼굴로 그 광경을 지켜보고 있었다.

특히나 그들 틈에 끼어 있는 령은 한숨까지 내쉬었다.

대신들도 탐을 내며 이리 싸우면서, 왕자들이 싸우는 건 문제 삼
다니.

그뿐만이 아니다.

만약 영희궁의 도깨비가 지금 이곳에서 나누고 있는 대화 내용
을 알게 되는 날에는 이들 모두 그의 눈 밖에 나는 것과 다름없었
다.

그나저나 서하연도 참 대단하지. 도대체 얼마나 많은 사람들의 마음을 빼앗아 간 거야? 아니, 애초에 해랑과 환은 그렇다 치고, 지금까지 쭉 외국에 계셨던 시현우 님을 직접 만난 적은 없었을 텐데?

이제는 외국에까지 그녀의 소문이 퍼지고 만 건가…… 무섭다. 서하연.

"유 부장."

"예."

실컷 싸우는 도중 갑자기 자신의 이름이 불리자, 다른 생각 중이던 령이 급하게 고개를 들어 올렸다.

"유 부장은 어떻게 생각하지?"

"예? 제 생각이요?"

뜬금없이 왜 자신의 생각을 물어보는 거래?

"그래도 서하연의 상관 아닌가. 그녀에 대해서 뭐 하나라도 우리보다 더 잘 알고 있을 테니까."

"서하연이라면, 그…… 음. 아무래도 결혼이니 뭐 이런 것보다는 자신의 목표를……."

"누가 그런 걸 물어봤느냐?"

"네?"

그럼 뭘 물어본 건데? 물어봐서 대답을 하려던 것뿐이었는데. 갑자기 날카로워진 대신들이 눈을 번뜩이며 령에게 말했다.

"그럼 무엇을……."

당황한 령이 주춤하며 물었다.

"서하연의 취향 말이다, 취향! 어떤 남자를 좋아하는지, 그런 거!"

그런 걸 물어서 뭐하게. 그리고 내가 어떻게 알아!

이렇게 솔직히 말하고 싶었지만 불가능했다. 예문관 제3관에서나 실세지, 이곳에서는 그도 눈치를 보고 굽혀야 했다.

뭐든 좋으니 서하연의 남자 취향에 대해 아는 대로 털어놓으라는 대신들의 부담스러운 시선을 견디지 못한 령은 머리를 굴리고 굴리다가 자신이 알고 있는 유일한 사실 하나를 말했다.

"일단 저 같은 남자는 싫어합니다."

그래. 이건 확실하게 알고 있지.

"……그렇게 생각하는 이유는?"

"일전에 저 역시 서하연과 맞선을 본 적이 있었으니까요."

사실이었다. 사실을 말했을 뿐인데, 돌아오는 반응은 놀라움 그 자체였다.

시끄럽게 떠들던 대신들이 하나같이 눈을 동그랗게 뜨고 령에게 달려들었다.

"뭐?!"

이건 또 무슨 소리래. 설마 살아 있는 경험자가 여기에 있었을 줄이야.

서하연의 상사이자 3관의 유 부장도 서하연과 맞선을 본 적이 있었다니? 아니 그것보다, 저 정도면 꽤나 괜찮은 신랑감인데 그런 유부장을 거절했다니…… 도대체 취향이 어떤 거야? 아, 혹시 의외로 눈이 낮나?

"그러니까…… 아마 하연의 취향은 저와 정반대가 아닐까 생각됩니다만."

"그렇군! 그랬어!"

"유 부장 정도면 좋은 신랑감인데 말이야…… 우리 집 사위로 들이고 싶을 정도로. 그런 그를 거절했다라……."

"둘 중 하나겠네. 유 부장 정도로는 성이 차지 않는다거나, 아니면 개인적인 취향이 강하다거나."

"어흠. 계속 입을 다물고 있었지만 말이야, 사실은 내 둘째 아들놈이 유 부장과는 완벽하게 정반대지, 암. 성격도 그렇고 외모도 그렇고. 아, 물론 못생겼다는 건 아니야. 다른 의미로 잘생겼다는 거지."

"그렇게 따지면 우리 큰아들도……."

사실 그가 거절당한 가장 큰 이유는 다른 여자와 만나고 있으면서도 선 자리에 나왔다는 것 때문이었지만, 령은 일부러 그것에 대해서는 말하지 않았다. 말해 봤자 뭐해, 도움도 안 될 텐데.

령에게 달려들어 그의 취미, 취향, 기타 등등을 심문하듯 묻던 대신들이 다시 머리를 맞대고 모였다. 그러고는 철저하게 그와는 반대되는 남자에 대해 연구하기 시작했다.

'반드시 서하연을 우리 며느리로 들이고 말 거다!'

예문관의 고위 대신들이 하연을 자신의 며느리로 들이기 위해 이런저런 수를 쓰려 한다는 사실이 해랑의 귀에 들어간다면 아주 난리가 날 텐데.

령은 이걸 해랑에게 일러바칠까 말까를 고민하느라 조용했다.

*　　*　　*

'나는 또 왜 이곳에 있는 건가.'

예문관 고위 대신들이 자신을 며느릿감으로 점찍어 두고 있다는 걸 아는지 모르는지, 하연은 지금 청화궁에 있었다.

그런데 더 놀라운 건 그녀를 부른 사람이 청화궁 하면 당연하게 머릿속에 떠오르는 환이 아닌, 다른 이라는 사실이었다.

참고로 이번이 두 번째 만남인 여인이었다.

설아힌. 삼간택에서 만나고 일전에도 한 번 불러와서 만난 여인. 한마디로 별로 친하지 않고, 앞으로도 친해질 일이 없을 거라 생각했는데.

"지금 이 궐 안에서 가장 정신이 없으실 분의 시간을 제가 너무 많이 빼앗는 건 아닌지요."

알고 있으면 그러지 말라고.

하연은 속으로 한숨을 내쉬었다. 눈앞에는 향긋한 차와 먹음직스러운 다과들이 차려진 다과상이 놓여 있는데, 지금 그녀는 여유롭게 차나 마시고 있을 때가 아니었다.

"인기가 좋으시더군요. 서하연 교육관님."

"저도 놀랐습니다."

점점 더 하연은 알 수가 없었다.

도대체 날 왜 부른 거지? 우아하게 차를 마시던 그녀가 아리송한 표정을 짓고 있던 하연을 날카롭게 바라보기 시작했다. 둘의 눈이 마주치자 아힌이 다시 싱긋 웃더니 들고 있던 찻잔을 내려놓으며 말했다.

"제 서방님께서도 교육관님을 선택했다고 들었습니다."

"네."

종종 잊고 있는 사실인데, 그러고 보니 눈앞에 앉아 있는 그녀는 이 나라 첫 번째 왕자의 부인이었다. 그리고 하마터면 자신이 그 자리에 앉을 뻔하기도 했고.

"……혹시 만나셨습니까?"

응? 이건 또 무슨 소리래?

만나 봤냐는 질문을 하는 여인의 표정은 심상치 않았다.

일전에 이곳에서 처음 만났을 때, 그녀는 여인으로서 하연의 자존심을 건드리기로 작정한 사람처럼 온갖 치장이란 치장은 다 한 채로 그녀를 맞이했다. 거기에 상대방을 깔보는 시선은 덤.

그런데 지금은? 표정에서 감정이 훤히 들여다보였다.

여유로워 보이려고 안간힘을 쓰던 여인은 어디 가고, 눈앞의 설아힌이라는 여인은 초조해하고 있었다. 살짝 화도 났으며, 상대를 향한 질투심도 엿보였다.

솔직히 하연은 그녀의 기분이 어떻든 상관없었고 관심도 없었다.

다만 그 모든 종합적인 감정들이 왜 자신을 향하고 있느냐는 게 문제였다.

지금 이 상황을 이해할 수가 없는 하연은 말없이 차를 한 모금 마셨다. 그리고 자신이 주워들은 소식 내에서 최대한 문제가 되지 않는 선으로 이야기했다.

"천유국에 돌아오셨다는 소식은 들었습니다만, 혹시 못 뵈었습니까?"

부인인데 아직 못 만난 거야?

아니, 귀국했으면 바로 집으로 돌아와야지 이 남자는 어디서 뭘 하고 있는 거래.

하연의 질문에 여인이 입술을 꾹 물더니 고개를 절레절레 저었다. 얼굴이 붉으락푸르락하고 있는 게 왠지 좀 불안해졌다.

그러고 보니까 시현우 님은 지금까지 계속 여행 중이다가 막 귀국한 참이었다. 간택과 국혼이 있었던 그때도 그는 외국에 있었다는데, 그럼 지금까지 한 번도 만난 적이 없다는 이야기가 아닌가. 그렇게 생각하니 불쌍하군.

하연은 진심으로 그녀의 처지가 불쌍하게 느껴졌다.

저런 결혼 생활이라니, 생각만 해도 아주 끔찍했다. 남편에게 사랑받지 못하는 결혼 생활 따위 자신은 절대 하고 싶지 않았다.

"이유는 모르겠지만, 교육관님께 관심이 있다는 건 확실합니다. 그게 그냥 관심인지 아니면 남녀 사이의……."

"그건 아닐 겁니다. 저 역시 한 번도 뵌 적이 없는 분이니까요."

하연의 말에 아힌의 표정은 완전히 풀어졌다. 아무래도 하연이 그와 따로 몰래 만난 적 있었는지를 확인하고 싶었던 모양이었다.

이렇게까지 부정하는 하연을 보고는 마음이 놓인 건지 그녀의 입가에 다시금 옅은 미소가 돌아왔다.

완벽하게 그녀의 마음을 읽어 낸 하연은 피식 웃으며 말했다.

"걱정하지 마세요. 혹시 마주치는 일이 있다고 해도 빈께 허락받기 전에는 말도 섞지 않을 테니 말입니다."

그녀는 이제 다른 남자에게 관심 없었다. 때문에 괜한 오해와 억울한 질투는 사양이었다.

　　　　　*　　　*　　　*

　예정에 없던 청화궁으로의 일정 때문에 원래 영희궁에 방문해야
하는 시간보다 훨씬 늦게 도착해 버렸다.

　왜 늦었냐고 추궁을 받을 게 분명했다. 그럼 뭐라고 말하지? 청
화궁에 갔다고 말하면 해랑은 자연스럽게 환을 떠올릴 것이다. 물
론 하연은 환이 아닌 첫 번째 왕자빈을 만나고 왔지만, 그렇게 말해
도 믿지 않을 거 같았다.

　문에 가까워지면 가까워질수록, 하연의 마음은 점점 더 무거워
졌다.

　"어?"

　응? 그런데 서서히 가까워지는 문 앞을 보니, 웬 사람의 뒷모습
이 보였다.

　설마 또 해랑이 문 앞에 나와 기다리고 있는 건가 싶어 하연은 재
빨리 그를 향해 달려갔다.

　그러다 뒤돌아선 그 모습을 본 하연은 걸음을 멈췄다.

　얼굴을 보니 그는 해랑이 아니었다. 그렇다고 돌쇠도 아니었다.
그럼 누구? 처음 보는 얼굴인데?

　"안녕하십니까."

　하연을 발견한 처음 보는 남자가 활짝 웃으며 인사했다.

　"안녕하세요."

영희궁 앞에 있는 정체불명의 남자. 일순 누군가와 닮았다는 기분이 들었지만, 그러한 생각은 그가 짓는 미소 때문에 순식간에 머릿속에서 지워졌다.

두 사람은 잠시 말없이 서로를 바라보고 서 있었다.

우선 남자의 외모에서 가장 눈에 띄는 것은 머리였다. 그는 하연이 알고 있는 남자들 중에서도 머리가 가장 길었다. 뒤로 질끈 묶고 있는 것이, 자칫 뒷모습만 보면 여자로 오해할 수도 있을 거 같았다. 입고 있는 옷 역시 특이했다. 그가 입고 있는 건 이곳 천유국의 옷이 아니었다. 척 봐도 이국적인 느낌이 물씬 풍겨 오는 옷에 장식.

아무래도 다른 나라 사람 같았다.

"영희궁에 무슨 볼일이라도 있으신 건가요?"

그를 외국에서 온 손님쯤 되겠거니 판단한 하연은 더 예의를 갖춰서 안내해야겠다고 생각하며 말을 걸었다. 그러자 마찬가지로 하연을 관찰하고 있던 남자가 싱긋 웃으며 물었다.

"음…… 궁녀이신가요?"

"아. 아니요, 아니요."

그래. 보통은 다들 그렇게 착각을 하고는 하지.

궐 안을 돌아다니는 여인 하면 일단 생각나는 직업이 바로 궁녀니까. 그런데 차림을 보면 또 아닌 거 같고. 그 마음 다 이해한다, 이해해.

"교육관입니다."

교육관이라는 말에 다른 사람들과 마찬가지로 놀랍다는 반응이 돌아왔다. 그리고 남자가 흥미롭다는 얼굴로 다시 한 번 하연을 바라봤다.

"여인. 교육관. 영희궁…… 아."

남자는 뭔가 알았다는 표정으로 밝게 말했다.

"당신이 그분이었군요. 서하연."

"네?"

나를 알고 있어?

"부부의 연을 맺었을지도 몰랐던 사람이, 이렇게 아름다운 여인
일 줄이야. 이것 참 아쉽네요."

"어…… 그러니까……."

"아, 제 소개가 늦었군요!"

끝까지 유쾌한 남자가 당황해하고 있는 하연의 반응에 오히려
더 재미있어하며 손을 내밀었다.

"처음 뵙겠습니다. 저는 시현우라고 합니다."

아, 이 인간이었구나.

청화궁의 그녀에게 혹시라도 마주치는 일이 있다 해도 허락받기
전에는 한 마디도 안 하겠다고 약속한 지 얼마 안 된 거 같은데.

벌써 약속을 깨 버렸다. 와장창창.

*　　　*　　　*

계속해서 밖에 서 있기도 뭐해서 하연은 그저 생글거리고 있는
시현우를 데리고 영희궁 안으로 들어갔다.

지금 이 시간이라면 아마 돌쇠는 영희궁에 없을 테고, 도대체 해

랑은 어디에 가고 없는 건지. 문을 열고 안으로 들어서니 달랑 둘. 이거 참으로 어색한 상황이다.

"어…… 음…… 그러니까……."

이런, 이제 뭘 하면 되지?

마치 집주인이 손님을 맞이하듯 일단 해랑의 방으로 안내를 하고, 차를 내오고, 지금처럼 마주 보고 앉았다. 그러면 이제 무슨 말이라도 해야 할 텐데 서로 할 만한 말이 없으니 이것 참 난감했다.

"그래서……."

한참을 말없이 있던 현우가 방 안을 쓱 둘러보더니 하연에게 시선을 옮기며 입을 열었다.

조금만 더 늦었으면 아마 익숙하지 않은 분위기 때문에 하연이 자리를 박차고 일어났을지도.

"해랑이랑 결혼하신 지는 얼마나……."

"안 했습니다."

무엇을 기대하고 물은 건지 모르겠지만, 하연은 너무도 어이가 없었다. '혹시 결혼했어요?'도 아니고, '혹시 둘이 사귀어요?'도 아니고, 확신이 가득 담긴 얼굴과 목소리로 엉뚱한 질문을 하니 당황할 수밖에.

"아, 정말이요?"

"예."

오히려 결혼하지 않았다는 하연의 말에 현우가 더 놀랐다.

"그럼…… 그…… 공식적이지 않은 연인 사이?"

"지극히 건전한 스승과 제자 사이입니다."

분명 아까 정문에서 인사 나눌 때 '교육관'이라고 소개했었던 거 같은데.

"아니, 교육관이라고 하기는 이곳에 대해 너무 잘 알고 있는 거 같아서요. 자연스럽게 차를 타 오는 것도 그렇고."

"항상 돌쇠 씨가 하는 걸 봐 와서……."

영희궁에는 궁녀가 없었기 때문에 하연은 돌쇠를 도와 어느 정도 궐 안의 일을 맡아야 했고, 그 결과 이렇게 일이 몸에 배어버렸다.

무향의 이야기가 나오자 뭔가 복잡해 보이는 표정을 짓고 있던 시현우가 고개를 번쩍 들어 올렸다. 그러고는 특유의 해맑은 미소를 지으며 물었다.

"아, 그럼 무향의 부인인가요?"

아, 진짜.

"왜 꼭 혼사로 사람을 엮으려고 하는 건지, 여쭈어도 되겠습니까?"

아, 너무 툴툴거렸나? 그래도 명색이 왕자 저하 중 한 분이신데 말이야. 좀 더 예의를 갖추어 정중하게 말씀을 드렸어야 했는데.

"아직 임자가 없으면 제가 어떻게 해 볼까 하고요."

"……."

이 남자 이상해. 위험해. 미쳤어!

그에게서 위험 신호를 느낀 하연은 지금이라도 당장 이 방에서 벗어나고 싶었다.

저런 소리를 생글생글 웃는 얼굴로 저렇게 당당히, 뻔뻔하게 하고 있으니 뭐라 하면 좋을지 몰랐다.

어쩌지? 그냥 웃고 넘겨? 아니, 그 전에 저건 농담인가? 아니면 진담인가?

고민에 빠진 하연이 입을 다물어 버리자, 곧 그가 다시 웃었다. 그러더니 또다시 한다는 말이…….

"귀엽네."

완패다. 하연은 차를 들이켜며 생글생글 웃고 있는 그를 노려보았다.

이 정도의 시선이라면 기분 나빠할 법도 한데 어째서인지 그는 기분이 좋아 보였고, 오히려 기분이 나쁜 건 하연 본인이었다.

아, 물론 '귀엽다'라는 말이 듣기 싫은 건 아니었다.

그야 나이상으로 볼 때 '귀엽다'라는 말보다는 '예쁘다'라는 말이 더 맞겠지만, 어쨌거나 칭찬하는 말이라는 사실에는 다를 게 없을 테니까. 여자는 외모에 대한 칭찬에 약했다.

하지만 이 남자는…….

"이미 결혼도 하신 분께 그런 말씀을 들으니 이거 어떻게 반응을 해야 할지 모르겠습니다."

하연이 싱긋 웃으며 말했다.

현우를 비난하려는 것도 아니었고, 놀리는 것도 아니었다. 그냥 사실을 말했을 뿐이다.

물론 칭찬을 들었을 당시에는 아주 잠깐 기분이 좋기도 했지만, 그 뒤에 떠오른 건 어째서인지 청화궁에서 만났던 설아힌의 얼굴이었다.

사이가 좋은 것도 아니다. 그리고 서로에 대한 감정 역시 그렇게 좋은 편은 아니었다.

하지만 정말 놀랍게도, 그녀가 떠올랐다.

"결혼. 결혼이라……."

마시려던 것처럼 찻잔을 들어 올렸던 현우가 그대로 멈춰, 괜히 잔을 돌리기 시작했다. 잠시 생각에 잠긴 듯 보여 하연은 일부러 말을 걸지 않았다. 하지만 그렇게 가만히 앉아 있자니 답답해서 죽을 거 같았다. 그녀는 제발 누구라도 좋으니 지금 당장 나타나 줬으면 좋겠다는 심정이었다.

"참 웃기지 않습니까…… 여행을 다녀오니까 전에 없던, 그리고 저도 몰랐던 부인이 생겨 있다는 게 말입니다."

웃음이 썼다. 지금 마시고 있는 차보다도 더 썼다.

'그러네요.'라고 말해 주고 싶었지만 하연의 입은 움직일 생각을 안 했다. 그래, 생각해 보면 그에게도 사정이라는 게 있겠지. 너무 아힌의 입장에서만 생각할 문제가 아니었다. 남편에게 사랑받지 못하는 부인이나 자신에게 부인이 있는지조차 몰랐던 남자나, 딱 잘라 누가 잘못했다고 할 수 없는 일이었다.

"이런, 제가 온 이유는 이 때문이 아니었는데 말입니다. 잠시 이야기가 옆길로 새어 버렸군요."

아주 잠깐 무거워졌던 분위기에서 벗어나고자 하연은 그를 따라 최선을 다해 웃었다. 정말, 예전에는 자신도 꽤 잘 웃었던 거 같은데 요즘은 참 힘들었다.

"그래서, 어쩌실 생각이십니까?"

앞뒷말 다 자르고 들어온 질문에 하연이 현우를 뚫어져라 바라봤다.

그래서? 무슨 그래서? 아, 설마 아까 자신을 갖겠다느니 어쩌느니 한 그런 이상한 이야기에 대답을 요구하려는 건 아니겠지.

"그래서, 셋 중에서 누굴 선택하실 생각이십니까?"

지금까지 실컷 사적인 대화를 늘어놓고 아무런 신호도 없이 저 혼자 본론으로 돌아가 버렸다. 정말 이런 상대와는 대화를 오래 하고 싶지가 않았다. 그리고 뭐라 할 말도 없었다.

그런 하연을 조용히 응시하던 현우가 피식 웃으며 말했다.

"뭐, 딱 보니까 해랑을 선택하겠지만요."

"......"

"인기가 많으셔서 좋으시겠습니다."

"하나도 좋지 않습니다."

많은 사람들에게 선택을 받아 좋겠다는 말에, 하연은 고개를 절레절레 저었다. 좋을 리가 없었다.

"어째서요?"

현우 역시 이해를 못 하겠다는 표정으로 고개를 갸웃거리며 물었다.

"한 명을 선택한다는 건, 나머지 둘을 잃는다는 거나 마찬가지니까요. 적이 늘어납니다."

"아하. 그렇게 생각할 수도 있겠군요. 하지만 걱정 마세요."

"네?"

"저는 적이 될 생각이 없으니까요."

과연 저 말이 진심인지 아니면 그녀를 방심하게 하려는 수법인지, 하연은 구별을 할 수가 없었다.

아까 결혼 이야기를 하면서 살짝 흐려졌던 것을 제외하면 그는 계속해서 웃는 얼굴이기 때문이기도 했다.

"그러면 왜 저를 선택하신 겁니까?"

"천유국에 돌아왔는데, 마침 궐 안에서 재미있는 일이 벌어지고 있다 해서 말입니다. 재미 삼아 해 봤습니다."

이 인간이 지금 다른 것도 아니고 이걸 재미 삼아 해 봤다니…….

"동생 놈들이 한 여자를 놓고 싸운다는데, 형이 된 자로서 당연히 관심을 가질 수밖에요."

그러고 보니까 어머니 쪽이 달라서 그렇지 아버지 쪽은 같았지. 아, 최근에 알게 된 사실에 의하면 환은 제외하고. 정확하게 따지자면 해랑과 현우는 같은 아버지 밑에서 태어난 배다른 형제였고 환은 그들과 사촌형제지간이었으니까.

"……저…… 그, 어머니께서 다르다고 들었습니다만."

입을 다물고 있던 하연이 조심스럽게 물었다.

어쩌면 심각할지도 모르는 질문이었기 때문에 더더욱 그녀는 조심스러웠다.

하지만 정말 다행히도, 성격 좋은 현우에게는 눈치 보며 질문할 필요가 없었다.

하연의 질문에 현우는 웃었다. 아주 잠깐이나마 진지하게 생각하는 거 같았지만, 결국에는 웃었다.

"핏줄이 무슨 상관입니까. 함께 자라 온 동생들이니 동생이지요."

"하지만 환 님의 경우에는……."

"아, 환이 녀석 이야기도 알고 계시는 겁니까?"

이번에는 목소리가 꽤 높게 올라갔다. 그가 놀라고 있는 게 분명했다.

목소리뿐만이 아니라, 늘 웃기 바쁘던 그 얼굴에도 이제는 진심에서 나오는 놀라움이 보이기 시작했다. 갑작스러운 반응에 하연은 조용히 고개를 끄덕였다.

"그러고 보니 교육관님은 환이랑도 친하셨군요. 이런, 그럼 해랑이 말고 환과 다리를 놓아 줘야 하나."

"예?"

"해랑은 아니라고 하겠지만 이 궐 안에서 그 녀석을 걱정하는 사람들은 아주 많습니다. 일례로 전하만 봐도 그렇지요. 솔직히 싸고돌지 않습니까. 그거 과잉보호예요."

"그건 그래요."

그 과잉보호가 오늘 자신을 이 자리에 있게 한 원인이라고도 말할 수 있을 정도였다. 심지어 신후왕의 요즘 최고의 관심사는 제 아들의 연애 문제가 아니던가.

"반면 환은 주위에 그런 사람이 별로 없어서요. 뭐든지 혼자 알아서 하는 녀석이거든요. 그런데 아가씨 같은 처자가 곁에 있으면 딱 좋겠네요."

"……."

"……그렇다고 제가 직접 환과 교육관님을 엮으려고 했다가는 지금 뒤에서 노려보고 있는 몹쓸 동생 놈에게 반죽임을 당할지도 모르니까, 역시 그만두렵니다."

갑자기 하연의 뒤쪽에 시선을 주던 현우가 어색하게 웃더니 잽싸게 말을 돌렸다. 혈색이 돌던 얼굴마저도 갑자기 창백해졌다.

너무 길었던 여행 끝에 피로가 쌓인 건 아닌가, 걱정이 된 하연은 휘청대기까지 하는 그를 부축하기 위해 손을 뻗었다.

하지만 그녀의 손은 현우에게까지 닿지 못했다.

갑자기 그녀의 뒤에서 불쑥 튀어나온 손이 순식간에 그녀의 허리를 감싸 안더니 뒤쪽으로 끌어당겼다.

깜짝 놀란 그녀가 그 손을 뿌리칠까 하고 아주 잠깐 고민했지만 그것도 잠시, 익숙한 체취에 그의 정체를 알아차린 그녀는 저항하지 않고 가만히 있었다. 그러자 보기 드문 반응에 놀란 건지, 이를 기회로 여긴 상대는 그녀를 아주 와락 끌어안았다. 졸지에 그의 품에 안긴 꼴이 되어 버린 하연은 일단 한숨부터 내쉬었다.

"오랜만이다."

아주 잠깐 하연에게 정신이 팔려 있던 해랑이 고개를 들고 형님이라는 자를 무슨 원수 보듯 노려보기 시작했다. 그러고는 으르렁거리듯 사나운 목소리로 말했다.

"지금 뭐하는 겁니까, 형님."

"나 그렇게까지 노려볼 정도의 행동은 안 한 거 같은데?"

"이 녀석이랑 한 방에 단둘이 있었다는 거 자체가 중죄입니다."

그의 품 안에 안겨 있는 하연이 생각해도 어이없는 소리였다.

하지만 그러거나 말거나, 현우라는 남자는 도대체 무슨 생각을 하는 건지 정말 모를 정도로 여전히 활짝 웃고 있었다.

"교육관님."

"네?"

갑자기 자신을 부르자 놀란 하연이 대답했다.

그러나 곧 해랑이 저놈이랑은 말도 섞지 말라며 손으로 입을 막는 바람에 그 간단한 '네. 아니오'라는 대답조차 힘겨워졌다.

이제 그녀가 할 수 있는 거라고는 그를 바라보는 일뿐이었다.

여전히 활짝 웃고 있던 그의 입가가 아주 미세하게 떨리기 시작했다.

"아까 제가 했던 말은 그냥 잊어 주세요. 농담이었습니다."

그래. 그는 지금 웃고 있었지만, 사실 마음속에서는 걱정을 하고 있었던 것이다. 이를 그냥 지나칠 하연이 아니었다. 그녀가 자신의 입을 막고 있는 해랑의 손을 탁탁 쳤다.

그녀가 답답하다니 해랑은 순순히 풀어 줄 수밖에 없었고, 자유를 되찾은 그녀의 입은 결국 일을 내고 말았다.

"구체적으로 무엇을 말씀이십니까? '아직 임자가 없으면 제가 어떻게 해 볼까 하고요.'를 말씀하시는 겁니까? 아니면 '귀엽네.'를 말씀하시는 겁니까? 그것도 아니면 환 님과 저를 이어 주겠다는 거?"

"……."

잠시 그가 말이 없었다. 그래, 여전히 웃고는 있지만 그는 지금 눈앞에, 그러니까 하연의 뒤에 있는 상대에게 겁을 먹고 있는 게 분명했다.

덧붙여 하연은 자신을 안고 있는 해랑의 팔이 부르르 떨리는 것에서 그의 분노를 느낄 수 있었다.

그의 얼굴은 보이지 않는 자세였기 때문에 표정까지는 알 수 없었지만, 차라리 그게 다행이라는 생각이 들었다.

"아."

하연이 능청스럽게 말했다.

"표정을 보아하니 전부 다였던 모양이군요."

그 말을 끝으로 그녀는 싱긋 웃었다.

현우 역시 웃고 있었지만, 그의 미소는 이제 일그러져 있었다.

"도대체 무슨 말씀을 하신 겁니까, 형님?"

해랑의 품 안에 안겨 있던 하연은 깜짝 놀랐다. 갑작스러운 그의
등장 역시 놀라웠지만, 그 와중에도 꼬박꼬박 형님이라고 부르는
것도 신기했다. 해랑의 입에서 형님이라는 말이 자연스럽게 나올
줄이야.

아주 잠깐 하연 때문에 창백해졌던 그의 얼굴이, 해랑의 '형님'이
라는 소리에 다시 원래의 상태로 돌아왔다. 아주 잠시나마 흔들렸
던 그 미소까지도 완벽하게.

"안 본 사이에 얼굴색이 많이…… 좋아진 줄은 모르겠네. 나 갈
때도 가면을 뒤집어쓰고 있었으니까 알 리가 없지. 이제 아무렇지
않게 돌아다니는 거야?"

"됐고, 빨리 나가."

해랑이 문까지 활짝 열어 주며 자신의 방에서 나가라는 손짓을
했다. 그에게 있어서 형님이라는 자는 이미 기피대상 1순위가 되어
버렸다. 아니, 자신이 아니라 하연과 떨어뜨려야 하는 대상 1순위.

하지만 하연을 제 곁에서 떨어뜨려 놓는다는 건 생각할 수도 없
는 일이었으니 결과적으로 보면 자신의 곁에서도 맴돌게 해서는 안

되는 사람.

그러거나 말거나, 처음부터 끝까지 제멋대로인 현우라는 남자는 여전히 특유의 미소를 지으며 그에게 대답했다.

"걱정 마라. 난 쌩쌩해. 여행 한두 번 한 것도 아닌데 이 정도로 지칠 체력은 아니다."

해랑의 품 안에서 벗어나는 데 성공한 하연은 문가에 가만히 서서 그들을 바라봤다.

이제 보니 누가 긴 여행을 다녀온 건지 모를 정도였다.

지금 이 상황에서 누구보다도 피곤해 보이는 건 해랑 쪽이었지, 절대 현우라는 인간은 아니었다. 그는 지금 며칠간은 잠만 푹 잔 사람처럼 정말 쌩쌩해 보였다.

"아, 이런. 내가 이렇게 눈치 없는 짓을……."

며칠 동안은 눌러앉아 있을 기세로 버티던 현우가 갑자기 무슨 중요한 거라도 떠올렸는지 벌떡 일어났다. 그러고는 재빨리 해랑이 열어 준 문가로 다가가 히죽 웃으며 말했다.

"녀석…… 청화궁으로는 죽어도 들어오기 싫다고 하더니, 다 이유가 있었구만."

"뭐?"

이건 또 무슨 소리인가 싶은 해랑이 물었다.

무언가 오해를 하고 있는 게 확실해 보이는 현우가 두 눈을 반짝이며, 심지어는 엄지까지 척하니 들어 보이며 그에게 말했다.

"그러니까 그거지? 일종의, 이곳이 둘만의 밀회 장소인 거지?"

"이 인간이 진짜!"

사뭇 진지한 표정으로 말하는 그를 향해, 결국 해랑은 큰 소리를 치기 시작했다. 아무리 화가 나도 꼭 따라붙었던 '형님'이라는 호칭마저도 '이 인간'으로 바뀌었다. 전형적인 '형님에게 대드는 동생'의 반항적인 말에 슬슬 현우도 화를 낼 때가 되었다.

"너…… 너…… 이 형님 앞에서 목소리를 높이다니……."

하연은 이러다가 진짜 형제간의 싸움을 보게 되는 건 아닐까 하고 슬슬 걱정이 되기 시작했다.

문가에 서 있던 현우가 저벅저벅, 순식간에 해랑을 향해 다가가더니 두 손을 번쩍 올렸다. 그러고는 다짜고짜 해랑을 와락 끌어안아 버렸다.

"너 정말 많이 변했구나! 어릴 때는 툭하면 이상한 거 뒤집어쓰고 제대로 말도 못 하고 버벅거리던 그 해랑이! 기특하다, 기특해! 아주 예뻐. 오랜만에 제대로 들어보는 네 목소리다. 어디 한 번 더 질러 보거라."

"그럼 그렇지. 네놈에게 심각한 반응을 기대한 내가 바보지!"

"아, 이제 그만 진짜 돌아가야겠다. 사실은 아직 아버지도 안 찾아뵈었거든."

사람 하나 성격 버려 놓고는 아무렇지 않게 퇴장하겠다며 나서는 그를 존경의 눈빛으로 바라보던 하연이 물었다.

"어디서 지내실 겁니까?"

"……."

청화궁으로 간다면 그는 일전에 그녀가 만났던 설아힌, 즉 자신의 얼굴도 모르는 부인과 만나게 될 것이다. 하연은 그들의 사랑 이야기에 관심이 매우 많았다. 물론, 이 경우에 사랑은 없겠지만…….

하연의 질문에 그녀를 뚫어져라 바라보던 현우가 갑자기 고개를 돌리더니 짐짓 심각한 표정으로 해랑을 바라보며 말했다.

"네 신부가 내가 머물 곳이 어딘지 정말 궁금한가 보다. 나야 뭐, 네가 좋아하는 아이니 먼저 손대는 일은 없겠지만 이렇게 먼저 다가온다면 거부할 생각은 없으니……."

"형님!"

"그 형님이라는 소리는 정말 몇 번을 듣든, 어떻게 듣든, 고음이건 저음이건 할 것 없이 참 듣기 좋구나."

어떻게 사람이 이렇게까지 긍정적일 수가 있을까?

나이 차이가 많이 나는 형제라고 한다면 또 모를까, 현우는 스물두 살이었고 그 아래 동생인 해랑과 환은 스무 살로 동갑이었다. 즉, 겨우 두 살밖에 차이가 안 난다는 것이다.

"청화궁에서 지낼 거야. 시간 날 때 네 쪽에서 와."

"싫은데."

절대 그곳에 가는 일은 없을 거라는 해랑의 반응에 잠시 현우가 멈칫했다.

이번만큼은 특유의 긍정적인 사고방식도 어떻게 할 수 없었나 보다.

하지만 그것도 잠시, 시선을 하연에게로 옮겼던 그가 갑자기 씩 웃더니.

"그럼 할 수 없지. 일단은 너를 핑계로 서하연 교육관님과 단둘이 차나 한잔 마시며……."

라는 말을 던지는 게 아닌가. 효과는 굉장했다.

"……조만간에 찾아뵙겠습니다. 물론 저랑 형님, 이렇게 단둘이!"

"역시 내 동생들은 이 형님을 너무 좋아한다니까. 그래, 알았어. 이 형님과 단둘이 대화를 나누고 싶다 이거지?"

"진짜, 이 인간이랑은 대화가 안 통해!"

"그럼. 형제지간에는 꼭 말로 하지 않아도 알아들을 수 있는 무언가가 있지."

"……짜증 나."

말로는 표현할 수 없는 그런 어마어마한 짜증이 해랑에게서 느껴지고 있었다.

하연은 그런 해랑이 슬슬 불쌍해지기 시작했다. 그리고 당분간은 그에게 못되게 굴지 않기로 다짐했다. 물론 이러한 다짐이 언제까지 이어질지는 모르겠지만.

"울지 마라, 동생아. 이 형이 조만간에 다시 오마."

"안 와도 돼!"

"이런, 벌써 삐진 거냐? 알았다. 오늘은 여기서 자고 가마. 난 또 단둘이 오붓한 시간을 보낼 수 있도록 눈치껏 빠져 주려고 했거늘."

"당장 가. 그리고 제발 오지 마."

"하하. 우리 막내 동생은 참 솔직하지 못하다니까. 강한 부정은 긍정이라고들 하지."

한마디로 끝이 보이지 않는 대화였다.

슬슬 그들의 무의미한 말싸움에 지쳐 버린 하연은 가만히 그들을 바라보고 있는 이 시간이 아깝게 느껴졌다. 그래서 셋 중에서 제

일 먼저 문을 나서며 인사했다.

"전 이만 가 볼게요. 형제간의 우애를 돈독히 다지는 시간이 되시기 바랍니다."

"어? 잠깐만. 서하연!"

하연이 영희궁에 있다는 말을 듣고 부랴부랴 돌아온 해랑이었는데, 이렇게 그녀가 간다고 하니 안 아쉬울 리가 없었다. 이게 다 형님 때문이야!

엄청난 살기를 품은 해랑의 눈빛이 현우를 향하기 시작했다.

그런데 현우 역시 하연을 보낼 생각이 없는 건지, 해랑의 따가운 눈초리를 받아 가며 그녀의 손목을 붙잡아 멈춰 세웠다.

"아, 교육관님. 잠시만요. 드릴 게 있습니다."

"저에게요?"

'드릴 거'라는 말에 하연은 당황했다.

그에게는 받을 것도 줄 것도 없을 텐데 말이야. 심지어 오늘 처음 만난 사람이잖아. 그런 그가 자신에게 뭘 준다는 말이야?

어딘가에서 커다란 보따리를 갖고 온 현우가 그것을 풀었다. 그 안에는 이것저것, 정말 잡동사니들이 한가득 들어 있었다. 이런 걸 왜 들고 다니는지 모를 정도로 하나같이 쓸모없어 보였다.

"네. 최근에 간 나라에서 얻은 건데 아무래도 여인이 더 좋아할 거 같은 물건이라서 말입니다. 일단 교육관님도 여자분이시니, 앞으로도 해랑을 잘 부탁드린다는 의미로…….."

"어디를 여행하셨나요?"

안 그래도 그걸 묻고 싶은 하연이었다. 그녀는 이 나라를 벗어난 여행을 해 본 적이 없었다. 때문에 천유국 주위에 무엇이 있는지 지식으로는 알고 있었지만, 실제로 눈으로 보지는 못했다.

언젠가 기회만 주어진다면 다른 나라들로 여행을 떠나 보고 싶다는 게 그녀의 꿈 중 하나였다.

다른 것도 아니고 여행에 대한 질문을 해 온 하연이 재미있는 건지 현우가 웃으며 말했다.

"그런 것에 관심이 있으십니까?"

"다르다는 건 재미있는 거니까요."

"맞습니다. 재미있지요. 음, 저 먼 나라 동예까지도 갔다 왔습니다. 산이 많은 나라였지요."

"멀리도 다녀오셨네요."

"네. 동예를 시작으로 천유국으로 돌아오는 길 중간중간에 있는 나라들을 둘러보았습니다. 아, 여기 있군요. 이 물건은 국경 지역에서 산 겁니다. 이유는 모르겠는데 사람들이 줄을 서서 사기에 대단한 물건인 줄 알고 저도 서 봤는데……."

그가 하연에게 건넨 건 종이로 돌돌 말려 있는 네모난 무언가.

고개를 갸웃거리며 받기를 망설이고 있는 그녀에게 현우는 이상한 게 아니니 걱정 말라며 웃었다.

"이웃나라에서 엄청난 인기몰이를 했다고 들었습니다. 사기는 했는데, 여성 취향이지 제 취향은 아닌 거 같아서 말입니다. 교육관님이라면 좋아하실 거 같습니다."

그 말에 여전히 그에게서 의심의 눈초리를 거두지 않던 하연은 조심스럽게 하얀 종이를 걷어냈다. 그러자 그 안에 곱게 싸여 있던 물건의 정체가 얼핏 보였다.

부드럽고 빳빳하기도 한 이 촉감은, 그녀가 좋아하는 그 물건이 틀림없었다.

책. 이것은 책이다. 책 표지가 그냥 하얀색에 제목도 적혀 있지 않다는 점이 신경 쓰이기는 했지만, 뭐 어떠랴. 다른 나라의 유명한 책이라는데! 책이라는 건 그 나라의 문화를 엿볼 수 있는 귀중한 물건이 아닌가!

그래, 그녀는 책이라고 하면 무조건 좋아했다. 이는 환 역시도 잘 알고 있는 사실 중 하나였다.

"정말 감사합니다. 당장 돌아가서 읽어 보겠습니다."

"마음에 드신다니 다행입니다."

품 안에 책을 안은 하연은 이제 정말 이 영희궁에 볼일이 없다는 눈빛으로 쌩하니 나가 버렸다. 아쉬움에 툴툴거리던 해랑이 신경 쓰인다는 듯 물었다.

"뭘 주신 겁니까?"

아무렇지 않게 그녀에게 무슨 물건을 선물한 형님이나, 다른 남자에게 선물받은 물건을 보고는 좋아 죽으려는 하연의 반응이나, 해랑은 둘 다 마음에 들지 않았다.

게다가 하연이 아주 조금 종이를 팔랑거리며 내용물을 확인한 정도였기 때문에, 그에게까지는 그 물건의 정체가 보이지 않았다.

"응? 이상한 거 아니다. 책이다, 책. 나도 설마 책을 선물받고 저렇게 좋아할 줄은 몰랐는데."

"아, 하연은 책을 가장 좋아하니까요."

그제야 해랑은 방금 전 하연의 반응이 이해가 된다며 피식 웃었다.

　말 그대로, 아마도 이 세상에서 그녀가 가장 좋아하는 건 책일 것이다. 자신이 아무리 그녀를 좋아한다고 해도 책을 뛰어넘는다는 건 매우 힘든 일이겠지.

　"…… '하연'이라니, 네가 사람을 그렇게 다정하게 부르기도 하는구나."

　"사람 이름을 부르는 건 당연하지 않습니까?"

　"무향을 돌쇠라고 부르잖아. 네가 제대로 사람 이름 부르는 일이 얼마나 드문데."

　"그 녀석은 돌쇠라는 이름이 딱 어울립니다."

　그 말에 현우는 오늘도 어딘가에서 동생을 위해 열심히 일하고 있을 돌쇠가 불쌍하게 느껴졌다. 아, 그것보다.

　"아, '무향'이라고 하니까 생각났는데 말이다, 천유국에서 인기가 대단한 작가의 이름과 같구나."

　"……잠깐. 형님께서 그 작가 이름을 어떻게 아시는 겁니까?"

　"어떻게긴. 방금 교육관님께 드린 책이 그 작가가 쓴 신작 소설이니 그렇지."

　현우가 활짝 웃으며 말했다.

　하지만 해랑은 웃을 수가 없었다. 그럴 리가 없다는 걸 잘 알고 있으면서도 이상하게 몰려오는 이 불안감은 어쩔 수가 없었다.

　"……하하. 그럴 리가 없습니다. 제가 그 작가를 좀 알고 있는데, 그 신작이라는 거 무슨 문제가 생겨서 최근에 전부 회수했다고……."

"아, 문제없다."

걱정할 거 없다며 현우가 해랑의 어깨를 툭툭 쳤다. 그러고는 그가 모르는 지식을 알려 주게 되어 참 뿌듯하고 기쁘다는 표정으로 말했다.

"이웃나라에는 해적판(海賊版)이라는 문화가 아주 발달되어 있더구나. 심지어 절판된 책까지 구할 수 있으니, 문제없다!"

활짝 웃고 있는 현우와 달리, 해랑은 말 그대로 울상이었다.

문제 있어! 그것도 엄청 있다고!

그 무향이라는 작가가 자신이라고 말하지도 못하고, 그 책에는 자신이 쓴 연서가 부록으로 들어가 있다는 말도 할 수 없는 해랑은 속이 터질 거 같았다. 아니, 저작권! 그거 어떻게 된 거야! 남의 걸 막 이렇게 베껴서 풀어도 되는 거야?

아니, 잠깐. 지금 문제는 그게 아니었다.

"서하연!"

그래. 지금 그에게는 자신의 저작권을 주장하는 일보다도 더 큰 일이 있었다.

오랜만에 만났으니 더 이야기 나누자는 형님을 뒤로하고 자리에서 벌떡 일어난 해랑은 하연의 방을 향해 미친 듯이 뛰어갔다. 그리고 문을 두드린다거나 그런 것도 없이 벌컥 열고 안으로 들어섰다.

하연은 책상에 엎드려 있었다. 고개를 들지 않아 표정을 읽을 수는 없었지만, 종종 저런 자세로 잠을 자고는 하던 그녀였기에 이번에도 잠이 든 걸지도 몰랐다.

어쩌면 아직 책을 안 읽은 걸지도 모른다는 생각에 해랑은 재빨리 숨을 죽이고 방 안에서 현우가 그녀에게 줬다는 책을 찾기 시작했다.

그때였다.

"크크크크큭."

잠든 줄 알았던 하연의 어깨가 서서히 떨리기 시작하더니, 방 안에 해괴한 웃음소리가 울려 퍼지기 시작했다. 이에 해랑은 불안해졌다.

"대박. 완전 못 써."

곧 고개를 푹 숙이고 있던 하연이 너무 웃어 새빨갛게 달아오른 얼굴을 들어 당황한 해랑을 마주했다.

"해랑 님, 글재주가 있는 줄 알았는데 연서는 영 꽝이시네요."

"웃지 마!"

어린애가 썼어도 이것보다는 잘 썼을 거라며 하연이 본격적으로 놀리기 시작하자, 해랑이 파르르 떨며 그녀의 손에 있는 책을 빼앗아갔다.

"연습 삼아 쓴 건데 돌쇠가 실수로 들고 간 거야. 원래 쓴 건 이거보다 훨씬 더 잘 썼다고."

"그런데 그 연서, '려화(麗花)'라는 여자에게 쓴 거던데 려화가 누구예요?"

"……정말 몰라서 묻는 거야?"

해랑이 장난치지 말라며 나름대로 진지하게 물었다. 그러자 하연이 여전히 즐거워 보이는 미소를 감추지 않고 대답했다.

"어렴풋이 짐작은 가는데, 그 입으로 직접 듣고 싶어서 그러죠."

해랑은 한숨을 내쉬었다. 아. 정말 서하연이라는 여인에게는 이기지 못하겠구나.

연서 쓰기 연습에 돌입했을 때, 연습이라고는 하나 너무 부끄러워 하연의 이름을 쓸 수가 없더라. 그래서 만든 게 '려화'라는 가상의 이름이었다.

서하연(曙荷娟)이라는 이름의 뜻은 '아름다운 연꽃'이었고 해랑이 적은 려화의 뜻은 '세상에서 가장 아름다운 꽃'이었으니, 아무리 자신이 지어 낸 이름이라지만 막상 입 밖으로 내려니 해랑은 너무 부끄러워 어쩔 줄 몰라 했다.

이를 보고 있던 하연은 작게 한숨을 내쉬었다. 안 되겠군. 도와주는 수밖에.

"일단 작명 감각은 정말 없으시네요."

"내가 괜히 돌쇠라는 이름을 썼겠어?"

그 점은 스스로도 인정한다며 해랑이 또 다른 예시로 돌쇠까지 들먹이며 고개를 끄덕였다.

해랑에게 빼앗긴 책을 바라보고 있던 하연이 그것을 돌려 달라며 손을 뻗었다. 그러자 잠시 고민하긴 했지만 해랑은 순순히 책을 넘겨줬다. 이미 다 들킨 마당에 거절해서 무엇하리.

책을 돌려받은 하연은 앞부분은 거들떠보지도 않고 곧장 맨 뒷장을 펼쳤다.

"이거 연습으로 쓴 거라고 하셨죠?"

"그랬지."

그녀의 질문을 파악하는 데 시간이 조금 걸렸다. 어쨌거나 결국에는 의도를 파악한 해랑의 눈동자가 크게 확장되었다. 벅차오르는 마음에 그는 이제 말까지 더듬고 있었다.

"여, 연습이기는 해도 담겨 있는 건 진심이니까. 하지만 마음에 안 든다면 들 때까지 다시 쓸게."

"됐어요. 이걸로 충분해요. 엉성한 면이 오히려 매력적이네요. 아, 하지만 그림씨 사용은 너무 심해요. 좀 적당히 쓰는 게 좋아요. 그리고 같은 말을 반복하는 구간이 많네요. 머릿속에 있는 하고 싶은 말을 정리한 다음에 풀어 쓰는 게 좋겠어요."

"……무슨 연서를 과제 검토하듯 하는 거야? 그래도 고백 받았으면 조금은 부끄러워해야 하는 거 아니야?"

얼굴을 붉히며 머뭇거린다든가 아니면 벅차오르는 감동을 이기지 못하고 눈물을 쏟아 낸다든가. 그것도 아니면 정말 진지하게 '나에게 시간을 좀 줘.'라는 등의 대답이 나오는 게 정상 아닌가? 연서를 줬을 때 하연이 어떤 반응을 보일지 수없이 예상을 해 보았지만, 이런 반응을 보일 줄은 몰랐다.

"제가 그동안 청혼을 얼마나 많이 받아 봤는데요."

맞다. 그랬지. 그냥 여자도 아니고, 그녀는 서하연이지.

웬만한 청혼에는 면역이 되어 있는 게 바로 그녀였다.

그런 그녀에게도 이런 식의 청혼은 처음이었지만.

말은 그렇게 해도 흐뭇한 미소를 지으며 손에서 책을 놓지 않으려는 그녀를 바라보던 해랑이 넌지시 물었다.

"너 지금 감동했지?"

워낙 표정에 감정을 드러내지 않는 하연이었기에 지금까지 몰랐는데, 왠지 이번에는 그럴 거 같다는 생각이 들었다.

그의 말에 하연이 잠시 정색을 하더니, 풋 하고 웃음이 터졌다.

"당연하죠. 내 평생 이런 고백은 처음인데."

아무리 실수였다고는 하나, 책을 통해 연서를 받게 된 여인이 또 있을까. 게다가 사실은 못 썼다고 그를 놀리기는 했지만 하연은 오히려 이편이 더 좋았다. 누군가가 써 준 것처럼 정교한 글보다 훨씬 상대의 진심이 우러나오는 거 같았기 때문에.

"마음 같아선 당장이라도 이 고백을 받아들이고 싶은데."

"……싶은데?"

"제가 지금 좀 말도 안 되는 걸 계획하고 있어서, 대답은 조금 나중으로 보류해도 될까요?"

"그러든지."

조금의 망설임도 없는 그의 대답에 하연은 인상을 찌푸렸다.

"그래도 조금은 아쉬워해 주시죠?"

"이제 꽤 적응이 돼서, 어디 하고 싶은 대로 다 해 봐. 기다려 줄 테니까."

자신이 예상했던 그의 반응과는 너무 달랐다. 아무래도 변한 건 하연뿐만 아니라 해랑 역시 마찬가지였던 모양이다.

"그런데 스승과 제자 사이에 연애 감정은 안 된다고 하지 않았었나?"

"그랬죠. 그랬는데……."

맨 처음 그녀가 해랑의 임시 교육관이 되었을 때 그녀가 했던 말을 그대로 돌려주자, 자리에서 일어난 하연이 그 책을 책장의 가장 잘 보이는 곳에 꽂아 넣었다.

"엄청 못 쓴 이 연서가 제 마음을 움직이기에는 충분했나 보죠, 뭐."

"'엄청 못 쓴'이라는 말은 꼭 써야 해?"

"그 점이 마음에 드는 거니까 강조해 줘야지 않겠어요?"

시간이 지나도 하연에게 말로는 이길 수 없는 해랑이 꼬리를 내렸다. 그런 그의 어깨에 손을 턱하니 올려놓은 하연이 슬그머니 다가가더니 먼저 그의 볼에 입을 맞추고는 뒤로 물러나 싱긋 웃었다.

"얌전히 공부하고 있어요. 이제 당신은 혼자서도 충분히 일어설 수 있으니까."

*   *   *

"부르셨습니까."

요 며칠 기분이 좋았던 해랑이었지만 누군가의 호출로 인해 그 기분은 서서히 추락했다.

"녀석. 얼굴이 좋지 않구나."

"아마도 지금 제 눈에 형님이 보이셔서 그런 게 아닐까요?"

하연과 약속한 게 있어 방 안에서 저 혼자 열심히 책을 읽고 있는데 갑자기 돌쇠가 들이닥치더니, 신후왕이 호출했다며 난리를 피워 댔다.

지금까지 다른 이들의 눈이 신경 쓰인다는 이유로 자신을 공식적으로 불러들인 적 없는 그였지만 오늘은 무슨 일인 거지. 무거운 발걸음을 옮겨 가며 이렇게 왔는데, 문을 열고 들어선 그 방 안에는 신후왕 혼자가 아니었다.

도대체 왜 있는 건지 현우가 생글생글 웃으며 손을 흔들어 그를 반겼다.

"하하하. 나는 신경 쓰지 말렴. 그냥 병풍이라고 생각해. 자, 앉으렴."

"병풍이 너무 화려하면 오히려 정신 사납습니다."

두 팔을 활짝 벌리며 말하는 그를 한 번 노려본 해랑이 한숨을 내쉬며 자리에 털썩 앉았다.

"서하연은?"

아들이 눈앞에 둘이나 있는데 그들의 안부를 묻기는커녕 바로 하연을 찾고 있는 신후왕이었다.

그의 질문에 대한 반응은 둘로 나뉘었다. 해랑은 입을 다물어 버렸고, 현우는 자신이 알고 있는 이야기가 나오자 두 눈을 반짝이며 바로 입을 열었다.

"오늘 결근이랍니다."

"잠깐. 형님이 어떻게 그걸 알고 계시는 겁니까."

현우의 대답에 해랑이 인상을 팍 쓰고 물었다. 그러나 역시 대답은 돌아오지 않았다. 저 인간에게 기대를 한 제 잘못이지.

"아침에 너무 일찍 일어나서 말이야."

"아침에 일찍 일어난 거랑 그거랑 무슨 상관입니까?"

"아침 운동 삼아 예문관을 찾아갔거든."

아침 운동 삼아 왜 예문관에 간 건지 정말 궁금했지만, 여기서 계속 물었다가는 말이 더 길어질 거 같아 해랑은 이제 질문하는 것을 포기했다. 그리고 이제는 일일이 반응하는 것조차도 힘들어서 그만 두기로 했다.

그래, 이 인간은 지금 내 반응이 즐거워서 이러는 거뿐이야.

"하여 오늘 결근이랍니다."

"그래? 어디가 아픈가……."

걱정 가득한 얼굴의 신후왕이 중얼거렸다. 그러자 차를 홀짝이 던 현우가 고개를 저으며 말했다.

"어딘가 아파 보이지는 않던데요 오히려 신나 보였습니다."

순간 해랑은 움찔하며 다시 한 번 현우를 노려봤다. 그는 하연에 게 미리 이야기를 들은 상태였다. 현재 그녀는 법을 조금 어기는 일 을 하고 있어, 외부에 활동이 들켜서는 안 된다고 했다.

궐 밖에서 미리 모집해 둔 여인들을 몰래 가르치고 있었는데, 주 로 아프다는 핑계로 조퇴를 하거나 해랑을 가르치러 가는 척하다 가 영희궁에서 바로 궐 밖으로 나가고는 했었다.

그런데 이를 들키기라도 한다면…….

"해랑아, 넌 들은 거 없냐?"

현우의 질문에 해랑은 재빨리 고개를 저었다. 그러나 그는 자신 이 거짓말을 못 한다는 걸 잘 알고 있었기 때문에 최대한 빨리 화제 를 돌려야 했다.

"그나저나, 전 왜 부르신 겁니까?"

다행히 그의 노력은 성공했다.

"그러고 보니 환만 쏙 빼놓고 저희만 부르셨네요. 마치 편 가르

듯."

그 말에 현우만큼은 아니었지만 평소에는 늘 생글생글 웃고 있던 신후왕의 표정이 애매하게 굳어졌다. 아니, 보기 드물게 진지한 표정이었다.

"희빈, 희안궁의 움직임이 최근에 이상한 거 같아서 말이다."

"……거기는 늘 이상하지 않았습니까."

"그래도 혹시 모르니까 조심해라. 무슨 일을 꾸미려는 건지 알아내기 전까지는."

가만히 그 말을 듣고 있던 해랑과 현우는 고개를 끄덕였다.

*   *   *

"부르셨습니까, 어머니."

문 앞에서 아주 잠깐 한숨을 내쉬었던 환이 안으로 들어갔다.

희안궁, 그 안에는 당연히 그 궁의 주인이자 환의 어머니인 희빈이 앉아있었다. 요즘 들어 조용했는데 갑자기 이리 자신을 찾다니. 환은 괜히 또 불안해졌다.

자리에 앉은 환이 조용히 자신의 눈치를 보기 시작하자 희빈이 말했다.

"오늘 전하께서 현우와 해랑을 은밀히 부르셨다는구나."

"그냥 근황이 궁금해서 그러셨나 보죠."

"무르긴! 슬슬 이 일을 끝내겠다는 거다. 손을 써야 해!"

제 자식을 보고 싶어 부른 걸지도 모르는데 그것을 계략이니 수작이니 따위로 엮어 버리는 어머니의 모습에 환은 이제 한숨밖에 나오지 않았다.

그녀의 눈에는 이제 모든 것들이 왕위 경쟁과 관련되어 보이기 시작했고, 그 상태는 점점 심각해서 편집증에 가까운 증상까지 보이고 있었다. 집착이 너무 강했기 때문이다.

"얼마 전에 현우도 돌아왔다는데 긴장을 풀지 말아야 해……."

"어머니."

현우라는 이름의 등장에 환이 날카롭게 입을 열었다. 그가 지금 화가 났다는 건 누가 봐도 알 수 있었다.

"제발 형님 좀 가만히 내버려 두세요."

"뭐? 형님? 너희 아직도 형 동생 하고 있느냐? 너희가 애들이야?"

"형님이 형님이고 동생이 동생이지, 뭐가 문제입니까."

환이 대꾸했다. 그러자 희빈은 기가 막힌다는 표정으로 자신의 아들을 바라보며 말했다.

그녀는 잔뜩 흥분해 있었다.

"형님은 무슨! 그 녀석은 왕후의 자식이다! 해랑은 전 왕후의 자식이고! 심지어 전하께서 아주 아끼셨던 계집의 아들! 그런데 너는? 너는 뭐냐. 현 왕의 핏줄도 아니다. 네 뒤를 봐줄 사람은 네 힘으로 얻어야 한단 말이야!"

희빈이 탁자까지 탕탕 치며 외쳤다.

"그 양반만 살아 있었더라면…… 그랬다면 왕세자의 자리는 당연히 네 것이었을 텐데……!"

하지만 그러거나 말거나, 환은 표정 변화 하나 없이 자신의 어머니를 바라보고 있을 뿐 별다른 반응을 보이지 않았다.

그녀의 말대로 왕위 경쟁에 참가해 다른 이들과 함께 겨루는 것에 나름대로 재미를 느껴 왔던 그였지만, 어쩐지 이제는 하나도 재미가 없었다.

그것도 공정한 선의의 경쟁이어야 엎치락뒤치락하는 재미가 있지, 어머니처럼 뒤로 술수를 써 가며 1등을 해 봤자 하나도 기쁘거나 하지 않았다. 흥미를 잃어버린 그에게 남아 있는 감정은 이제 따분하다는 것밖에 없었다.

그나마 다행인 건 이 지루한 궐 안에, 그나마 그가 발을 붙여 놓을 수 있게 흥미를 제공해 주고 있는 여인이 있다는 것 정도였다.

"……연아."

환이 돌아가고 방 안에 홀로 남은 희빈이 방 밖에 있을 누군가의 이름을 불렀다. 그러자 곧 문이 열렸고 중년의 궁녀 한 명이 다급히 들어왔다. 아주 오래전부터 그녀의 곁을 지켜왔던 충실한 궁녀 중 한 명이었다.

"지금 당장 청화궁에 다녀오거라."

갑자기 청화궁에 다녀오라는 말에 궁녀가 의아해하더니, 아까 문밖을 나간 환을 떠올리고는 말했다.

"예? 환 님은 방금 나가셨는데 다시 모셔올……."

아직 시간이 많이 안 지났으니 멀리까지 가지는 않았을 것이다. 서두르면 그가 청화궁에 도착하기 전에 붙잡을 수 있을지도.

하지만 궁녀의 말에 희빈은 고개를 저으며 말했다.

"아니, 볼일 있는 건 환이 아니다."

환이 아니라고?

청화궁에 볼일이 있는데, 자기 아들 환에게 볼일이 있는 게 아니라면…….

"그럼…… 현우 님……."

"아니."

"네?"

이번에도 아니란다. 그럼?

궁녀는 정말 궁금하다는 표정으로 희빈을 바라보고 있었지만, 그녀는 좀처럼 대답을 해 주지 않으려고 했다. 그저 피식피식 웃으며, 궁녀를 불안하게 만들고 있었다.

十八花
왕위에 오르면

"서하연 교육관."

"……."

자리에 앉아 깜빡 졸고 있던 하연이 깜짝 놀라며 눈을 떴다.

예문관 교육관 일과 해랑의 교육을 핑계로 궐 밖에서 몰래 여인들을 가르치는 일까지, 이중생활을 하다 보니 자연히 피곤할 수밖에.

지금도 궐 밖에 있다가 급하게 연락을 받고 부랴부랴 달려온 것이라 잔뜩 지쳐 버렸다.

그나마 다행인 건 바로 내일이 국시여서 그 이중생활도 오늘로 끝이라는 거. 자신은 최선을 다했으니, 이제 그녀에게 배운 학생들이 최선을 다하는 일만 남았다.

그것에 대해서는 시험이 끝난 후에 논하기로 하고.

일단 지금 하연은 한숨밖에 나오지 않았다. 그렇다고 저 사람들 앞에서 대놓고 기분 나쁜 티를 낼 수는 없다는 게 문제였다. 조금이라도 의심을 살 행동을 해서는 안 되었으니까.

그녀를 둘러싸고 있는 이들은 하연이 예문관에서 가장 싫어하는 집단, 예문관의 고위 대신들이었다.

"이는 아주 중요한 일일세."

"예, 말씀하세요."

어차피 별거 아니겠지만.

"시집갈 생각 없는가?"

"……예?"

그들의 제안은 언제나 뜬금없었지만, 오늘은 특히 더했다.

놀란 하연은 아무런 대답도 못 하고 멍하니 그들을 바라봤다. 혹시 지금 장난하는 건가? 아니면 본론에 들어가기 전에 긴장 풀자는 식의 농담인 건가?

장난이겠지 싶었는데, 놀랍게도 그들의 눈빛은 하나같이 진지했다.

이 사람들이 지금 정신이 나갔나?

"저기 죄송합니다만……."

하연은 할 수만 있다면 이들의 머릿속에 뭐가 들어 있는지 보고 싶었다. 분명 하나같이 쓸데없는 계획들로 가득하겠지만, 그것이 무엇인지 정확하게 모르는 이상 일단 이야기를 들어볼 수밖에.

"아직 혼인 생각은……."

"이는 우리 나름대로 심사숙고한 결과 내린 결론이네, 서하언 교육관."

하연이 거절 비슷한 말을 꺼내기 무섭게 그들의 얼굴이 살짝 어두워지는가 싶더니, 그중 한 명이 재빨리 심각한 표정을 연기하며 목소리를 낮추었다.

"자네도 알다시피 아직은 여성 교육관에 대한 사회적 인식이 좋지 않다네, 그런데 세 명의 왕자가 전부 자네를 교육관으로 선택했으니……."

"……네."

하연의 짜증은 이미 한계점을 향하고 있었다.

능력 좋은 게 죄가 되나. 이제는 별걸 다 트집 잡는구나. 이래서 사회생활이 어렵다고 하나 봐.

"이런 상황에서 왕자들 모두가 자네를 선택했다는 게 알려지면, 분명 좋지 않은 소문이 돌겠지. 그렇지 않은가? 우리는 그것이 걱정되는 걸세."

솔직히 그녀도 피해자라고 하면 피해자였다.

그 결과 발표를 들었을 당시 얼마나 놀랐던가. 해랑이 자신을 선택한 건 당연한 일이었고 솔직히 환 역시 어렴풋이 그러지 않을까, 하고 예상은 하고 있었다.

그러나 현우의 선택은 상상도 못 했다.

그렇게 형제가 한 여인을 두고 싸우는 꼴이 되어 버렸고, 영광스럽게도 그 중심에 있는 것이 바로 자신.

"그래서…… 우리끼리 묘안을 생각해 냈는데 말이지."

평소보다 더 조심스러운 대신들의 반응에 하연이 바짝 긴장했다.

묘안 따위 필요 없다. 분명 부장의 말에 따르면 이럴 경우를 대비해 만들어진 예문관의 규칙이 있다던데 버젓이 존재하는 해결책을 무시해 가면서까지 왜 이리 야단법석인지 모르겠다.

잠시 뒤, 분주히 움직이던 대신들이 하연이 무슨 말을 하기도 전에 그녀의 앞에 상자를 쌓기 시작했다. 이게 뭐냐며 슬쩍 하나를 열어 보니 그 안에 들어 있는 건 전부 초상화. 일전에 받았던 것들과 똑같은 물건이었다.

"혹시 그중에 마음에 드는 사람이 없다면, 얼마든지 말하게."

"그래, 어쩌다 보니 거기에 내 아들 녀석이 들어가지 않았는데 말이지……."

"아, 그럼 우리 둘째 녀석도……."

"우리 친척 아이 중에……."

갑자기 예문관이 소란스러워졌다. 저마다 목소리를 높이고 난리도 아닌데 이대로면 정말 끝이 없었다.

"아니요, 아니요. 저는 그럴 생각이……."

결국 하연이 자리에서 일어서기까지 하며 싫다는 의사를 밝혔지만, 이미 흥분할 대로 흥분한 대신들의 귀에는 그 목소리가 전해지지 않았다.

"잠깐만요, 제가 먼저 말을 꺼냈습니다! 우리 순번을 정하도록 하지요."

이제는 정말 당사자인 하연은 생각하지 않고 저들끼리 해결하기로 한 건지, 아예 그녀의 말을 귀담아 들으려고 하지도 않았다.

그 중간에 멀뚱히 끼어 있는 하연으로서는 난감한 상황이 아닐 수 없었다. 대화가 통해야 싸우고 이기지, 이렇게들 나오면 방법이 없다.

하아, 이제 어쩌면 좋지.

할 수 없이 아껴 두었던 최후의 수단, 신후왕이라는 패를 꺼내 들어야 하나 망설이고 있을 때였다.

"이제 그만들 좀 하지?"

웅성이던 예문관 안이 갑자기 조용해졌다.

그 익숙한 목소리에 지쳐 있던 하연의 정신이 반짝하고 돌아왔다. 그러나 이내 표정이 살짝 일그러진다. 지금 들리는 이 목소리는 분명 자신이 잘 알고 있는 이의 목소리인데 만약 자신의 예상이 맞는다고 한다면 그게 또 문제가 된다.

설마 싶었지만 눈앞의 대신들이 바짝 얼어붙어 제대로 고개조차 들지 못하는 모습을 보니 역시 설마는 늘 사람을 잡는가 보다.

하연은 한숨을 내쉬며 뒤돌았다. 이 인간이 도대체 왜, 지금 이 시간에 여기에 있는 건지 모르겠다.

"……해랑 님."

역시나 뒤에는 해랑이 서 있었다. 한동안 쓴 적 없던 도깨비 가면을 쓰고 있긴 하지만, 그래도 여기까지 직접 걸음 했다는 데에 큰 의미가 있었다.

그를 알아본 대신들의 낯빛이 하나같이 백지장이 되었다. 영희궁에서 나올 수 있게 되었다는 말은 어렴풋이 들어 알고 있었지만, 직접 두 눈으로 본 적은 처음이다 보니 놀라웠다.

그들이 지금까지 알고 있던 시해랑이라는 왕자는 음침하고 누군가와 어울리는 것을 싫어하며, 절대 타인에게 마음을 열어 주지 않는 사람이었다.

물론 하연의 눈에는 그렇게 보이지 않았지만.

그녀가 알고 있는 시해랑이라는 남자는 쓰고 다니는 도깨비 가면과 달리 마음이 여렸다. 어린아이 같은 면도 있으면서 마음씨가 따뜻한, 그런 사람이란 말이다.

"내 스승을 괴롭히는 자가 누구냐."

"해, 해랑 님, 지금 이건 저희가 서하연 교육관을 괴롭히는 게 아니고……."

"수업 중에 스승을 멋대로 데려가다니. 예문관은 교육관들에게 제자를 소홀히 대해도 된다고 가르치나?"

"아, 아닙니다. 그게 아니라……."

"지금 내 수업보다 더 중요한 일이라도 있다는 건가? 그렇다면 나도 들어야겠네. 내 스승을 호출한 이유를."

다른 사람도 아니고 바보 왕자라라 불리는 해랑에게 예문관 교육관들이 꼼짝 못 하는 모습이 하연은 그저 웃겼다.

"서하연을 괴롭히는 자는 내가 가만두지 않겠다."

최대한 웃는 얼굴로, 별일 아니라고 변명하기 바쁜 그들을 바라보며 말을 잇던 해랑이 어색하게 뜸을 들였다가 뒤의 말을 마저 이었다.

"……고 전하께서, 대신 말을 전해 달라고 하시더군."

이런 큰일 났다!

해랑 하나라면 모를까, 벌써 신후왕의 귀에까지 이 이야기가 들어갔다고 하면 자신들은 끝장난 거나 다름없었다.

"그럼 이만 우리 스승님을 모셔 가도록 하지."

더는 이곳에 볼일이 없으니 이만 가 보겠다며 해랑은 하연의 손을 잡고 바짝 얼어붙은 그들을 뒤로하고 밖으로 나왔다.

그에 의해 벗어나게 된 방을 바라보던 하연은 일단 그 숨 막히는 장소에서 빠져나왔다는 기쁨보다도 새하얗게 질린 채로 굳어 버린 대신들이 신경 쓰였다.

"……서하연, 아직 예문관이야. 웃더라도 다 나가서 웃어."

"크큭…… 참으려고 하는데 못 참겠어요."

설마설마했던 신후왕이 개입한 이상, 저들은 당분간 이 일로 그녀를 괴롭히지 못할 것이다. 그렇게 생각하니 하연은 웃음이 안 나올 수가 없었다.

마음 놓고 웃지 못하는 하연이 안쓰러웠던 건지, 해랑은 자신이 쓰고 있던 가면을 벗어 그녀에게 씌워주었다. 그 역시 웃고 있다.

"잠깐, 맨 얼굴로 돌아다닐 수 있어요?"

"음."

하연이 놀라 묻자, 그가 제 주위를 한 번 정도 쓱 둘러봤다. 그러고 보니 비밀리에 감춰져 있던 세 번째 왕자를 이렇게 제대로 보는 게 처음인 궁인들이 신기했던지 저마다 걸음을 멈추고 이곳을 바라보고 있다.

"손을 잡아 주면 좀 안심이 될 거 같긴 하는데."

그 말에 하연은 피식 웃으며 그의 옷소매를 잡았다.

그러고 보면 참 많이 변했구나, 라는 생각이 들었다.

처음에는 영희궁 밖으로 나오려 하지 않았던 그가 지금은 이렇게 아무렇지 않게 돌아다니고 있다니. 게다가 그렇게나 고집하던 가면도 어느 정도 양보하고 이렇게나 잘생긴 얼굴로.

"그런데 어떻게 알았어요?"

"유 부장이라는 사람이 살짝 귀띔해 줬어. 그리고 네가 호출됐다는 말을 듣고 감이 왔지."

"아하."

그 말대로, 일전에 고위 대신들의 회의에 참석했던 유 부장이 그곳에서 들은 이야기를 돌아오는 길에 해랑에게 전했던 것이다.

"그래도 그 사람들보다는 나랑 혼인하는 게 낫지 않아?"

고위 대신들의 며느리가 되는 것보다는 자신에게 시집오는 게 좋지 않으냐는 그의 질문에 잠시 고민하던 하연이 작게 고개를 끄덕였다.

"음. 그건 그렇죠."

설마 그녀의 입에서 솔직한 답변을 듣게 될 줄은 몰랐던 건지, 해랑이 제 소매를 잡고 있던 하연의 손을 붙잡았다. 왠지 지금이 기회인 거 같았다.

그러자 나름대로 의식하여 그와 거리를 두고 있었던 하연이 화들짝 놀랐다.

"그럼, 교육관 때려치우고 왕자빈이 될래?"

진심이 담긴 그의 말에 하연은 잠시 아무 말도 하지 않았다. 이는 그녀가 지금까지 많이 받아 봤던 구혼이 틀림없었다. 하지만,

"아니요."

하연은 고개를 저었다.

"왕자빈이 되면 교육관직에서 물러나야 하잖아요."

아직 이루고자 하는 바를 전부 다 이루지 못했는데 물러날 수는 없다는 뜻이었다. 그녀의 말에 점차 어두워지던 해랑이 표정이 다시금 밝아지기 시작했다. 그러니까 지금, 저와의 혼인은 찬성이지만 상황상 안 된다는 말이잖아.

"미련 없이 이 자리에서 물러날 수 있게, 제가 목표한 바를 이루기 전에는 안 돼요."

"목표라······."

"아, 그게 아니면 해랑 님께서 왕이 되셔서 법을 바꾸시든가요. 왕후가 되어도 교육관 일을 겸임할 수 있게."

하연이 싱긋 웃으며 말했다. 당연히 두 번째 예시는 농담이었지만, 해랑의 표정은 그 어떤 때보다도 진지했다.

"그럼 그때 나랑 결혼해 줄 거야?"

앞으로 시간이 얼마나 걸릴지는 모르겠지만.

"기쁜 마음으로요."

아마 해랑이 왕위에 오르는 것보다는 하연이 목표를 이루는 편이 더 빠를 거 같았다. 하연 역시 그렇게 생각했다.

어쨌든 그날이 온다는 것은 자신이 꿈꿔 왔던 사회가 실현된다는 뜻이었으니, 하루라도 빨리 그날이라는 게 왔으면 좋겠다고 그녀는 생각했다.

"그때 가서 딴소리하기만 해 봐."

"뭐하면 각서라도 써 드릴까요?"

당당한 그녀의 태도에 해랑이 씩 웃었다.

"호오, 그렇단 말이지?"

그녀는 곧바로 후회했다.

* * *

하연은 지금 이 상황이 꽤나 웃기다고 생각하면서도 마음에 들지 않았다.

그도 그럴 것이 동료들 중에 여자는 저 혼자였고, 죄다 남자니 고민 상담을 들어 줄 상대가 한정적이라는 것이 꽤 불편했다. 그것도 연애와 관련된 고민 상담이라면 더더욱.

"하긴, 지금 바로 결혼은 좀 그렇지."

"그러게요. 이제 막 예문관 신입 티 벗고 본격적으로 일할 때인데."

령이 고개를 끄덕이며 하연의 말에 맞장구를 쳐 주고 있었다. 그리고 그 옆에 못마땅한 표정으로 앉아 있는 강우 역시도.

"그런데 그게 왜 다툰 이유가 되는 거야?"

평소라면 아침 먹고 오겠다며 영희궁으로 향했을 그녀가 오늘은 예문관 기숙사에서 다른 동기들과 함께 식사를 했다. 평소와 다른 그녀의 행동은 령의 눈에 띄었고, 눈치 빠른 그가 둘 사이에 무슨 일이 있었다는 걸 놓칠 리가 없었다.

"……설마 진짜 각서를 쓰라고 나올 줄은 몰랐거든요."

어제 그렇게 영희궁에 돌아가기 무섭게, 종이와 붓을 들고는 정말 각서를 써 달라 졸라 대는 해랑과 한바탕한 것이다. 물론 제 입으로 꺼낸 말이긴 하지만 그래도 그렇지.

"아, 그 점에 대해서는 나는 해랑 님 마음이 이해가 돼."

령이 고개를 끄덕이며 중얼거렸다.

아무렴, 상대가 서하연인데. 마음 같아선 그녀를 옆에 꼭 붙여 놓고 싶겠지. 다른 놈들이 보지 못하게 꽁꽁 감춰 놓고 싶을 것이다. 그러나 가만히 있어도 사람들의 시선을 사로잡는 그녀였으니 불안할 수밖에.

"이래서 너무 예쁜 여자랑은 결혼하지 말라나 보다. 불안해서 어디 편히 살겠어."

"어머, 그게 무슨 말씀이세요, 부장?"

하연은 제 딴에는 정말 예쁘게 웃었다고 생각했는데, 그것을 받아들이는 입장인 령은 그렇게 생각하지 않았다.

지금 눈앞에 보이는 것보다 더 무서운 미소는 또 없을 것이다.

"다투는 건 상관없다만 그럴 때마다 예문관으로 쪼르르 오다니, 여기가 네 친정이야?"

"어, 그러면 부장이 제 엄마가 되어 주시는 건가요?"

하연이 바로 받아넘기자, 바쁘게 움직이던 령의 손이 딱 멈추었다. 하연 같은 부인도 감당하기 힘들 거 같은데 그녀 같은 딸이라니.

"끔찍한 소리 하지 마라."

정색하던 그가 고개를 절레절레 젓더니, 바로 앞자리에 앉아 서류에 파묻혀 있는 강우에게 말했다.

"너에게 양보하마."

그러자 한창 집중 중이던 강우가 왜 또 자신을 거기에 끼워 넣느냐며 불만 가득한 표정으로 고개를 들었다.

"저 지금 저 녀석 접근 금지 상태입니다."

"해랑 님께 한 소리 듣기라도 했냐?"

"아주 죽을 뻔했습니다."

강우는 말도 말라며 경고했다.

사건의 전말은 이러했다.

하연이 비밀 수업을 진행하게 되면서 그녀의 부재중에는 강우가 해랑의 교육을 대신 맡게 되었는데, 하연이 그에게 '형님, 형님' 하며 따르는 모습을 본 해랑이 그게 마음에 안 들었던 건지 노골적으로 그를 괴롭혀 댄 것이다.

때문에 하연은 불편한 게 이만저만이 아니었다.

평소와 같이 친근하게 인사를 하고 말을 걸어도 저쪽에서 물러나니, 그 안타까운 거리감은 함께 일을 하는 데에도 장애물이 되었다.

"그나저나 이거, 오늘 국시 응시생들에게 나누어 주는 안내서 맞죠?"

아까부터 신경 쓰였다며, 하연이 령과 강우의 앞에 쌓여 있는 두꺼운 서류들을 가리키며 물었다. 그들이 고개를 끄덕이자 하연도 곁에 자리 잡고 앉으며 물었다.

"좀 도와드릴까요? 양이 전혀 줄지 않는 거 같은데."

그 어마어마한 종이 두께는 그녀가 아침에 막 출근했을 때와 비교해서 별로 줄어든 기색이 없었다.

"네 일이나 하셔. 가뜩이나 할 것도 많으면서."

하지만 물러설 하연이 아니었으니, 그녀는 오히려 보란 듯이 두세

뭉치는 되는 양의 종이를 제 앞으로 끌어당긴 뒤 붓을 집어 들었다.

"어차피 오늘 국시라 할 일 없잖아요. 기한까지 끝내야 하는 일들은 진즉에 다 끝냈고."

"……."

"그리고 이거, 그냥 베껴 쓰기만 하면 되는 거잖아요? 저 필사 기가 막히게 잘해요."

다른 것들도 그랬지만 특히나 필사라면 하연은 자신 있었다.

해랑의 또 다른 이름, 무향의 글들을 몇백 권이나 필사했던 적도 있는데 이런 문서쯤이야 그녀에게 식은 죽 먹기나 다름없었다.

덕분에 눈에 띄게 줄어 가는 문서 더미를 지켜보던 령이 말했다.

"있지, 서하연. 너 절대 결혼하지 마라. 우리 예문관에는 아직 네가 절대적으로 필요해."

"그 말은 왠지 유능한 부하 직원을 잃고 싶지 않은 악덕 상사의 대사 같네요."

"기분 탓이겠지."

오전이 다 지날 쯤이 돼서야 선배들이 한 명, 한 명 인사를 하며 등장했다.

어쩐지 아무도 없더라니. 알고 봤더니 오전 내내 그들이 씨름한 문서들은 사실 부장과 강우가 어제까지 끝내야 하는 일이었다.

아슬아슬하긴 했지만 오후에 시행되는 국시에 맞춰서 끝내게 되어 다행이다. 자신이 없었으면 정말 어떻게 됐을지. 그런데도 도와주겠다는 말을 거절하고 말이야.

"수고했어, 서하연."

령이 다른 관리들에게 모아 놓은 서류들을 시험장에 옮겨 놓으라는 지시를 하고 다시 하연에게 다가왔다.

"오늘 국시니까 이따 초저녁쯤 채점할 때 와도 돼."

"네? 정말 그래도 돼요?"

"……."

아, 이런. 너무 기뻐했나?

하연이 뒤늦게 표정 관리를 했지만, 이미 그 앞에 서 있는 령의 눈빛은 날카롭게 번뜩이고 있었다.

"너무 좋아하지 마."

자유 시간이라니. 비밀 수업도 끝이 났겠다, 당분간은 일에 파묻힐 거라고 각오한 게 오늘 아침인데 이게 웬 떡이래?

생각지도 못한 행운에 표정 관리를 하려고 해도 잘 되지 않았다.

"흐음. 그것 참 아쉽네요. 오랜만에 제대로 일을 해 보나 했는데."

입술을 꾹 깨물기까지 하며 참아 보려고 했지만 그녀의 입가에는 어쩔 수 없는 웃음이 실실 새어 나오고 있었다.

하연이 기뻐 보이면 기뻐 보일수록, 그녀와의 대화 중에도 바쁜 불쌍한 령은 더더욱 짜증 났다.

"마음에도 없는 소리 하지 마라."

싱글벙글 웃고 있는 하연을 바라보는 그의 눈빛에서는 이제 살기까지 느껴졌다. 말로는 아쉽다고 하지만 활짝 웃는 얼굴을 보니 전혀 그래 보이지 않는 데다가, 그녀의 몸은 이미 문을 향해 돌아가 있었다. 금방이라도 튀어나갈 기세로.

령이 한숨을 내쉬었다.

물론 부장 업무 자체가 힘이 들어서 나온 한탄이기도 했지만, 사실은 그것보다도 여기저기에서 자신을 노려보고 있는 살기 담긴 시선들을 견디기 힘들었다.

알아. 너희들 마음을 내가 모르는 게 아니야. 하지만 나도 어쩔 수가 없다고!

국시 기간이 되면 가장 바쁜 게 수험생. 그리고 그 다음이 바로 예문관이었다.

예전에 하연도 해 본 적이 있었지만, 우선은 국시 날짜가 발표되면 그 날짜에 맞추어 문제를 만드는 문제 출제 위원회가 가장 먼저 일을 시작한다.

물론 문제를 만든다는 건 아주 힘든 일이었지만, 예외적인 경우를 제외하고는 나름대로 일정을 넉넉하게 두고 진행하기에 비교적 여유로운 일 중 하나였다. 게다가 이들은 시험지가 완성되면 더 이상 할 일이 없었기 때문에 남은 시간 동안 여유를 즐길 수 있었다.

가장 큰 문제는 국시 당일. 전국 각지에서 궐로 몰려드는 어마어마한 수의 수험생들을 통솔 하는 것은 물론, 시험이 원활하게 진행될 수 있도록 모든 면에서 만반의 준비를 갖춰야 하는 엄청나게 귀찮은 게 예문관 관리들의 일이었다.

그런데 이렇게나 눈코 뜰 새 없이 바쁜 날에, 예문관의 반짝이는 보석 같은 존재이자 혼자서 거뜬히 두 사람 몫의 일을 해내는 능력자인 서하연에게 자유 시간을 주다니. 저 부장이 지금 정신이 나갔나.

"부장! 우리를 버리시는 겁니까!"

"시끄럽고 빨리 나가서 자리 배치나 다시 확인해."

나오지도 않는 눈물을 쥐어짜내며 죽겠다는 연기를 펼치고 있는 다른 이들을 향해 령은 시선도 한 번 주지 않고 딱 잘라 말했다.

놀랍게도 누구 하나 하연을 욕하는 사람은 없었다. 그들의 분노는 모두 부장인 령에게로 향했다.

"어휴, 서하연이 무슨 죄겠어. 부장 잘못이지."

"맞아. 부장 잘못이네."

"그래, 내가 죄인이다. 내가 나쁜 놈이야. 그만 궁시렁거리고 안 나가?!"

정작 일을 벌인 건 서하연인데 왜 자신이 원성을 사야 하는 건지, 령은 억울해서 죽을 거 같았지만 부장이라는 자리가 자리인 만큼 어쩔 수 없다고 생각했다.

막노동과 맞먹는다는 감독관 일을 하러 나가는 선배들을 손까지 흔들어 주며 배웅하던 하연이 다시 령의 앞에 서더니 물었다.

"혹시 시험장에 절 안 들이시는 이유가 저를 못 믿기 때문인 건가요?"

그녀의 말에 령이 잠시 망설였다.

"……너를 못 믿는 건 아니야. 그래도 네가 가르친 학생들이 시험을 보러 오는데, 너에게 그 감독을 하라고 할 수는 없잖아."

반박할 수 없는 사실이다. 그래, 하연 역시 그의 말을 인정하고 고개를 끄덕였다.

아무리 자신에게 나쁜 마음이 없다고는 해도 직접 제자들의 시험을 감독한다는 건 아무래도 좀 그렇지.

"그래도 서하연, 조심하는 게 좋을 거야."

인사도 했겠다, 이제 막 예문관을 나서려는 하연에게 내내 조용하던 강우가 말했다.

영희궁에 계시는 도깨비에게는 미안하지만 꼭 짚고 넘어가야 하는 문제가 하나 있었다.

"잊은 거 아니겠지? 네가 궐에 들어오는 조건으로 고위 대신들과 했던 약속."

"아."

"내가 입을 다물어 주고 있다고 방심하면 안 돼. 알았어?"

원래라면 강우는 하연이 예문관 대신들과의 약속을 제대로 지키고 있는지를 감시하는 역할이었고, 연애 조항을 당당히 깨고 있는 그녀를 고발해야 할 의무가 있었지만 차마 그럴 수가 없었다. 그도 그럴 게 상대가 어마어마한걸.

"그들에게 들키면 나도 못 도와줘."

그때는 아무렇지 않게 대답했는데, 지금 와서 생각해 보면 꽤나 불리한 조건인 거 같았다.

아니, 내 연애 문제이고 내가 알아서 할 텐데. 게다가 연애를 한다고 해도 업무 능률이 떨어지는 것도 아닐 텐데 왜 저들이 뭐라고 하는 건지 모르겠네.

"들키면 바로 쫓겨날지도 몰라. 안 그래도 지금 고위 대신들이 누구 때문에 상태가 말이 아니잖아?"

그의 말대로, 하필 그녀의 상대는 '왕자'였다.

교육관 지목에서 세 명의 왕자에게 한꺼번에 선택받았다는 것만으로도 그렇게 소란을 피우던 이들이건만, 정말로 그렇고 그런 사

왕위에 오르면 303

이라는 게 밝혀지면 확실히 곱게 볼 리가 없었다.

하연은 무슨 일이 있어도 예문관 자리에서 내려올 생각이 없었고, 그러면 불쌍한 건 역시 해랑 쪽. 영희궁의 도깨비가 무너지면 휘청거릴 곳이 상당하다.

걱정이 꼬리에 꼬리를 물었다. 양쪽 눈치를 봐야 하는 강우는 이제 중간에 끼어 있는 입장에서 벗어나고 싶었다.

"하아…… 시험을 일 년 정도 늦게 봤어야 했어. 그랬다면 이 녀석 뒤치다꺼리 안 해도 되고 좋았을 텐데."

그 말에 아주 잠깐 걱정했던 하연은 피식 웃었다. 척 보니 그를 적으로 돌릴 일은 없을 거 같았다.

"하하. 그랬으면 형님이 저를 '선배'라고 불러야 했을 텐데요."

"쓸데없는 소리 하지 말고. 너 어차피 시간 남아돌지? 오늘부터 네가 다시 임시 교육관직 맡아라."

심술을 부리는 게 분명했다.

억지로 책을 넘기기에 일단 받기는 했지만, 생각해 보니 지금 하연은 영희궁에 갈 상황이 되지 못했다.

"벌써 잊은 거 같아서 말씀드리는 건데요, 형님. 저 여기 피신 온 거라니까요? 어떻게 돌아가요."

"각서건 뭐건 써 주면 되잖아. 어차피 결혼할 거라며."

"그게 몇 년 후의 일이 될지 모르는데, 종이 한 장에 인생이 묶여 버린다는 게 얼마나 슬퍼요."

"사랑한다며. 사랑의 힘으로 극복해. 그리고 갈 거면 빨리 가는 게 좋을 거다. 너 여기서 한가로이 있는 모습을 고위 대신들이 본다면 또 우르르 몰려올 텐데."

"가겠습니다. 일해야지요."

가기 싫다 버티던 하연이 언제 그랬냐는 듯 돌아섰다.

다른 무엇보다도 그들을 상대하는 것만큼이나 지치는 일은 또 없었다. 대신들과 다시 마주칠까 두려워진 하연은 재빨리 예문관을 나섰다.

도망치듯 멀어지는 하연을 바라보던 강우는 한숨을 내쉬었다.

어쩐지 점점 하연에게 휘말리는 거 같아서 답답했다.

"……너도 참. 솔직히 말해 봐. 이제는 완전히 저 녀석 편인 거지?"

령의 눈에도 그렇게 보였던 건지, 강우를 데리고 시험장으로 향하던 그가 큭큭거리며 웃었다. 그러자 강우가 한숨을 내쉬었다. 자신도 어쩔 수가 없다는 듯.

"그럼 어떻게 합니까. 저 녀석은 딱 예문관에 어울리는 녀석인데."

분하지만 어떡해. 그만큼이나 서하연은 예문관에 필요한 존재인걸.

"음. 나는 그렇게 생각 안 하는데."

강우는 의외라고 생각하며 령의 뒤를 따랐다. 다른 사람도 아니고, 그렇게나 예문관에는 서하연이 없으면 안 된다고 노래를 부르던 그가 이렇게 말할 줄은 몰랐는데.

"설마, 내쫓으실 겁니까?"

"그럴 리가."

"그러면요?"

"내가 장담하는데, 저 녀석은 스스로 이곳에서 나갈 거야."

응? 그게 무슨 말이야?

강우는 웃고 있는 부장의 말을 이해할 수가 없었다.

물론 그의 말이 늘 맞는 건 아니었지만, 생각해 보면 지금까지 그가 했던 말 중 틀린 게 거의 없었다. 아니, 하나도 없었다. 가벼워 보이는 행동이나 말과 달리, 령은 의외의 통찰력을 갖고 있었으니까.

그런 그가 괜히 하연이 스스로 물러날 것이라고 예상할 리가 없다.

"서하연한테는 이 예문관이 너무 작아."

그 대답에 강우는 어이가 없으면서도 왠지 모르게 이해가 됐다.

누군가에게는 엄청나게 큰 세상인 궐. 그 안에서도 또 다른 세상으로 구분할 수 있는 예문관이 좁다니. 모르는 사람이 들으면 평범한 여인에게 너무 많은 기대를 걸고 있는 거 아니냐고 묻겠지만, 그녀를 한 달 이상 눈여겨 본 이들이라면 다르게 생각할 것이다.

"서하연한테 미리 잘 보여야겠네요."

"그러니까."

예문관의 두 남자가 서하연에 대해 기대가 가득 담긴 말을 하고 있을 때, 영희궁을 향하고 있던 이야기의 주인공 하연은 도중에 예상치도 못한 인물을 만나고 있었다.

"어…… 음. 그러니까……."

일단 작았다. 하연의 허리를 살짝 넘을 정도의 키에 커다랗고 동그란 눈.

양쪽으로 묶은 머리가 정말 잘 어울린다는 생각이 드는 귀여운 어린 소녀가 지금 하연의 앞에서 그녀를 올려다보고 있었다.

궐에 들어온 지도 꽤 된 거 같은데 한 번도 본 적이 없는 아이였다.

이렇게 계속해서 뚫어져라 바라보고 있으니 누군가와 닮은 거 같기도 한데, 그게 누군지는 정확하게 떠오르지 않아 답답했다.

"어, 그러니까⋯⋯."

딱 보니까 단순한 손님 같아 보이지는 않았다.

궐에서 일하고 있는 자로서 일단은 예의를 갖춰 인사를 해 둘까, 하고 하연이 막 입을 연 그때였다.

"당신이 서하연 교육관인가요?"

입술을 꽉 물고, 양손을 야무지게 꼭 쥐고 있던 어린아이가 떨리는 목소리로 물었다.

그러자 잠깐 대답하기를 주저하던 하연은 고개를 끄덕였다.

"네, 제가 서하연 교육관입니다."

자신이 서하연임을 밝히기 무섭게, 안절부절못하던 작은 아이의 눈이 부담스러운 정도로 반짝이기 시작했다. 아이는 그것으로도 모자라 넘치는 흥을 주체하지 못해 폴짝폴짝 뛰기까지 했다.

겉모습도 그렇지만 하는 행동까지도 완벽한 아이였다.

일단 정체 정도는 확인을 해야겠다고 생각한 하연이 그 아이에게 막 말을 걸려고 할 때였다.

"시연우!!"

저 멀리서 정말 오랜만에 보는 한 남자가, 처음 들어 보는 이름을 쩌렁쩌렁 외치며 달려오고 있었다.

"오랜만에 뵙습니다. 현우 님."

숨을 헐떡이며 달려오고 있던 현우 역시 그녀를 발견하고는 활짝 웃으며 인사했다.

"아, 오랜만에 뵙습니다. 서하연 교육관님."

정말 오랜만이네. 해랑은 그녀와 현우가 만나는 걸 아주 싫어해
서 그가 영희궁에 오면 무조건 하연을 제 방으로 돌려보내거나 밖
으로 내보냈으니까. 게다가 한동안 비밀 수업 때문에 정신이 없어
서 더더욱 마주칠 일이 없었다.

몇 주 만에 보는 것임에도 불구하고 현우의 얼굴에는 여전히 미
소가 맴돌고 있었다. 웃는 얼굴이 보기 좋기는 하지만, 이렇게 시종
일관 웃고 있으면 또 부담스럽다.

"아, 맞다."

인사를 끝낸 뒤 자연스럽게 어디에 가시는 길이냐 물으려던 하
연이 살짝 고개를 숙였다.

어느새 자신의 품 안에 안겨 그 작은 두 팔로 제 허리를 꼭 끌어
안고 있는 작은 아이가 보인다.

하연이 멍하니 자신을 안고 있는 아이를 내려다보고 있자, 그제
야 현우가 깜빡했다며 답지 않게 인상까지 찌푸리고 목소리를 낮추
었다.

"시연우……."

시연우? 이 역시 하연은 처음 듣는 이름이었다. 그럼에도 익숙한
'시'라는 성과 왠지 낯익은 얼굴.

아이를 보기 무섭게 어렴풋이 누군가와 닮았다는 생각은 들었지
만 그렇다고 딱 떠오르는 사람이 없었는데, 이렇게 직접 둘을 눈앞
에 두고 번갈아 보고 있으니 한눈에 알아볼 수 있었다.

눈앞에 있는 두 명은 이름뿐만 아니라 외모까지도 어딘가 묘하게 닮았다.

갑자기 자신을 끌어안은 것으로도 모자라 이제는 안아 달라며 조르는 아이를 본 하연은 할 수 없다는 듯 한숨을 내쉬며 아이를 번쩍 들어 안아 주었다.

처음 보는 사람에게도 이렇게 친한 척을 하다니.

이런 게 바로 순수한 어린아이들만이 가능하다는 일종의 뻔뻔함이 아닐까 싶다.

"시연우, 이리 와. 교육관님 불편해하시잖아."

"싫어."

현우가 두 손을 뻗으며 하연에게 매달려 있는 아이에게 말했지만, 오히려 그 아이는 하연의 목에 팔까지 두르더니 찰싹 달라붙어 버렸다.

티격태격하는 둘을 지켜보고 있던 하연의 머릿속에 몇 가지 가설이 떠올랐다.

"……따님?"

그나마 가능성 있는 한 가지를 용기내서 말했는데, 웬만해서는 웃고 넘어가는 현우의 얼굴이 살짝 찌푸려지는 걸로 보아 아무래도 잘못 짚었나 보다.

"하하, 이런. 이 나이대의 딸을 갖고 있기에는 제가 너무 젊다고 생각 안 하세요? 아니면 제가 그렇게 나이 들어 보이나요?"

"……그냥 딱 떠오른 걸 말한 거뿐입니다."

뒤늦게 변명을 해봤지만, 파르르 떨리고 있는 현우의 입가는 좀

처럼 진정되지 않았다. 이상한 오해까지 받은 뒤에야 현우는 하연에게 달라붙어 있는 작은 아이를 가리키며 소개했다.

"동생입니다. 시연우."

"네?"

동생이라는 가능성도 아예 배제하고 있던 건 아니었지만, 그녀는 해랑에게 여동생이 있다는 말을 들은 적이 없었다.

"아, 저와 같은 어머니에게서 태어난 여동생입니다."

"그렇군요."

어쩐지. 현우, 환, 해랑. 세 명의 왕자 중에서도 현우와 이름이 가장 비슷하다고 생각했는데 연주왕후의 딸이었구나. '여동생'이라는 말에 하연은 알 수 없는 시선으로 제 품 안에 안겨 있는 아이를 바라보았다.

"이 녀석만큼은 저희 삼형제랑 모두 사이가 좋아요. 소위 막내의 특권이라는 거죠. 오죽하면 해랑도 꼼짝 못 해요."

"……해랑 님 꼼짝 못 하게 잡는 건, 저도 자신 있는데 말이에요."

이런 작은 아이에게 질 수 없다는 듯 하연이 두 눈을 반짝이며 말했다. 그러자 현우는 웃었다. 늘 아니라고 말하면서도 그녀 역시 은근히 해랑에 대한 독점 의식을 갖고 있었다.

"음…… 공주님?"

아무리 작은 아이라고 해도 너무 오래 안고 있는 건 힘들었다.

결국 하연은 현우의 도움을 받아 떨어지지 않으려는 그 아이를 내려놓는 데 성공했다.

물론 여전히 치맛자락을 붙잡힌 채였지만.

"만나 뵙게 되어 영광입니다."

"안녕하세요. 교육관 '서하연'이라고 합니다."

아무리 저보다 훨씬 어리다고는 하나, 이 아이 역시 궐 안에서 권력을 갖고 있는 공주마마.

위로는 오라버니가 셋이나 있었기 때문에 자연스럽게 후계자 다툼에서 제외된 그녀는 이 궐 안에서 가장 행복한 사람이었다.

"당신에 대한 이야기는 전부터 계속 들어 왔어요!"

"그러셨군요."

작은 아이가 똘망거리는 눈으로 자신을 올려다보는 게 꽤나 귀여워 보였다.

그래. 분명히 귀여운 생물체이기는 한데…….

"신기하네요."

"네?"

"아닙니다."

그 무섭다는 고위 대신들을 상대로도 눈 하나 깜짝하지 않는 서하연이 저보다 훨씬 어린아이에게 붙잡혀 이도저도 못 하는 그 모습이 현우는 재미있었다.

그만큼이나 연우를 바라보고 있는 하연의 표정은 이상했다.

분명 천유국에서 가장 이상적인 '오라버니'라 불리는 이완의 여동생으로 살아왔기 때문일 것이다. 그러니 손아랫사람인 그녀를 어떻게 대하면 좋을지 몰라 어려워하는 거지.

"그나저나 현우 님께서는 어디 가는 길이셨습니까? 뭐, 딱 보니까 저랑 행선지가 같은 거 같지만요."

"아, 사실은 교육관님을 만나러 영희궁에 가는 길이었습니다."

왜 다들 자신이 영희궁에 있을 거라고 생각하는 걸까? 예문관의 교육관인 만큼 당연히 예문관에서 찾는 게 맞을 텐데.

"이 녀석에게 교육관님에 대한 이야기를 했더니, 꼭 만나 보고 싶다고 아주 난리도 아니어서요."

현우가 귀찮게 해서 미안하다며 말했다.

그제야 이 작은 아이가 어떻게 자신의 이름을 알고 있었던 건지, 또 아무리 옷차림이 여느 궁녀들과 다르다고 해도 어떻게 척 보고 자신의 이름을 맞춘 건지, 이 모든 의문들이 해결되었다.

"여기서 이러고 있지 말고 안으로 들어갈까요? 해랑도 기다리고 있을 거 같은데."

현우가 먼저 말했다. 하연은 마음 같아선 여유롭게 미소 지으며 '네.'라고 대답하고 싶었지만 그럴 수가 없었다.

갑작스러운 공주님의 등장에 자신이 지금 영희궁의 정문 앞이라는 사실조차 잊고 있었다. 현 위치도 잊고 있었는데 오전에 있었던 말다툼은 오죽하겠는가.

하지만 어쩌겠어. 여기까지 온 마당에 '아니'라고 말하면서 발걸음을 돌렸다가는 그 둘에게 더 이상하게 보일 게 분명한데.

할 수 없지.

결국 하연은 큰맘 먹고 영희궁을 향해 걸음을 옮겼다.

"그러고 보니까 전하께 들었습니다. 저희들 때문에 맞선이니 뭐니 난리도 아니셨다고요."

"네."

하연이 아주 조금의 망설임 없이 바로 고개를 끄덕이며 대답했다.

이건 잊지 않았다. 아마 못 잊을 것이다. 다시 생각해도 얼마나 귀찮고 짜증이 나는 일이었는데. 따지고 보면 이건 다 현우 때문이었다.

다른 두 명은 그렇다 치고, 재미 삼아 해 봤다는 그의 변덕 때문에 하연이 벼랑 끝에 몰리게 되었으니까. 이참에 제대로 한마디 해 줄까 했지만, 이제 정말 바로 눈앞으로 다가온 영희궁의 입구에 하연은 한숨을 내쉬는 것으로 넘어가기로 했다.

그래. 지금 그게 문제가 아니다.

"아, 교육관 지명은 취소했습니다."

사과에 어울리지 않게 웃고 있기에 통쾌하다고 생각하는 건가 싶었는데, 그 나름대로 정말 미안했던 건지 현우가 머쓱하게 웃으며 말했다.

"그것참 기쁜 소식이네요."

안 그래도 고위 대신들이 기회를 노리고 있는 이 상황에서 세 명 중 한 명이 빠져 준 건 그녀에게 있어서는 확실히 희소식이었다.

"네. 해랑을 밀어 줄 생각이니까요."

"……."

예전에는 환을 밀어 줄 생각이라고 했으면서 왜 갑자기 생각을 바꿨는지 궁금해졌다. 그리고 하연은 슬며시 올라가는 그의 입꼬리가 신경 쓰였다.

"교육관님, 교육관님. 그냥 제 방 가서 놀지 않을래요? 제 방에 예쁜 거 엄청 많은데요. 영희궁보다 훨씬 좋은데, 응? 안 돼요?"

하연의 손을 잡아끌던 연우가 자신도 잊지 말아 달라는 건지, 또다시 재잘거리기 시작했다.

그래. 영희궁보다는 아직 친하지 않은 이 작은 아가씨의 방을 구경하는 게 더 나아 보이긴 하네.

"마음 같아선 그러고 싶지만, 힘들 거 같군요."

하연의 말에 연우가 금방이라도 울 거 같이 울먹이기 시작했다. 그 모습을 보고 있자니 하연은 괜히 또 마음이 약해지기 시작했다.

이제 문을 두드리면 돌쇠가 달려와서 열어 주겠지.

늘 문이 열려 있던 예전과 달리 굳게 닫혀 있었다. 현우와 환이 등장하고서부터 해랑은 꼭 이렇게 영희궁의 문을 걸어 잠가 놓는 버릇이 생겼다.

영희궁을 자주 오고가는 하연으로서는 매우 귀찮은 일이 아닐 수 없었지만, 그래도 이래야 본인 마음이 놓인다니까.

그나저나 이걸 어쩌지? 일단 오기는 했는데 아직 문제도 해결되지 않은 상황에서 그냥 들어가?

"하아…… 저기……."

문 두드릴 생각도 않고 멍하니 서 있던 하연이 조심스럽게 현우를 돌아보며 입을 열었다.

과연 이 문제를 현우에게 상담하는 게 적절한 선택인지는 모르겠지만, 그래도 오라버니인 이완보다는 낫겠지.

그는 정말 좋은 오라버니이기는 하지만, 그렇기 때문에 더더욱 여동생의 연애 상담 상대로는 적절하지 않았으니까.

"……해랑이랑 무슨 문제라도 있습니까?"

"이런, 그렇게 티가 나나요?"

"그럼요."

단 세 글자의 간단한 대답이었지만, 하연은 그 대답에 충격을 받았다. 역시 형제다 이건가?

"뒤에서 저렇게 노려보고 있는데 안 이상할 리가 없잖습니까."

현우의 말에 하연은 직감적으로 자신의 앞에 또 위기가 찾아왔다는 걸 알 수 있었다. 스스로의 의지로 몸을 돌려 그 위기를 마주할 용기가 나지 않았다.

"……혹시 제 뒤에 해랑 님 계세요?"

"궁금하면 직접 돌아봐서 확인하지?"

이런. 보지 않아도 하연은 등 뒤에서 들려오는 목소리의 주인이 누군지 바로 알 수 있었다.

거의 매일매일 듣는 목소리인데, 못 알아차릴 리가 없다.

"그럴 필요까지는 없을 거 같군요."

다행히도 그녀의 손에는 아직 희망이 하나 남아 있었다.

"공주님, 방에 예쁜 거 많다고 하셨지요? 지금 당장 구경하러 가도 될까요?"

전혀 궁금하지 않았던 공주님의 잡동사니가 이렇게나 보고 싶을 줄이야.

하연의 말에 연우가 활짝 웃더니, 그러자며 영희궁의 반대쪽으로 그녀를 끌어당기기 시작했다.

이제야 돌아왔나 싶었던 하연이 다시 다른 길로 빠지려는 걸 본 해랑이 다급히 외쳤다.

"잠깐만, 서하연! 할 말 있단 말이야."

"나중에 듣겠습니다!"

가서 붙잡을 수도 있겠지만, 그런다고 하연이 순순히 저를 따라 나설 거 같지는 않았다.

결국 그녀의 성격을 잘 알고 있는 해랑은 적정 거리를 유지하며 그 뒤를 졸졸 따라갔다.

"엄청 중요한 거라고!"

다급해 보이는 해랑을 뒤로하고, 연우의 손을 잡은 하연의 걸음은 점점 더 빨라졌다.

차마 연우의 궁까지는 따라갈 수 없었는지 그의 걸음 속도는 서서히 느려졌고, 결국 해랑은 도중에 멀뚱히 섰다.

"진짜 중요한 건데……."

해랑은 난감하다는 표정으로 하연의 뒷모습과, 열린 정문 사이로 보이는 난장판이 된 영희궁을 번갈아보았다.

*   *   *

"어서 들어오세요."

문 앞에 서 있는 하연은 들어가기를 망설이고 있었다. 해랑을 피하고자 공주를 선택한 하연이었지만, 설마 이곳으로 올 줄은 몰랐다.

"여기서 지내시는 거예요?"

"네."

이런, 이건 정말 생각도 못 했는데.

영희궁보다도 훨씬 큰 궁의 규모에 하연은 한없이 작아지는 거 같았다.

지금까지 그녀가 가 본 궁이라고 하면, 우선 매일 제 집처럼 들르는 영희궁. 그리고 잊을 만하면 한 번씩 호출되는 신후왕의 중앙궁. 그리고 예전에 딱 한 번 간 적 있는 희빈의 거처, 희안궁. 최근에 환에게 자주 불려 갔던 청화궁.

따지고 보면 이 궐 안의 거의 모든 궁을 순회했다고 해도 과언이 아니었다.

그런데 이제 '거의'가 아니라 정말로 모든 궁을 다 가 본 사람이 되었다.

제 방으로 가자며 그녀를 이끌던 연우가 안내한 곳은 다름 아닌 왕후의 거처, '희수궁'이었다.

하연은 뒤늦게 자신의 생각이 짧았다는 것을 깨달았다. 왜 진즉에 생각을 못 했을까? 그러고 보니 왕자들이 머무는 궁인 청화궁은 있었지만, 공주가 머무는 궁이 있단 말은 들어 본 적이 없었다. 게다가 그녀 역시 '내 궁에 가자'가 아니라, '내 방에 가자'라고 했다.

"어머. 저분은……."

역시나. 희수궁 정문에 서 있는 것만으로도 이미 그녀는 많은 이들의 주목을 받기 시작했다.

신후왕에게 불려 다니는 것은 그렇다 쳐도, 궐 안의 양대 산맥이라고 불리는 왕후와 희빈 사이를 모르는 이가 없는데 요즘 한창 세 왕자들의 인기몰이를 하고 있는 장본인이 이렇게 등장했으니, 궁녀들의 입이 바빠질 시간이다.

"교육관님? 괜찮으세요?"

"아…… 제가 이곳은 처음 와 봐서요."

"앞으로 자주자주 놀러와 주세요. 제 방은 저쪽이에요."

나이가 어리기는 했지만 그래도 아직까지 어머니의 품 안에서 벗어나지 못할 정도는 아니었다. 게다가 이제 보니 성격도 꽤 쾌활하고 적극적이다. 이런 그녀라면 독립의 의지도 꽤나 있을 텐데.

그렇다는 건 어머니 쪽이 그녀의 독립을 막고 있는 건가.

크게 심호흡을 한 하연은 자신에게로 집중되어 있는 주변의 시선을 받으며 희수궁 안에 발을 들여놓았다. 지금 이 선택으로 나중에 궐 안에 어떤 소문이 돌지는 불 보듯 뻔했다.

차라리 해랑과 입씨름을 하는 게 백번 나았다. 그건 무조건 이겼을 테니까.

"음, 저기 보이는 가장 큰 궁이 어마마마의 궁이고 여기 작은 건물이 제가 지내고 있는 희운당(嬉雲堂)이에요."

"그렇군요."

연우는 작은 건물이라고 말했지만 하연은 그렇게 생각하지 않았다.

희수궁과 비교되어 작아 보일 뿐, 따지고 보면 해랑이 있는 영희궁과 별로 크기 차이가 없어 보였다.

밖에서 이러지 말고 빨리 안으로 들어가자며 재촉하는 그녀의 뒤를 따라 희운당에 들어서려는 그때였다.

"연우?"

등 뒤에서 무게 있는 여인의 목소리가 들려왔다. 그러자 하연의 손을 잡고 있던 연우가 재빨리 뒤돌아 자신을 부른 여인을 향해 인사했다.

"아, 어마마마."

역시나. 연우를 따라 돌아선 하연의 앞에는 중년의 여인이 서 있었다.

그녀가 궐 안에 들어온 지도 꽤 되었지만 이제야 처음으로 뵙게 된 이 나라의 안주인, 연주왕후.

현우와 연우 남매의 어머니라고 해서 그녀 역시도 활기찬 사람일 줄 알았는데 그녀는 예상과 달리 분위기가 어두웠다. 그것도 일전에 희안궁에서 봤던 또 다른 여인과는 다른 의미의 어둠.

왕후라면 이 나라 여인 중 가장 높은 자리에 있는 사람일 텐데, 분위기상으로는 왠지 어울리지 않았다. 굳이 따지자면 희빈 쪽이 더 강렬한 느낌이 들었다.

"희수궁 밖에 나갔다던데, 어딜 다녀오느냐?"

"아…… 현우 오라버니를 만나러……."

"청화궁에 갔던 게냐? 그곳에는 가지 말라고……."

설마 청화궁에 다녀왔냐는 말에 연우가 움찔했다. 그리고 그 말을 꺼낸 왕후는 이상하게도 불안해 보였다.

하연은 마치 가지 말아야 할 곳에 간 사람을 혼내는 듯한 왕후의 반응을 이해할 수 없었다.

자신도 꽤 많이 청화궁을 방문했지만, 그곳에는 왕후가 이렇게까지 예민하게 반응할 정도로 위협적인 것이 없었다.

"다음부터는 오라버니를 부르렴. 네 부름이라면 언제든지 올 테니까."

"네."

"그런데 옆에 계신 그 아가씨는……."

이런. 너무나도 갑작스러운 일들의 연속에 놀란 하연은 뒤늦게 두 손을 가지런히 모아 인사했다.

"아, 죄송합니다. 인사드리는 게 늦었습니다. 저는……."

"잠깐."

왕후께서 하연의 말을 끊었다. 너무 늦은 인사에 분노를 산 건 아닐까? 걱정된 하연은 슬쩍 고개를 들어 왕후를 바라봤다.

그러나 걱정과 달리 화가 난 얼굴이 아니었다. 오히려 그녀는 놀란 표정이었다.

그것도 안 좋은 의미로 놀란 게 아니라 마치 엄청난 걸 발견했다는 듯한 눈빛이었다.

"……혹시 당신이 그 '서하연'인가요?"

"예. 예문관 교육관 서하연이라고 합니다."

왕후의 입가에 부드러운 미소가 지어졌다.

"교육관님께서 어떻게 희수궁에……."

마치 자신은 이곳에 있어서는 안 된다는 식으로 들려, 하연은 기분이 좀 찝찝했다. 그게 무슨 뜻이냐 묻고 싶은 마음이 굴뚝같았지만 꾹 참아 냈다.

"제가 초대했습니다."

다행히도 눈치 없는 연우가 끼어들어 준 덕분에 잠시나마 이상했던 분위기를 어떻게든 넘어갈 수 있었다.

그나저나 인사도 했으니 이쯤 되면 자연스럽게 자리를 피해 줘도 될 텐데, 하연은 자신을 신비한 생물처럼 반짝이는 눈으로 바라보고 있는 왕후의 시선이 마음에 들지 않았다.

"꼭 한번 만나 보고 싶었습니다. 저희 쪽에서는 당신을 마음대로 부를 수가 없다는 게 안타까웠는데."

"예?"

"전하께서 희빈과 저에게 당신을 마음대로 부르지 말라는 어명을 내리셔서 말입니다. 모르셨습니까?"

알았으면 오지도 않았겠지요.

아무 생각도 없어 보이던 신후왕이 자신을 위해 그런 어명을 내렸다는 말에 하연은 살짝 의외라는 생각과 함께 감동 받았다.

나중에 차나 한잔 하자는 왕후의 말에 '알겠습니다.'라는 형식적인 대답을 해 준 하연은 그제야 희운당에 들어설 수 있었다.

*   *   *

"……왜 응시생들 감시하느라 이리저리 뛰어다니기 바빴던 우리들보다, 네가 더 피곤해 보이는 거야?"

불만 가득한 강우의 말에 책상에 축 늘어져서 건성건성 종이를 넘기고 있던 하연이 힘겹게 고개를 돌렸다.

오후 채점할 때 도와 달라는 부장의 말대로, 하연은 연우와 헤어진 뒤 이렇게 일을 하기 위해 바로 예문관으로 돌아왔다.

"······요즘 여자애들은 참 무섭네요."

"네가 할 말이야?"

하연이 초점을 잃은 눈으로 중얼거리자, 옆에서 열심히 서류들을 보고 있던 강우가 어이없다는 표정을 지었다.

"장난 아니었다고요, 형님····· 몇 시간이고 한 자리에 앉아서 끊임없이 말하는데······."

"그러니까, 편히 앉아 화기애애하게 대화를 나눴다는 거 아니야."

"아니요. 그러니까, 전 아무것도 하지 않았다는 겁니다."

"······지금 네 입으로 놀았다는 걸 인정하는 거야?"

하연의 말에 강우는 들고 있던 붓을 떨어뜨릴 정도로 깜짝 놀랐다. 천하의 서하연이 이렇게나 솔직하게 인정하다니. 이건 필시 무슨 일이 있는 게 분명했다. 그렇게나 그 공주와의 다과회가 끔찍했나? 그냥 앉아서 대화 나누다 온 거 아니었어?

"형님, 제가 이 세상에서 무서워하는 게 뭔지 아세요?"

"네가 무서워하는 것도 있었어?"

다시 붓을 집어든 강우가 열심히 채점을 하려다가 물었다. 서하연이 무서워하는 거라니, 꼭 알고 싶었다. 일종의 약점. 혹시라도 나중에 써먹을 수 있을지도 모르고.

조용히 앉아 있던 하연이 갑자기 벌떡 일어나더니 버럭 외쳤다.

"바로 아무것도 하지 않는 겁니다!! 차라리 일을 하겠어요! 아무것도 안 하며 시간 보내는 건 싫다고요!"

"그래, 서하연. 앞으로도 일 많이 시켜 줄 테니까 그런 걱정은 말고, 일단 어서 붓을 들어. 그리고 일을 해."

하연의 외침에 언제 온 건지 부장이 피곤해 죽겠다는 얼굴로 그녀의 뒤에서 말했다.

"아, 부장. 왜 이렇게 늦게 오셨어요?"

시험이 끝난 지가 언제인데 뭐 하다가 이제 왔느냐는 하연의 말에 령은 인상을 찌푸렸다.

"부장급 회의가 있었다. 왜? 이 부장님 보고 싶었냐?"

"네."

"……."

이제 어느 정도 부장의 말장난에 익숙해진 하연은 아무렇지도 않게 고개를 끄덕이며 받아쳐주었다.

사람이 피곤하면 예민해진다는 말은 들은 적이 있지만, 설마 바보 부장에게까지 그 말이 해당될 줄은 몰랐네.

하연의 빠른 답변에 놀란 령이 제 자리에 앉으려다가 멈칫했다. 그러고는 두려움으로 인해 흔들리는 눈빛으로 그녀를 바라봤다.

"그러지 마라, 서하연. 난 아직 죽으면 안 돼. 내가 이 자리까지 오는 데 얼마나 노력……."

"대답 한 번 했을 뿐인데, 왜 그게 사망으로 이어지는 거죠?"

하연의 질문에 말을 말자며 령은 자리에 털썩 앉았다.

그녀가 관심을 갖는 모든 것들에 무조건적으로 관심을 보이는 도깨비가 있지 않은가.

령은 그 도깨비에게 잡아먹히고 싶지는 않았다.

"아, 맞다. 서하연."

"또 뭡니까."

말씀대로 열심히 일하는 중인데 왜 부르느냐며 하연은 령을 돌아보지도 않은 채 대답했다.

그런데 정작 불러 놓고는 아무런 말이 없다. 지금 장난치는 거냐며 그녀가 막 고개를 돌리니 자신의 자리에 앉아, 손가락 두 개를 편 채 씨익 웃고 있는 령이 보였다.

하연은 그 미소보다도 그의 손이 더 신경 쓰였다.

'두 개'라. 안 좋은 기억이 떠오르는데. 예전에 항의가 들어왔다며 약을 올리던 그의 모습과 겹쳐 보였다.

그녀가 아무 말도 못 하고 얼어붙어 있자 령이 씨익 웃었다.

"좋은 소식이 두 개 있는데 뭐부터 들을래?"

좋은 소식이라는 령의 말에도 하연은 좀처럼 긴장을 풀 수가 없었다.

'좋은 소식?' 그것도 두 개씩이나. 그게 뭐지? 이 궐에 들어오고서부터 그녀는 좋은 소식이란 것과는 거리가 먼 삶을 살고 있었다. 아, 궐에 들어오기 전부터도 그랬지 참.

"……덜 좋은 소식부터 부탁드리겠습니다."

"회의에서 결론이 났어."

"무슨 결론이요?"

"현우 님의 포기로 정식 교육관은 네 선택에 맡기겠대."

"음…….."

눈을 반짝이며 '정말이요?'라고 외칠 줄 알았는데 령이 예상했던 것보다 하연의 반응은 약했다.

혹시 제대로 못 들은 건가 싶어 일부러 두 번이나 말해 봤지만,

낮에 만난 현우에게서 직접 그 이야기를 들었던 하연으로서는 별로 놀랄 만한 이야기가 못 됐다.

"그래서, 두 번째는 뭔데요?"

"아, 이건 정말 아주 놀라운 거야. 놀랄 준비 단단히 해 둬."

"글쎄요."

이번 역시 별거 아니겠지 싶은 하연은 그 말을 듣는 둥 마는 둥 제 할 일에 집중했다.

도대체 이번 국시를 본 응시생들의 수가 몇 명이나 되는 건지, 예문관의 모든 교육관들이 채점에 총동원되었는데도 불구하고 일인당 맡은 수가 너무 많았다. 이거 혹시 시험지 수에 사기 치는 거 아니냐며 하연이 막 따지려고 할 때였다.

"축하한다. 동료가 생겼네."

"예?"

"원래 가채점 결과는 잘 안 알려주지만 말이야."

가채점? 동료? 이게 다 무슨 말이지?

이렇게 야금야금 알려주지 말고, 그냥 한 번에 제대로 말해 주면 참 좋을 텐데.

하지만 그렇게 하기에는 령의 성격이 좋지 못했다. 때문에 하연은 조금 전 령의 말을 이해하는 데 약간의 시간이 필요했다.

"잠깐. 설마……."

늦은 이해를 하고 있는 그녀를 대신해 열심히 일하고 있던 강우가 부장의 말을 바로 알아듣고는 끼어들었다. 설마하는 얼굴을 한 강우에게 령은 고개를 끄덕여주었다.

"이번에 국시에 응시한 아홉 명의 여인들 중 네 명이 통과했어."

그 말에 하연이 자리에서 벌떡 일어났다. 령이 무슨 말을 해도 놀라지 않을 자신이 있었지만, 이번에는 정말 확실하게 놀라웠다.

"……정말이요?"

"그래. 이제 너도 혼자가 아니네. 기분이 어때? 아, 인기를 한 몸에 받던 홍일점에서 벗어나니 슬프려나?"

"무슨 소리세요. 전 어디에 있든 눈에 띄는걸요."

퉁명스럽게 말하고 있었지만, 하연은 미소가 지어진 그 입가를 어떻게 주체할 수가 없었다. 그동안 고생했던 일들이 주마등처럼 눈앞을 스치고 지나가는 거 같았다.

아니, 과거의 고생 따위 이제 상관없지. 결과가 좋다는데 뭐든 어때라. 지금 당장 그동안 고생해 준 학생들에게 감사의 인사와 고생했다는 격려를 해 주고 싶었지만, 눈앞에 놓여 있는 현실은 산더미 같은 일이니 일단 그것은 내일로 미뤄 둬야겠다.

"부장, 저 오늘 이거 다 하면 내일 오전에 잠깐 나갔다 와도 될까요?"

아직 발표되지 않은 시험 결과를 막 말할 수는 없겠지만, 그래도 그동안 정말 노력했다는 말은 직접 해주고 싶었다.

"음. 상관은 없는데, 너 내일 오전은 바쁘지 않아?"

안 바쁘게 하려고 오늘 중에 이거 다 끝내겠다고 말한 건데.

"제 계획대로라면 전 내일 오전에 안 바쁠 텐데요."

"……내가 들은 계획대로라면 넌 눈코 뜰 새 없이 바쁠 텐데?"

내일 무슨 일정이 있었나, 하고 잠시 생각해 봤지만 그녀의 머릿속에는 딱히 떠오르는 게 없었다.

오늘 막 시험이 끝났다. 그러니 늘 그랬듯 오늘 내일 중으로 1차 채점을 할 것이다. 즉, 내일까지 끝내도 되는 채점을 오늘 안에 끝내기만 한다면 내일 하루라는 시간을 버는 것과 다름없었다. 물론 부장이 추가적인 일을 시키지만 않는다면.

"혹시 저 내일 잔업이라도 시키실 건가요? 만약 그렇다면 정말 슬플 거 같은데요."

"그게 아니라……."

그게 아니면 도대체 뭐기에 그가 이렇게 혼란스러워하는 걸까.

"너 내일까지 신입 관리 기숙사 나가야 하잖아."

오늘이 무슨 날인가. 국시날인 건 알겠는데 이건 아니지.

정말 여러모로 놀라는 그녀였다. 오늘 안에 이 모든 것을 다 끝내겠다고 다짐하고 있었는데 이건 또 무슨 청천벽력 같은 소식이래.

"이제 저 필요 없다고 내쫓으시려고요?"

"말했지. 난 오래 살고 싶다고. 널 내쫓으면 난 두 번 죽을 거야. 첫 번째는 도깨비에게, 두 번째는 과로로."

신입 관리 기숙사란 말 그대로 신입 관리들을 위한 기숙사.

그러다 보니 다음으로 들어오는 신입의 수가 많을 경우 모자라는 수만큼은 자리를 빼는 경우가 있다.

하지만 이제 막 시험이 끝난 상태에서 벌써부터 조정을 할 리는 없고, 혹시 새로 들어온다는 다른 여자 대신들을 위해 제대로 여성 관리 기숙사라도 만들어 주려는 건가 싶었지만 공사 이야기는 들어본 적도 없다.

"아, 알겠다. 해랑 님께서 또 고집을 피우셨군요. 저 또 영희궁으로 옮겨야 하나요?"

"아니, 그게 아니라…… 뭐야, 해랑 님께서 직접 말씀하신다고 했는데 못 들었어?"

령의 말에 하연의 머릿속은 또다시 혼란스러워졌다.

그러고 보니까 아까 영희궁의 정문에서 돌아설 때 뭔가 중요하게 할 말이 있다고 했던 거 같은데.

"도대체 뭔데 이러는 건데요?"

아, 왠지 모르게 또 불안해졌다.

*   *   *

"……세상에나."

영희궁 안에 들어선 하연은 그야말로 경악할 수밖에 없었다.

어제 부장에게서 얼핏 듣기는 했어도 설마설마했는데.

마음 같아선 당장에라도 영희궁으로 오고 싶었지만 어제는 채점일 때문에 예문관을 벗어날 수가 없었다. 결국 밤을 새 가며 모든 일을 끝냈고, 아침이 돼서야 시간이 나서 와 봤는데 눈앞에 펼쳐진 광경은 그야말로 난장판.

오늘따라 영희궁이 더 작아 보였다.

어제 회수궁을 다녀와서 더 그렇겠지. 게다가 워낙에 작은 공간인데 이렇게 온갖 물건들을 전부 꺼내놓으니 더더욱 좁아 보일 수밖에.

현재 마당에는 책꽂이며 책, 몇 안 되는 장식장들, 그 외에 가뜩이나 몇 없는 살림살이들이 총동원되어 나와 있었고, 궁인들은 바삐 움직이며 그 물건들을 어딘가로 나르고 있었다.

아니, 일단 진정하자.

진정하고 이 사태의 원인이자 궁금증을 해결해 줄 단 한 사람, 그를 찾자.

"저기, 잠시만요."

"아, 교육관님!"

일단 해랑을 찾기로 한 하연은 막 커다란 장식장을 낑낑거리며 나르는 중인 사람을 불러 세웠다. 잔뜩 인상을 찌푸린 채 짐을 나르던 남자가 하연을 알아보고는 깜짝 놀라더니 불안한 그 자세로 꾸벅 인사했다.

자세가 오래 버티기 힘들어 보였다. 최대한 빨리 질문하고 가야겠다는 생각에 하연은 바로 본론으로 들어갔다.

"해랑 님 어디에 계시는지 알고 계시나요?"

"아, 해랑 님이라면 안에 계실 겁니다."

아니, 밖이 이 난리인데 정작 이 궁의 주인은 방 안에서 뭘 하고 있는 거야?

"돌쇠 씨는요?"

영희궁이 이 난리가 났는데 너무나도 조용하다는 게 이상했다. 만약 해랑이 문제를 일으켜서 이 지경이 된 거라면 필시 돌쇠가 가만히 있지 않았을 텐데.

지금쯤이면 이 정원 한복판에서 길길이 날뛰는 게 정상일 돌쇠의 모습까지 보이지 않으니 너무나도 이상했다.

돌쇠의 위치를 물었지만 그에 대한 대답은 들려오지 않았다. 다른 사람도 아니고 해랑의 하나밖에 없는 신하인데 그를 모른다는 건 말이 안 됐다.

"도…… 돌쇠 씨요?"

말이 안 된다고 생각했는데, 남자는 당황한 표정으로 하연을 바라보고 있었다. 비단 짊어지고 있는 짐의 무게 때문만은 아닐 것이다. 남자는 정말 돌쇠라는 사람이 누군지 모르는 눈치였다.

"아니, 돌……."

답답함에 아까보다 더 높아진 목소리로 같은 질문을 하려던 하연은 말을 뚝 하고 멈췄다. 그녀는 뒤늦게 자신의 실수를 깨달았다.

"아, 무향 씨요. 소무향."

이게 다 해랑 님 때문이야. 그가 매번 이름이 아닌 돌쇠라 부르는 바람에 어느새 그녀도 그것이 입에 배어 버린 게 분명했다.

하연이 정정하자 그제야 혼란스러워 보이던 남자의 눈빛이 진정되었다. 그리고 열릴 생각을 않던 그 입이 드디어 떨어졌다.

"아, 무향 님이라면 지금 청화궁에 계십니다."

응? 지금 뭐라고? 청화궁이라고?

익숙하지만 어색한 그 궁의 이름에 하연은 심장이 쿵하고 떨어지는 거 같았다. 설마설마했는데 역시나 설마는 사람을 잡는구나. 이 말도 안 되는 이야기를 들을 당시에는 그저 그럴 리가 없다며 웃어 넘겼는데.

"그곳에서 짐 옮기는 걸 감독하고 계십니다."

결국 부장의 말은 농담이 아닌 사실이었다.

'내일 해랑 님, 청화궁에 들어가시잖아.'

재미있는 이야기가 있다며 생글생글 웃는 얼굴로 이 소식을 전하던 부장이 떠올랐다. 어쩐지, 미소가 예사롭지 않더라니 설마 진짜일 줄이야.

일단 해랑부터 찾아야겠다. 하연은 바로 그의 방으로 향했다.

그에게 들어야 할 이야기가 너무나도 많았다. 물론 어제 해랑이 먼저 내민 대화의 손길을 거부한 건 자신이기는 했지만.

익숙하게 그의 방으로 직행한 하연은 두어 번 정도 문을 두드린 후 아무런 답변이 돌아오지 않는 방 문을 열고 안으로 들어섰다.

"……어제 날 그렇게 버리고 연우랑 놀러가니 좋았어?"

아, 바로 시작하는구나.

그래도 인사 정도는 나눈 뒤에야 시작될 줄 알았는데, 문이 열리기 무섭게 들려오는 투덜거리는 소리에 하연은 한숨을 내쉬었다.

벌써부터 이 상태라면 오늘 안에 그의 기분을 풀어 주기란 매우 힘들 거 같았다. 물론 삐쳐 있을 거란 생각은 했지만 밖에서는 짐을 옮긴다고 저 난리인데 정작 이 소동의 원인께서는 이렇게 방에 벌러덩 누워 손님을 맞이하고 계시다니.

지금 이것이 자신을 향한 시위라는 건 알고 있다. 마음 같아선 그러거나 말거나 무시하고 그냥 나가 버리고 싶었지만 그래도 지은 죄가 있으므로 그럴 수도 없고, 입장이 난처했다.

할 수 없지. 어쩌겠어.

그를 이렇게 만들어 버린 건 책임져야지. 그래야 다른 사람들이 피해를 보지 않을 테니까.

그녀가 왔다는 걸 알면서도 해랑은 여전히 등을 돌린 채로 누워 있었다. 하연은 애도 아니고 유치한 신경전을 벌이는 그에게 어느 정도 어울려 주며 접근을 시도했다.

"솔직히 말씀드리면 별로 안 좋았어요. 차라리 해랑 님과 함께 있는 편이 더 나았을 텐데."

그 말에 드디어 해랑이 슬쩍 고개를 돌렸다. 언제 삐졌냐는 듯 옅은 미소가 번진 얼굴로 그녀를 바라보길 얼마, 곧 다시 '아차!' 하고 돌아눕는다.

"이제 와서 그렇게 말해도 소용없어. 난 네 덕분에 어제 거의 하루를 굶었다고."

"그게 왜 저 때문인 거죠?"

오늘은 최대한 그의 기분을 맞춰 주며 그냥 넘어가려고 했는데, 이것만큼은 억울해서 도저히 무시할 수가 없었다.

물론 눈앞에서 여동생과 도주한 것은 잘못이긴 했지만, 다른 것도 아니고 제 끼니 챙겨 먹지 못한 걸 자신 때문이라고 하다니 이건 너무 하지 않은가. 그의 주장은 말이 안 됐다.

억지 부리지 말라는 그녀의 말에 해랑이 다시 하연을 바라봤다. 아니, 이번에는 쏘아봤다.

하지만 겨우 그것에 겁먹고 물러설 하연은 아니었으니, 결국 해랑은 누운 채로 배고파 죽을 거 같다며 말도 안 되는 연기를 펼치기 시작했다.

"네가 언제 돌아올지 모르는데 어떻게 먹어."

"혼자 드시면 되지요."

"맛없어."

그는 하연에게 자신을 버리고 간 것에 대한 죄책감을 느끼게 하려고 했지만, 안타깝게도 하연에게 그런 수작은 통하지 않았다. 결국 뒤늦게 이 방법이 아니라는 걸 깨달은 그는 벌떡 일어나 자리에 앉았다.

"이제는 제가 없으면 혼자 식사도 못 하게 되신 건가요?"

"난 이제 네가 없으면 못 살아. 이런 내가 귀찮겠지만, 적응해."

"······."

이제 슬슬 익숙해질 법도 한데, 하연은 아직도 저런 말을 들을 때마다 적응하기가 힘들었다.

평상시에 들을 수 없는 말이다 보니 더더욱.

"안 귀찮아요."

"응?"

"음. 안 귀찮다는 말은 틀린 거 같군요. 귀찮아요. 하지만 이제 익숙해졌으니까, 괜찮아요."

그 말에 해랑의 표정이 점점 밝아졌다. 그리고 그것을 지켜보고 있던 하연 역시도 그제야 마음이 편해지는 거 같았다. 자, 그럼 이제 어느 정도 마음도 가벼워졌겠다, 슬슬 본론으로 들어가야지.

일단 어제의 일에 대해서는 제대로 사과했으니 그 다음으로는 저 문밖에서 일어나고 있는 소동의 경위를 듣는 게 순서인 거 같았다.

"······청화궁에 가신다는 말이 사실인가요?"

"그래."

그는 아무렇지도 않다는 듯 담담하게 말했지만 하연은 그럴 수가 없었다.

아니, 다른 곳도 아니고 그 청화궁이었다. 왕자들이 머무는 궁인 청화궁. 그렇게나 해랑이 싫어했던 청화궁이란 말이다.

지금 장난하는 건가? 아니, 장난이라 하기에 그는 너무나도 진지해 보였고, 일단 오면서 난리가 난 마당을 봤으니 더 의심해 봤자 의미 없었다.

"정말 괜찮으시겠어요? 그곳 싫어하시잖아요."

"네가 그랬잖아. 네 목표를 이루거나, 내가 왕위에 오르면 그때 결혼하겠다고."

잠깐, 설마 그때 했던 말 때문에 청화궁에 가겠다고 하는 거야?

"넌 분명히 목표가 엄청나게 클 테니까, 그거 이룰 때까지 기다리면 꼬부랑 할아버지가 될 거 같으니 차라리 내가 왕위에 오르는 게 빠를 거 같아."

"아, 아니. 잠깐만요!"

너무나도 아무렇지 않게 말하는 해랑의 말에 하연은 잠시 할 말을 잃었다. 그러나 그것도 길지 않았다. 고작 이런 이유로 청화궁 행을 선택하다니, 아무리 생각해도 믿어지지 않았다.

"진짜? 진심이에요?"

"진짜."

"왕이 되겠다고?"

"그래."

"......"

"스승이면 기뻐해 줘야 하는 거 아니야? 학생이 꿈을 높게 잡았는데."

그야 그렇지. 하지만 그 꿈이 너무 높은 데다가 꿈이 생긴 동기라는 게 좀…….

현우가 선택을 철회해, 예문관 대신들은 원래의 규칙대로 하연의 선택을 우선하겠다고 했다.

다만 한 가지 문제가 있었으니, 그게 바로 해랑이다.

그는 스스로 왕자의 지위를 포기한 상태였는데, 청화궁에 들어간다는 것은 그렇게나 싫어하는 왕위 경쟁을 통해 정식 왕자임을 인정받겠다는 말이나 다름없었다. 설마 스스로 그런 선택을 할 줄이야.

멍하니 자신을 바라보고 있는 하연의 손을 잡은 해랑이 장난스럽게 미소 지었다.

"감동받았지? 그래, 나도 알아. 생각해 보니까 나도 꽤 괜찮은 남자인 거 같더라고."

밖에서 짐을 다 옮겼다는 말이 들려왔다. 먼저 자리에서 일어선 해랑이 하연에게 손을 내밀었고, 그녀는 그 손을 잡고는 함께 일어났다.

"이런 남자가 목을 매고 있으니, 넌 참 행운아야."

행운아라…….

"그래요. 저는 참 행운아지요."

하연이 고개를 끄덕이며 스스로 행운아라는 걸 인정하자 해랑의 표정이 살짝 이상해졌다.

"……순순히 인정하니까 불안한데?"

"진심인데."

밖에 나오니, 아까까지만 해도 여기저기 놓여 있던 짐들은 이미 다 옮겼는지 마당이 깔끔했다. 오히려 휑했다.

좁아 보였던 영희궁이었지만 모든 짐들이 빠지고 나니 하연은 쓸쓸했다. 바로 여기서 처음 그와 만났는데.

아쉬운 마음으로 영희궁의 정문을 지나 청화궁으로 향하는 도중에 해랑이 갑자기 멈춰 섰다. 그러고는 하연을 향해 돌아보며 말했다.

"자, 마지막 인사를 해 줘. 나 당분간 이곳에 돌아올 일은 없을 테니까."

평소와 달리 하연은 그 말을 무시할 수가 없었다. 분명 '마지막' 이라는 단어가 들어가서 더더욱 그렇겠지.

긍정도 부정도 못 하고 우물쭈물하고 있는 하연의 대답을 기다리고 있던 해랑이 잠시 그녀의 눈치를 보는가 싶더니 재빠르게 다가와서는 그녀의 뺨에 입을 맞추었다.

"……"

하연은 화를 내지 않았다. 그렇다고 그를 밀쳐 내거나 때리지도 않았다. 그저 그를 바라보고 있을 뿐.

자신과 결혼해 보겠다고 스스로 만들어 낸 안전지대에서 나온 남자를 어찌.

하연이 아무런 반응이 없자, 그냥 무사히 넘어갔다는 사실에 기뻐해야 할 해랑은 오히려 혼란스러워 보였다. 여기서 만족하고 넘어가야 하나, 아니면 더 욕심을 내도 되나, 그걸 고민하고 있는 게 분명했다. 아주 작은 용기를 내 보기로 결심한 그는 천천히 고개를 숙이다가 그녀의 입술 바로 옆에서 멈췄다.

"……."

"……시간 없습니다. 할 거면 빨리 하고 갑시다."

결국 기다려 주던 하연이 화가 아닌 짜증을 냈다. 아무리 그래도 시간 낭비는 그녀가 싫어하는 것 중의 하나.

"얼굴 안 붉히니까 재미없어."

예상했던 것과 달리 더는 아무것도 하지 않고 물러선 그가 청화궁 안으로 들어서며 중얼거렸다. 그러고 보니까 주변에 보는 사람이 없어서 정말 다행이었다.

"자, 마지막 인사도 했으니까 그럼 내일부터는 청화궁으로 출근하면 되는 거지요?"

문 앞에 서서 힘내라는 응원을 하며 배웅하던 하연이 물었다. 굳이 영희궁까지 가서 수업을 하는 건 효율적이지 않았으니까. 그런데 왜, 정말 불안하게 왜 자신을 저렇게 보고 있는 건지 모르겠다.

딱 한 발자국을 청화궁에 들여놓은 해랑이 문밖에서 손을 흔들고 있는 하연을 바라보고 있었다.

"안 따라오고 무슨 소리 하는 거야. 네 짐은 벌써 다 옮겨 놨어."

"……네?"

잠깐, 지금 이게 무슨 소리래? 그러고 보니까 어제 부장이 오늘 안에 기숙사에서 나가야 한다느니 뭐라고 했던 거 같은데, 깜빡하고 있었다.

"가장 먼저 옮겨 놨지. 내가 설마 널 두고 가겠어?"

"잠깐만요."

그냥 두고 가도 상관없는데. 정말 괜찮은데.

"이 끔찍한 곳에 들어오는데, 너라도 있어야지."

하연은 너무나도 당당하게 말하고 있는 그의 태도가 어이없었다. 그래, 영희궁에서 함께 지낸 적도 있었지만 지금은 그때와 상황이 너무나도 달랐다. 다른 곳도 아니고 청화궁이라니!

"잠깐만요. 아까 그 '마지막 인사'는 뭔데요?"

"그건 영희궁과의 마지막 인사지."

속았다. 이번에는 하연이 속아 넘어가고 말았다.

아니, 그럼 영희궁 대문에 입을 맞추든가 아니면 기둥을 끌어안든가 그래야지 왜 나한테 그런 거래?!

아무런 반론도 할 수 없어 그저 멍하니 자신을 바라보고 서 있는 하연에게 그가 다시 말했다.

"말했지? 난 너 없으면 못 산다고. 그러니까 얌전히 따라와."

그렇게 멋지게, 기세등등하게 말해 놓고 결국에는 혼자 못 간다는 말이잖아!

十九花
그때 그 꽃에게

청화궁(青花宮). 이곳은 신후왕이 세 명의 왕자를 위해 만든 궁으로, 커다란 정문을 지나가면 세 개의 각자 다른 전각이 세워져 있다.

정문을 지나면 바로 정면에 보이는 전각은 첫째 아들인 현우의 거처, 북궁(東宮). 왼쪽에 있는 게 환의 거처인 서궁(西宮). 그리고 오른쪽에 있는 게 바로 해랑의 거처인 동궁(東宮)이었다.

하지만 그동안은 밖을 돌아다니며 여행하길 좋아하는 현우와 청화궁은 죽어도 싫다며 영희궁에 박혀 있던 해랑에 의해 환이 청화궁의 유일한 주인으로서 살고 있었다.

물론 이제 청화궁의 주인은 세 명이 되었지만.

청화궁의 주인이 셋으로 늘어났다는 이야기는 엄청난 사건으로, 한동안 궁인들의 입에서 신나게 오르내릴 터였다.

괜히 소란을 피웠다가는 이 소문이 더 심해질까 두려워 일단 그를 따라 오기는 했지만 하연은 벌써부터 지치는 거 같았다.

그렇게 돌아오기 싫은 곳이라고, 싫다고 할 때는 언제고.

해랑은 안에 들어오기 무섭게 저 혼자 신이 나서는 하연의 손을 잡고 이 방, 저 방을 끌고 다니며 구경하기 시작했다.

"자, 여기가 네 방."

언제 다 옮겨 놓은 건지, 기숙사에 놓여 있던 자신의 짐들이 전부 방 안에 정돈되어 있었다.

"영희궁에서도 같이 지냈는데 뭐."

하연이 고개를 절레절레 저으며 해랑의 손을 잡아끌었다.

"하지만 그…… 뭐라고 하면 좋을까. 마음? 그래요, 마음이 다르잖아요."

"그건 뭐라 부정할 수 없지만 나는 네가 없으면 안 된단 말이야."

아, 또다. 또 이렇게 울먹이는 아이처럼 말하고 있으니 굳게 다짐했던 하연의 마음은 한 번 더 술렁이기 시작했다. 요즘 들어 정말 미치겠다니까.

"사람들이 가만있지 않을 거예요."

"아마 상관없을걸."

너무 당당하게 말하고 있으니까 오히려 하연이 주춤했다.

아마 상관없을 거라니, 그게 무슨 말인가.

하연은 작게 한숨을 내쉬었다. 아무래도 지금의 그는 무슨 말을 해도 들으려고 하지 않을 거 같았다.

"그게 무슨 말이야!"

한동안 조용하던 희안궁이 또다시 소란스러워졌다.

오랜만에 돌아온 아들로 인한 평화는 오래가지 못했다. 바삐 움직이던 궁인들이 한숨을 내쉬며 그 목소리 주인의 심기를 건드리지 않기 위해 바짝 긴장했다.

"서하연이 시해랑을 선택했다니! 청화궁에 들어왔다니!"

그때 그녀를 놓친 것이 이렇게까지 큰 위기가 되어 다가올 줄이야. 자신은 물론, 신후왕조차 손에 넣기 어려웠던 하연이 스스로 해랑을 선택했다는 것은 아주 큰 문제였다.

"게다가 뭐? 희수궁에 갔다고? 어째서! 뭣 때문에!!"

"그, 그건 저도 잘……."

그래, 솔직히 그녀가 해랑을 선택했다는 건 어떻게든 이해하고 넘어갈 수 있을 거 같았다. 하지만 이건 아니지. 희수궁이라니! 왕후의 소굴인 희수궁이라니! 그녀가 그곳에 볼일이 있을 리가 없는데!

"왕후가 부른 건가? 하지만……."

희수궁에 있는 여인을 생각하니 화가 났다. 희빈이 입술을 꾹 깨물며 중얼거리자 그녀에게 이 소식을 전한 궁녀가 고개를 저으며 말했다.

"……그건 아마 아닐 겁니다. 마마와 왕후마마는 서하연 교육관에게 함부로 접근하지 말라는 전하의 어명이 있지 않았습니까."

"하긴, 그 여자는 어명을 무시하면서까지 그녀를 부를 그릇은 못

되지."

희빈이 고개를 끄덕였다.

방금 전 궁녀의 말대로, 왕후 쪽에서 하연을 불렀다는 건 말이 안
됐다. 어명을 어기면서까지 그녀를 불렀다면 좀 더 은밀하게 불렀
을 텐데 목격자가 너무나도 많았으니까.

그렇다는 건 서하연이 직접, 제 발로, 스스로 희수궁을 찾았다는
말이 되는데 이게 더 큰 문제였다.

"설마 그 아이, 왕후의 사람이 되려는 건 아니겠지?"

일전에 자신이 그녀의 성질을 돋우었던 일을 아직도 마음속에
품고 있다면 충분히 가능했다.

"역시 그때 놓쳐서는 안 되는 거였어. 안 되는 거였다고!"

하지만 이제 와서 후회한다고 해도 너무 늦었으니.

'대신에 그 누구의 편에도 서지 않겠다고 말입니다.'

'오늘 마마께서는 아주 귀한 꽃을 잃으신 겁니다.'

그때 눈 하나 깜빡하지 않으며 자신에게 대꾸하는 그 모습을 보
고 알아 차렸어야 했는데. 자신은 이 작고 아름다운 꽃에게 이길 수
없다는 걸.

"환과 맺어줬어야 했어…… 현우가 아니라 내 아들과."

한참을 씩씩거리며 고래고래 소리를 지르던 희빈이 갑자기 딱
멈췄다. 일단 침착하자. 이미 지나간 일을 후회해도 소용없다. 그
래, 지금은 다른 방법을 선택해야 할 때.

어느 정도 진정된 건지 정신없이 방 안을 돌아다니던 희빈이 제자리에 멈춰 서더니 방 안에 있던 궁녀에게 명령했다.

"일전의 그 아이를 불러 오거라."

"……예."

"그리고 또 하나. 중앙궁으로 가서, 무슨 일이 있으면 나에게 와서 바로 알리고."

"예. 알겠습니다."

*   *   *

"오랜만입니다."

지금 이런 자리는 정말 오랜만이었다.

사실 가까이 있었지만 누구누구 때문에 이렇게 만날 수가 없었으니까. 하지만 청화궁에 들어오기로 한 이상, 한 번은 꼭 겪어야 하는 일이었기 때문에 어쩔 수가 없었다.

현재 하연은 청화궁에 있는 세 개의 궁궐 중 한 곳에서 지내고 있었고, 환 역시 청화궁에 있으니 오다가다 마주치는 일이 빈번했기 때문이다.

"그래서, 결국에는 해랑을 선택하셨다고요."

"예."

"그것 참 멋진 조합입니다. 바보 왕자와 여성 교육관이라."

"오히려 전 딱 맞는 거 같은데요. 사람들 앞에서 숨는 걸 좋아하는 왕자와 눈에 띄는 걸 좋아하는 교육관이라."

차를 마시던 하연은 인상을 찌푸렸다. 하지만 지금은 이런 이야기를 하러 온 게 아니지. 그녀는 자신의 선택을 통보하기 위해 온 것이었다.

앞으로 이곳에서 지내게 되면 마주칠 일이 많을 텐데 그때마다 신경 쓰고 싶지는 않았으니까. 게다가 그녀에게는 해랑의 고백을 듣게 된 다음부터 생각해 뒀던 게 하나 있었다.

"결국 저와 경쟁을 하시겠다는 말씀이시군요."

하연이 자신이 아니라 해랑을 선택했다는 소식을 들었을 때보다도 더더욱 서운했다. 마음이 답답하고 먹먹하다.

간만에 마음에 드는 사람을 찾은 거 같았는데.

만약 자신이 유학을 가지 않고 천유국에 남아 있었다면, 그리고 하연이 교육관으로 들어와서 해랑보다도 자신과 먼저 만났다면 지금 이 상황이 변하지 않았을까?

지금 그녀의 앞에 앉아 이런 이야기를 듣고 있는 건 자신이 아니라 해랑이었을 테고, 하연은 자신을 선택했을 텐데.

"……어째서 해랑을 선택하신 건지, 그 이유를 여쭤도 되겠습니까?"

갑작스러운 질문에 하연은 잠시 머뭇거렸다.

이유? 그러고 보니까 별로 생각해 본 적이 없었다. 조금의 망설임도 없이 그를 선택했다.

나는 원래 해랑 님의 교육관이니까? 아니, 그 이유는 말이 되지 않았다. 자신은 임시 교육관. 원래대로라면 3개월이라는 시간이 지난 뒤 궁을 나가기로 약속도 했다.

3개월이라는 시간은 진즉에 지났고, 해랑을 밖으로 데리고 나오라는 조건도 달성했다. 이제 이 궐에 남은 볼일은 없을 텐데.

　아, 그렇구나. 그냥 내가 나가고 싶지 않은 거야.

　나도 모르는 사이에 뭔가가 생겨 버렸기 때문이지.

　"제가 없으면 못 살겠다고 하셔서요."

　해랑이 그녀에게 그렇게 말했다.

　하지만 지금 생각해 보면, 그건 꼭 해랑의 입장만은 아닐지도 모른다.

　그녀가 이런저런 생각에 사로잡혀 있을 때, 환은 방금 그녀가 말한 이유라는 것을 이해할 수 없었다.

　"지금까지 당신이 없으면 못 살겠다는 남자들은 많았을 텐데요?"

　하연은 뒤늦게 자신이 실수했다는 걸 깨달았다. 저 이유는 해랑의 앞에서였다면 먹혔을지도 모르지만 지금은 상대가 환이라는 걸 깜빡했다. 너무 만만하게 봤네. 그럴싸한 이유를 대더라도 좀 더 공을 들였어야 했는데. 결국 하연은 인정할 수밖에 없었다. 고개를 든 그녀가 환을 바라봤다.

　"단순히 제가 마음을 빼앗겨 버렸습니다."

　솔직하게 말하나 거짓말을 하나 별반 다를 건 없어 보인다. 아니, 오히려 솔직하게 말한 게 더 그의 마음을 아프게 했다.

　"좋은 친구가 될 수 있을 거라 생각했는데."

　"친구라면 얼마든지 될 수 있습니다. 많이 싸우기는 하겠지만."

　하연이 웃으며 말했지만 환은 여전히 웃지 않았다. 해랑의 사람이 된 이상, 친하게 지내는 데에는 한계가 있을 테니까.

"해랑 님께서 저를 위해 왕이 되시겠다고 하시니, 저 역시 왕이 된 해랑 님의 곁에 있을 생각입니다."

그 말에 환은 입을 다물고 생각에 잠겼다. 잠시 뒤, 아주 고민하는 표정으로 환이 입을 열었다.

"그럼 제가…… 양보할까요?"

그의 입에서 저런 말이 나왔다는 거 자체가 아주 놀라웠다. 아마 그의 어머니 희빈이 이 이야기를 들었다면 기겁을 했겠지.

하지만 그만큼이나 환은 그 자리에 대한 미련이 없었다. 있었다고 한다면 단순한 욕심이었다. 그러나 막상 생각해 보면 자신이 그 자리에 오른다고 해도 행복할 수 있을 거라는 확신이 들지 않았다. 그럴 바에는 차라리 양보라는 걸 해 보는 게 낫지 않을까.

그러나.

"떠먹여 주는 밥은 삼키지 않겠습니다."

이어지는 하연의 대답을 들은 환이 웃었다.

그래, 이래야 서하연이지. 자신이 알고 있는 그 서하연이지. 그녀다운 대답이다.

알아서 되찾을 테니 걱정 말고 버텨 보라는 그녀의 도발에 환은 한동안 지루했던 삶에 다시금 생기가 돌아오는 느낌이 들었다.

그때였다.

"서하연! 어디야!"

조금 작기는 했지만 또렷하게 저 멀리서 해랑의 목소리가 들려왔다. 그 목소리를 알아차린 하연이 어색하게 웃으며 재빨리 자리에서 일어났다.

"가만히 놔두지를 않네요."

"네. 꼭 말 안 듣는 아들 키우는 기분입니다."

"어쩌시겠습니까. 본인이 선택하신 길인걸요."

이만 돌아가겠다며, 그리고 앞으로 잘 부탁하다는 인사를 끝으로 나가려는 그녀를 바라보던 환이 입을 열었다.

"조만간 주혜로 떠날 생각입니다. 일전에 제가 유학 생활을 했던 이웃나라죠."

"이 시기에 말입니까?"

해랑과 현우까지 드디어 모두 모인 이 상황에서 세자로 가장 유력시되던 사람이 자리를 비운다니, 희빈이 가만두고 볼 리가 없는데.

"예. 아무래도 이곳에서는 제가 원하는 훌륭한 스승님을 찾을 수 없을 거 같아서요."

침울 해 보이던 환이 어느새 특유의 사악하게까지 보이는 미소를 지으며 그녀를 올려다보고 있었다.

"원하는 스승이 한 명 있기는 하나 곁에 둘 수는 없을 거 같고…… 어찌하면 좋을까요."

그 말에 하연은 작게 웃었다. 그리고 점점 높아지는 해랑의 목소리에 마음이 급해져 밖으로 나가며 말했다.

어쩌긴 뭘 어째.

"빨리 포기하시는 편을 추천해 드립니다."

*   *   *

요즘 하연은 불만 사항이 아주 많았다.

첫째는 해랑의 정식 교육관이 되어 해야 하는 일이 많이 늘어났다는 것이다.

공부 포함 예의범절 등 기타 모든 것을 다 가르쳐야 하는 정식 교육관은 임시 교육관보다 해야 하는 일이 더 많았다. 그런 데다가 예문관 대신의 일도 해야 했기 때문에 시간이 너무 모자라다는 생각이 들었다.

두 번째는 해랑의 정식 교육관이 되어 청화궁에 들어가게 되었다는 것이다.

영희궁보다 편해서 좋기는 한데, 안 좋은 점도 있었다.

"아, 서하연 교육관님. 좋은 아침입니다."

"아, 예. 안녕하세요. 현우 님."

"이런, 야근이셨군요. 수고가 많으십니다."

이른 아침, 기지개를 켜며 청화궁에 들어서던 하연이 화들짝 놀라며 현우에게 인사했다.

시간상으로 정말 이른 아침인데 저 남자는 잠이 없나. 왜 이 시간에 저렇게 돌아다니고 있는 건지 모르겠다.

아침에 가볍게 운동이나 할 겸 한 바퀴 돌고 있는 중이라는 현우를 지나 조금 더 안으로 들어갔다. 이어서 해랑의 궁인 동궁(東宮)으로 막 들어서려는데.

"서하연 교육관?"

하연이 다시 멈췄다. 그리고 자신을 부르는 또 다른 목소리에 재빨리 얼굴에서 '피곤함'을 지워버리고 활짝 웃으며 고개를 돌렸다.

"안녕히 주무셨습니까, 환 님."

저 멀리, 해랑과 마주 보고 있는 서궁(西宮)에서 활짝 열린 방문 틈으로 환이 손을 흔들고 있는 게 보였다.

"야근하셨습니까?"

"……네."

쩌렁쩌렁 울려 퍼지는 그 말을 들으며 하연은 짜증을 꾹 참고 고개를 끄덕였다. 그러고는 가볍게 아침 인사를 한 뒤 재빨리 안으로 들어가 문을 닫았다.

아니, 내가 야근했다고 동네방네 퍼트릴 생각인가. 돌쇠 하나만 거치면 되었을 영희궁 때와는 달리 거쳐야 하는 게 너무나 많았다.

그나저나 다들 왜 이렇게 부지런한 건지 모르겠네.

벌써 일어난 형제들과 달리, 해랑은 아직도 자는 중인지 복도가 매우 고요했다.

그가 깰까 봐 조심스럽게 까치발을 들어 가며 자신의 방 앞에 도착한 하연은 한숨을 내쉬었다. 적어도 아침밥은 같이 먹자는 그와의 약속을 위해 없는 시간을 쪼개어 청화궁에 돌아온 거였다.

"그래도 그게 어디야……."

조금이라도 눈을 좀 붙이고자 막 자신의 방에 들어서던 하연은 다시 걸음을 멈출 수밖에 없었다.

"아, 진짜……."

깜빡했던 문제 하나가 그녀의 앞에 등장했다.

자신의 방에서 자고 있어야 할 해랑이 어째서인지 그녀의 방에서 곤히 잠들어 있는 게 보인다.

문가에 머리까지 박아 가며 하연은 짜증을 꾹 참았다. 정신만 멀쩡하다면 제 이불 위에서 잠들어 있는 해랑을 이불째로 털어버리고 싶었지만, 밤샘 작업을 하느라 정신은 물론 체력적으로도 불가능했다.

"……아, 몰라."

일단은 잠이 좀 자고 싶었다. 지금 당장 눈을 감지 않으면 죽을 거 같을 정도로, 제정신이 아니었다.

내 방이니까 괜찮겠지. 암, 다른 곳도 아니고 내 방인걸? 내 방에 들어와 잠들어 있는 해랑이 나쁜 거다. 그래, 난 잘못 없어.

터덜터덜. 무거운 걸음으로 방으로 들어선 하연은 옷을 갈아입을 생각도 안하고 그냥 그대로 이불 위에 털썩 쓰러졌다.

자, 이제 잘 거야. 아무도 날 건들지 말라고.

하지만 늘 주위 사람들은 그녀를 가만히 내버려 두지 않았다.

"응…… 서하연?"

용서해 줬으니, 그냥 조용히 자다가 조용히 나갔으면 좋았을 텐데.

하연의 부스럭거림에 잠에서 깬 해랑이 아직 덜 떠진 눈으로 고개를 들어 하연을 찾기 시작했다. 그러다 자신의 바로 옆에서 쓰러져 잠들어 있는 하연을 발견한 그가 작게 웃었다.

이불 위에 쓰러진 채로 잠이 든 하연을 끌어당겨 제 품 안에 안았다. 평소 같으면 벌떡 일어나서 건들지 말라고 버럭! 외쳤을 그녀였지만, 지금은 누가 업어 가도 모를 정도로 잠들어 있었다.

이불을 끌어다가 꼭 덮어 주고 팔베개까지 해 주자, 편한 건지 하연이 잠결에 웃었다. 그 모습에 잠이 깬 해랑은 그저 실실 웃으며 넋을 놓고 바라볼 뿐이다.

바로 이거야. 청화궁에 올 때 괜히 그녀를 함께 데리고 온 게 아니었다. 바로 이런 소소한 행복을 위해! 이럴 때 아니면 언제 또 하연의 이런 모습을 보겠어. 볼 수 있을 때 많이 봐야지.

멍하니 그녀의 머리를 쓰다듬어 주던 해랑이 그녀의 이마에 입을 맞췄다. 그러고는 여전히 미동도 없는 하연의 어깨에 머리를 기대며 다정하게 물었다.

"일 다 끝나고 온 거야?"

그러자 분명히 깊이 잠들어 있던 하연이 잠들어 있는 채로 인상을 찌푸리더니, 이불 속에 있던 손을 들어 해랑의 입을 턱 하고 막았다.

"……시끄러워요. 내쫓기 전에……."

"알았어. 조용히 할게."

그렇게 해랑은 잠든 하연의 모습을 말없이 바라보다가 저도 따라 잠들어 버렸다. 그리고 아주 약간의 시간이 지난 뒤, 조용했던 청화궁은 하연의 외침으로 침묵이 깨졌다.

"왜 여기에 계시는 겁니까?!"

"잠깐! 잠깐만, 잠깐. 잠깐, 서하연! 일단 진정해!"

그 뒤로는 청화궁에 해랑의 처절한 비명 소리가 울려 퍼졌다.

때마침 밖에서 그 외침을 실시간으로 듣고 있던 현우는 끓어오르는 호기심을 주체 못 하고 구경하러 들어오려고 했다가 돌쇠에게 막혀 터덜터덜 제 궁으로 돌아가야 했다.

궁이 세 개나 몰려 있었지만 청화궁은 늘 조용했다.

그동안 그 궁을 지켜왔던 이가 세 명이나 되는 왕자 중 한 명밖에 없었기 때문도 있지만, 가장 큰 이유는 형제가 그다지 친하지 않기 때문이었다.

그나마 셋 중 가장 큰 형인 현우가 동생, 동생 하며 해랑과 환을 생각하고 챙겼지만, 그 두 놈이 문제였다.

해랑과 환의 사이는 이상하리만치 좋지 않았다. 물론 그렇다고 해랑과 현우, 환과 현우가 친했던 건 아니었다. 그저 동생들 좋다며 형님으로서의 자상함을 보이는 현우와 달리 둘은 서로를 형제로서 인정하지 못하고 피하기 바빴으니까. 게다가 '서하연'이라는 공통된 문제점까지 겹치면서 더더욱.

아무리 궁은 따로 떨어져 있다고 해도 문을 열고 나와 난간에 기대면 서로가 보일 정도로 가까웠다. 큰 소리로 외치면 대화까지 통할 정도의 거리였다.

그럼에도 웬만한 소음이 발생하지 않던 청화궁이건만, 하연과 해랑이 오고서부터 그것은 확 바뀌었다.

아침을 먹은 하연은 청화궁 뒤편에 있는 작은 정에 나와 국시 채점 결과 정리를 마무리하고 있었다.

한시도 가만히 있지 못하는 건지, 아니면 궁 안에 들어가기 싫은 다른 이유가 있기 때문인지 밖을 돌아다니고 있던 현우가 그녀의

앞자리에 앉으며 말했다

"하하. 아침에 정말 깜짝 놀랐습니다."

"……아침부터 소란스럽게 해서 죄송합니다……."

안 그래도 일로 잊으려고 노력하는 중인데 다시 아침의 일이 떠오르자 하연은 얼굴을 붉히며 괜히 문서를 뒤적거렸다.

아침에 눈을 떴을 때 제 옆에 잠들어 있는 해랑을 보고 깜짝 놀란 그녀는 상황은 생각도 하지 않고 일단 잔소리부터 늘어놓았다.

그러나 자신이 지금 있는 곳이 어딘지 깜빡 잊어버리고 말았다는 게 아주 큰 문제였다. 이 과정에서 나온 소음, 즉 모든 외침과 비명은 결국 밖에 있는 사람들의 귀에도 다 들어갔다는 뜻이었으니! 이거 창피해서 어떻게 고개를 들고 다녀!

"해랑은……."

"자습 중이십니다."

해랑의 행방을 찾는 그 질문에 하연이 차갑게 대답했다.

"곁에 안 계셔도 괜찮으신 겁니까?"

"자습은 혼자서 하는 거니까요."

그녀 나름대로의 벌주기나 다름없었다.

채점한 것들을 최종적으로 검토한 후 평균 점수를 내고 일일이 정리하는 게 뭐가 재미있다고, 하연은 두 눈 반짝이며 구경하고 있는 현우가 부담스러웠지만 지금 말을 걸면 왠지 대화로 이어질 거 같아서 꾹 참고 있었다.

"……저기, 교육관……."

알 수 없는 표정으로 열심히 일하고 있는 하연을 바라보던 현우가 막 입을 연 그때였다.

"시현우 님!"

그들이 있는 정의 뒤편에서 웬 여인의 목소리가 들려왔다. 깜짝 놀란 하연은 그 목소리를 따라 고개를 돌렸고, 돌아보기도 전에 목소리 주인을 알아차린 현우는 한숨만 내쉬며 돌아보지 않았다.

일전에 하연도 몇 번인가 만난 적이 있는 여인의 모습이 보였다. 이 청화궁의 주인 중 유일한 여인이자, 현우와 같은 궁에서 살고 있는 그녀가.

"아…… 오랜만에 뵙습니다."

오늘도 한껏 화려한 차림을 하고 돌아다니고 있는 아힌에게 하연이 먼저 인사했다.

약간의 거리가 있기 때문인지 그쪽에서는 아직 하연을 못 알아보는 눈치였다.

잔뜩 인상을 찌푸린 채 정으로 다가오는 아힌의 걸음 속도가 점점 더 빨라졌다.

"서……하연 교육관님?"

드디어 알아본 건가.

하연의 정체를 알아차린 뒤 그녀의 표정은 가관이었다. 입고 있는 화사한 옷과 달리 낯빛이 서서히 어두워지더니, 결국에는 표정도 어색하게 굳어졌다.

웃고는 있었지만, 입가의 근육이 어색하게 굳어 버린 것처럼 바르르 떨리는 게 이상했다.

"당신, 지금 여기서 뭐하는 겁니까."

질문이 상당히 위협적으로 들려왔다.

음, 뭐라고 하면 좋을까. 잠시 대답을 고민하던 하연은 백문불여일견(百聞不如一見)이라는 말을 떠올리고 쌓여 있던 문서들을 들어 보이며 담담하게 대답했다.

"일하는 중이었습니다."

"일이요? 지금 일이라고 하셨습니까? 아니, 일을 왜……."

이상하게도 아힌은 잔뜩 흥분한 거 같았다. 화가 난 거 같기도 했다. 하연은 제 입술을 꾹 깨무는 그녀의 눈빛이 무섭다고 생각했다.

"그만."

하연에게서 시선을 떼지 않고 빠르게 다가오던 그녀의 걸음이 현우의 말에 우뚝 멈췄다. 아힌은 물론 하연도 깜짝 놀라 앞자리의 현우에게로 시선을 옮겼다.

늘 싱글벙글 웃는 줄로만 알았던 현우가 이렇게 위협적인 목소리를 낼 수 있다니, 새로운 발견이었다.

"교육관님 일하시는 데 방해됩니다만."

"아, 저는 괜찮……."

갑자기 왜 자신을 걸고넘어지는지 참. 이렇게 눈앞에 앉아 있는 그야말로 상당히 방해가 되는데 말이야.

아니, 잠깐. 가만 생각해 보니까 그녀는 지금 자신의 앞에 앉아 있는 현우의 부인이었다.

그녀의 입장에서 생각해 볼 때, 남편 되는 사람이 웬 여인과 함께 있는 모습은 그리 좋아 보이지 않는 게 당연. 설령 그 여인이 교육관이라고 해도 말이다.

이런, 부부 사이 문제에 잘못 끼어들었군.

"그만 돌아가시는 게 좋을 거 같군요."

"……그렇게까지 말씀하신다면 할 수 없지요. 알겠습니다."

현우의 말에 아힌의 얼굴이 이번에는 붉으락푸르락 계속해서 바뀌었다. 이거 위험한데.

결국 그녀는 꾸벅 인사를 하고 씩씩거리며 사라졌다.

그 뒷모습을 바라보던 하연은 마음이 불편했다. 이거 꼭 내가 남편 빼앗은 나쁜 년 같잖아.

그녀가 이런 기분이든 말든, 여인이 사라졌다는 사실만으로 눈앞의 현우는 홀가분하다는 얼굴로 즐거워했다.

"……부인 되시는 분께 너무하시는 거 아닙니까?"

"교육관님이 삼간택 명단에서 그렇게나 필사적으로 도망치려고 했던 것과 같은 이유입니다만?"

"윽."

현우가 눈을 찡긋거리며 말하자 하연은 입을 다물 수밖에 없었다.

그래도 같은 여자라고 슬쩍 편을 들어줄까 싶어 말했던 건데, 오히려 한 방 먹고 말았구나.

"그리고 저는 저 여자를 제 부인이라고 생각하지 않습니다."

현우가 딱 잘라 말했다.

사실 그의 말을 이해 못 하는 것도 아니었다. 자신도 모르는 사이에 생겨 난 부인. 한마디로 사랑 없는 결혼. 끔찍하겠지.

"……죄송합니다."

"하하. 교육관님께서 왜 사과를 하십니까?"

성격이 좋은 건지 아니면 무서운 건지 모르겠다.

이렇게 잘 웃는 사람이 화를 내면 더 무섭다고들 하던데, 그도 그런 부류가 아닐까 하는 생각이 들었다.

괜히 말이 많아지는 걸 바라지 않는 하연은 그냥 조용히 입을 다물고 일을 마저 끝내는 것을 선택했다.

                    *   *   *

"도와드릴까요?"

정말 배려 넘치는 말 한마디였지만, 령은 감동보다도 불안을 먼저 느꼈다. 그리고 그 불안이 고스란히 드러난 눈빛으로 고개를 들어, 제 앞에서 생글생글 웃고 있는 하연을 바라봤다.

왜. 왜 또 그러는 건데, 도대체?

다른 남자들이라면 그녀의 미소에 끔뻑 넘어갔겠지만 그는 달랐다. 물론 지금 너무 바빠서 일손이 부족하기는 했지만, 그녀의 손을 빌린다는 건 그만한 각오가 필요한 일이었으니까. 이렇게 선뜻 도와준다는 말을 해도 이제는 고맙기는커녕 불안하기만 할 뿐이다.

"……."

오늘도 역시나, 자신 몫의 일을 엄청나게 빠른 속도로 끝낸 하연은 바로 부장에게 제출했다. 그런데 평소 같으면 제 할 일 다 했다며 쌩하니 돌아가 버렸을 그녀가 웬일로 주변을 서성이고 있으니 더욱 수상해 보였다.

하연은 예문관을 벗어날 생각을 안 하고 있었다. 마치 집에 돌아가기 싫어하는 남편처럼.

"……아니야, 됐어. 이제 얼마 안 남았으니까 금방 끝낼 수 있어."

"……."

시킬 일이 없다는 부장의 말에 하연은 오히려 더 슬퍼 보였다. 도대체 왜. 언제는 잔업 시키지 말라고 투덜거리더니 이제는 일거리 안 준다고 삐지질 않나. 여자들은 다 이런가? 도대체 어떻게 기분을 맞춰 줘야 할지를 모르겠네.

서하연과 함께 일하면서 령은 이상형이 바뀌었다. 자신은 절대 외모만 보고 결혼하지는 않을 것이다. 조용한 여자랑 결혼할 거다. 자신의 말에는 무조건 '예'라고 대답하는 순종적인 여인과 결혼할 것이다.

"그럼 전 이제 뭘 하면 될까요?"

"……지금쯤 널 간절히 기다리고 있는 사람이 있는 거 같은데, 가 보지그래?"

"음……."

"왜? 돌아가기 싫어?"

정곡을 찌르는구나. 차마 아니라고 대답할 수 없는 하연은 대답을 대신해 한숨을 내쉬었다.

"하지만 청화궁이라고요."

"청화궁은 싫어? 영희궁보다 넓고, 깨끗하고, 시중드는 사람도 많아서 편하지 않나?"

하연과 달리 거의 일에 묻혀 있던 강우는 어디서 배부른 소리를 하느냐며 하연을 흘겨봤다.

"신입 기숙사보다 더 편할 거 같은데."

그 말대로 시설이나 편의적인 면에서 생각해 보면 영희궁보다는 청화궁이 훨씬 좋기는 하지. 하지만 그만큼이나 신경 쓰이는 것도 많다는 뜻이다.

"그나저나 정말 괜찮은 겁니까?"

"뭐가?"

"제가 해랑 님과 함께 청화궁에 들어가는 거요. 다른 사람들 눈에 안 좋게 보이지 않을까요?"

교육관이라지만, 그녀는 여인이었다. 아무리 영희궁에서 방 한 칸 얻어 같이 지낸 적이 있었다고는 해도 그렇지, 청화궁은 왕자들이 지내는 궁. 그런 곳에서 해랑과 함께 지낸다면 다른 이들이 어떻게 생각할까?

분명 곱게 보지 않을 텐데…….

"원래 왕족의 정식 교육관은 그들의 곁에 꼭 붙어 다니는 경우가 많아. 언제 어딜 가든 따라다니는 거지. 공부뿐만이 아니라 예의범절이라든가, 기본적인 생활 태도를 지도하기 위해."

"……."

"다만 그게 여자라는 게 특이하기는 하지."

지금까지는 상상도 할 수 없는 일이었기 때문에 이것이 어떤 영향을 끼칠지는 완벽하게 미지수. 때문에 더더욱 사람들이 관심을 갖고 지켜보는 중이었다.

"하지만 앞으로는 여성 관리들도 늘어날 테니까, 좋은 본보기가 될 거야."

본보기라는 말에 하연은 그나마 기분이 나아지는 거 같았다. 누군가가 자신을 목표 삼아 힘을 내어 열심히 한다면, 그건 확실히 기쁘고 영광스러운 일일 테니까. 하지만 역시 아예 신경을 안 쓸 수는 없었다. 잠시 입을 다물고 있던 령이 작게 한숨 쉬며 물었다.

"혹시 불편하거나 그런 거야?"

불편하다라. 글쎄? 아까 전 강우의 말대로 시설적인 면에서 보면 영희궁보다는 확실히 편했다. 자신과 해랑보다도 돌쇠가 더 편해 보였지만.

영희궁과 달리 청화궁에는 궁녀들이 있기 때문에 식사 담당이던 돌쇠는 이제 매번 끼니때마다 뭘 먹으면 좋을지, 주부 같은 고민을 하지 않아도 됐다.

넓고 밥도 맛있고 훨씬 쾌적하기는 하지. 하지만 아주 편하다고는 할 수 없었다.

"음……."

"불편하면 내가 전하께 한번 말씀드려 볼게."

"정말요?"

놀란 하연이 그를 바라봤다. 이게 웬일이래? 아, 물론 부장은 원래부터 사람들을 잘 챙겨 줬지만, 이렇게까지 적극적으로 도와주려고 하다니.

"……그래. 신입 관리 기숙사로 다시 돌아오게 해 달라고 부탁드린다든지."

부장의 말에 두 눈을 반짝이며 반가워하기는 했어도, 이상하게도 하연의 입에서는 '네'라는 말은 나오지 않았다.

그냥 복잡한 심정이었다. 혼자 자신의 상황을 곰곰이 생각해 보던 하연은 결국 고개를 절레절레 저었다.

"그 정도까지는 아니니까, 일단 더 지내 보겠습니다."

"그래. 생각 잘 했다. 혹시나 진짜로 그래 달라고 하면 어쩌나 걱정했는데."

"……"

아, 지금이라도 말을 바꿀까?

괜찮다는 말이 나오기 무섭게 령이 자리에서 벌떡 일어나 안도했다며 말하자 하연은 급격하게 기분이 나빠졌다.

"제발 둘의 문제에 우리를 끼워 넣지 말아 줘. 오히려 우리는 네연애를 눈감아 주는 역할이라고. 그러니까 연애를 하려거든 조용조용 몰래몰래 해."

"너무하다."

"너무하다니. 서하연, 우리는 널 진심으로 사랑하고 걱정하고 있으니까."

아닌 게 아니라 이제는 한 식구인걸? 만약 갑자기 사라지거나 못보게 된다면 정말 쓸쓸할 거 같았다.

하지만 도와줄 수 있는 게 있고, 불가능한 게 있다.

령은 그녀가 여인을 국시에 합격시킬 테니 자신을 도와 달라고부탁했을 때보다도 도깨비를 상대해 달라는 이 부탁이 더 어려웠다.

투덜거리는 령을 바라보는 하연의 시선이 곱지 않다. 입을 삐죽내밀고 그를 노려보던 하연은 제 옆에서 열심히 일하는 중인 강우를 툭툭 치며 말했다.

"해랑 님께 이를 겁니다. 분명히 들었어. 날 사랑한다고 그랬지요? 강우 형님, 형님도 들었지요?"

"아, 그랬네. 부장이 너한테 사랑한다고 말한 거 분명히 들었어."

무관심한 듯하면서도 이야기를 다 듣고 있던 건지 강우가 하연의 말에 고개를 끄덕였다.

"잠깐, 그게 아니잖아! 이강우! 너 지금 배신하는 거냐?"

이건 모함이다. 영희궁, 아니, 이제는 청화궁의 도깨비가 된 해랑의 귀에 이 이야기가 들어가는 날에는 자신의 목숨을 부지할 수 없을 것이다.

하연이 오늘 해야 하는 일을 전부 끝내고 청화궁으로 돌아가기 전에 령은 어떻게든 그녀의 기분을 풀어 줘야 했다.

그렇지 않으면 정말 도깨비에게 물려 죽을지도 몰랐으니까.

*　　*　　*

"부르셨습니까, 전하."

중앙궁에서 조금 떨어진 곳에 있는 2층 누각에 오르며 현우가 말했다. 아버지인 신후왕이 자신을 찾았다는 말에 중앙궁에 갔는데, 웬만해선 밖에 잘 나오지 않는 그가 바람을 쐬러 중앙루에 나갔다는 말을 듣고 걸음 한 것이었다.

현우가 왔다는 말에 신후왕은 밝게 웃으며 그를 반겨 주었다.

"아버지."

"……."

"아버지라고 불러 다오."

안 그러다가 또 왜 저런데?

"예. 아버지."

요즘 슬슬 외로움을 타는 걸까. 툭하면 '전하'라는 말 대신에 '아버지'라 불러 달라는 그를 위해 현우는 내키지 않았지만 꾹 참고 응해 주었다. 현우의 입에서 '아버지'라는 말이 나오기 무섭게 살짝 찌푸려졌던 신후왕이 방긋 미소 지었다. 정말 이 나라의 왕만 아니라면 어디에나 있을 법한 아들 바보 아버지 같은데.

"그래, 요즘 어떻게 지내고 있느냐?"

"잘 지내고 있습니다. 요즘 청화궁이 시끌벅적해서 아주 재미있습니다."

현우가 웃으며 말하자 신후왕이 따라 웃었다.

그 시끌벅적한 이유는 듣지 않아도 알 수 있었다. 그리고 어떤 상황이 펼쳐지고 있을지 역시 직접 보지 않아도 알 수 있었다.

"들었다. 하연이도 청화궁으로 들어갔다고. 둘은 잘 지내고 있느냐?"

"둘 다 귀엽습니다. 보기 좋더라고요."

솔직히 말하면 열에 아홉은 해랑이 하연에게 당하는 이야기지만 큰형의 눈에는 그 모습조차도 귀여워 보였다.

"설마 해랑이 그 녀석이 스스로 청화궁으로 들어갈 줄이야. 하하."

"서하연 교육관은 정말 대단한 분이십니다. 그 녀석을 그렇게까지 바꿔 놓다니."

신후왕이 하연에게 부탁했던 건 영희궁에 처박혀 있는 그를 밖으로 나오게 하는 것. 그런데 설마 그 이상의, 그것도 이렇게 엄청난 일을 해낼 줄이야. 원래부터 그녀가 대단하다는 건 알고 있었지만 이 정도로 놀라울 줄은 솔직히 몰랐는데…….

신후왕은 역시나 그녀가 탐이 났다. 정말 이대로 해랑과 잘돼서 며느리로 들어온다면 더는 걱정할 게 없을 거 같았다.

그녀에게는 더 많은 것들을 기대해도 좋을 거 같았다.

"아, 듣자 하니 최근에 하연이 희수궁을 찾았다던데. 혹시 그 이유를 알고 있느냐?"

하연이 희수궁을 찾았다는 사실은 희안궁의 희빈에게도 꽤나 큰 충격을 안겨 줬지만, 신후왕에게도 제법 충격이었다.

물론 그녀 스스로 알아서 하겠지만, 희빈과 왕후의 세력 싸움에 그녀가 이용되는 일 없도록 미리 그들에게 하연에게 접근하지 말라고 명령했는데, 설마 스스로 찾아갈 줄이야. 도대체 어떤 목적 때문인지 너무나도 신경 쓰였다.

마침 그 이유를 알고 있는 현우는 걱정스럽다는 표정으로 묻고 있는 신후왕을 바라보며 싱긋 웃었다.

"아, 그거라면 연우 때문입니다. 그 녀석에게 제가 교육관님 이야기를 해 줬더니 푹 빠져서……."

"하하. 연우까지 하연에게 빠져버린 건가. 좋은 언니가 생겨서 좋겠구나."

모든 이들의 마음을 사로잡다니, 이 궐 안의 보이지 않는 실세는 서하연이구나. 실세 자리를 빼앗겼음에도 불구하고 이상하게도 신후왕은 조금도 기분이 나쁘거나 하지 않았다.

오히려 제 딸도 아니면서 괜히 뿌듯하고 우쭐해졌다.

"서하연 교육관님 말입니다……."

"왜 그러느냐?"

"아니…… 왕후가 되면 예문관 일에서 손을 떼야 한다는 걸 알고 있는 건가 해서요."

누가 봐도 신후왕은 해랑에게 왕위를 물려주고 싶은 눈치였다. 만약에 그가 왕이 된다면 하연은 당연히 왕후의 자리에 오를 텐데, 그리되면 한 가지 문제가 발생했다. 물론 법적으로 그리 정해져 있는 건 아니지만, 그래도 왕족이 직접 기관에서 일하는 건 대신들이 꺼릴 텐데.

"……말한 적은 없지만 아마 본인도 어렴풋이 예상은 하고 있을 거다. 그런데 그건 왜 갑자기?"

"아니요, 그냥…… 교육관님을 생각하면 해랑이 꼭 왕이 되지 않아도 될 거…… 같달까요? 왕자빈이라면 모를까, 해랑이 왕위에 오르게 될 경우에는 결국 궐 안에 묶여 버리는 꼴이 아닙니까. 아깝습니다."

"둘 중에서 누구의 편을 들지 고민하고 있는 거구나."

"예."

현우는 슬슬 자신도 입장을 분명히 해야 할 때가 왔다고 생각했다. 언제까지나 중립적인 입장을 고수할 수도 없는 노릇.

"네 마음이 가는 대로 해라. 꼭 누구 편을 들라는 말은 하지 않으니까."

"글쎄요. 게다가 제가 누구의 편을 드느냐는 그다지 결과에 중요한 영향을 미치지도 않는 거 같습니다만."

"그래? 그럼 무엇이 영향을 미칠 거 같지?"

"굳이 말하자면 서하연의 유무(有無)?"

그의 말에 신후왕 역시 격하게 공감한다는 표정으로 고개를 끄덕였다.

"하하. 내 생각과 같구나."

"뻔하지요, 뭐."

"……걱정하지 마라. 하연은 생각이 깊은 아이야. 웬만한 다짐이 아니고서는 시작도 하지 않았을 것이다. 그 아이가 해랑을 왕으로 만들고자 한다면 이미 다 계산했을 거야."

그렇게 생각하면 그녀는 정말 무서운 사람이었다. 지금이야 같은 편이니 이렇게 여유롭게 웃으며 이야기할 수가 있지, 희빈의 입장에서 볼 때는 어떻게 손쓸 수 없는 적. 얼굴이 찌푸려지는 난공불락의 상대.

"이제 와서 생각해 보면 정말 아깝네요. 그런데 왜 저에게는 그분을 소개시켜 주지 않으시고, 해랑에게 기회를 주신 겁니까?"

그런 여인이 있다고 진즉에 귀띔을 해 주었다면 자신도 밖으로 돌지 않고 진지하게 그녀를 마주했을 텐데. 그러면 또 모르지, 지금쯤 단란하게 한 가정을 꾸리고 있을지.

"아니."

"예?"

"내가 준 게 아니라 하연이 선택한 거지. 내가 이렇게 해라, 저렇게 해라 말해 봤자 먹힐 아이가 아니거든."

"그럼 해랑이 천운을 타고난 거네요."

"그렇지."

천운일 수밖에. 이 나라의 왕자는 세 명. 그리고 서하연에게 사랑받을 수 있는 사람은 단 한 명. 왕자라는 지위로 태어나는 것보다 하연에게 사랑받는 확률이 더 적을 테니까.

"갑자기 그 녀석이 부러워서 속이 뒤틀릴 거 같습니다. 저도 한 십 년 정도 방에서 안 나오면 그런 여인이 찾아와줄까요?"

"아마 힘들걸."

어쩜 저렇게 딱 잘라 말할 수 있을까?

너무 단호해서 오히려 웃음이 나올 지경이었다.

"그런데……."

한참을 마주 앉아 싱글벙글 화기애애하게 대화하던 신후왕이 어느새 진정하고 진지함을 되찾았다. 그러고는 저를 찾아온 현우를 똑바로 바라보며 말을 꺼냈다.

"네 부인 말이다."

언제 웃고 떠들었냐는 듯 분위기가 갑자기 무거워졌다. 갑작스러운 화제 전환으로 관심을 보였던 현우였지만, 그것이 '제 부인' 이야기라는 걸 알자 바로 인상이 찌푸려졌다.

"또 그 이야기십니까."

왜 불렀나 했더니 또 잔소리를 늘어놓으려는 건가 했다.

그 아이도 불쌍한 아이니까 잘 지내라, 대화라도 나누어 보거라 기타 등등 뭐 이런 말을 하시겠지.

"전에도 말씀드렸지만, 그 아가씨와는……."

그 이야기는 꺼내지도 말라며, 그것 때문에 자신을 부른 거라면 이만 가 보겠다는 듯 현우는 재빨리 운을 띄웠다. 억지로 한 결혼에 다정다감한 부부 생활을 원한다면 그건 욕심이지.

"아니, 그게 아니다."

"……."

그게 아니라고? 그것 말고는 자신 앞에서 부인에 대한 이야기를 꺼낼 필요가 없을 텐데? 직감적으로 뭔가가 있다는 걸 알 수 있었다. 게다가 이렇게 자신을 직접 불러서 하는 이야기라면 아마 상당히 중요한 일. 그래, 예를 들면…….

"최근 희안궁에 자주 걸음 한다는 말을 들었다."

"……."

신후왕이 민감하게 반응하는 그것, 희빈마마와 관련된 일.

첫째 왕자의 부인과 희빈마마라? 어울리지 않는 조합이다. 설마 불러다 놓고 차나 한잔 하면서 담소를 나누는 건 아닐 테고.

"……한번 알아보겠습니다."

"그래."

희빈과 관련된 일이라면 민감해질 수밖에 없었다. 해랑과 하연이 잘돼 가고 있는 이 시점에서 희빈마마의 다과 모임은 불안한 징조였으니까.

〈다음 권에 계속〉